KB174211

Q

Q

도둑맞은 기록을 찾아서

초판 1쇄 2024년 2월 23일

지은이 이명훈

출판책임 박성규
편집주간 선우미정
기획이사 이지윤
디자인진행 한채린
편집 이동하·이수연·김혜민
디자인 하민우·고유단
마케팅 전병우
경영지원 김은주·나수정
제작관리 구법모
물류관리 엄철용

펴낸이 이정원
펴낸곳 도서출판 들녘
등록일자 1987년 12월 12일
등록번호 10-156
주소 경기도 파주시 회동길 198
전화 031-955-7374 (대표)
031-955-7376 (편집)
팩스 031-955-7393
이메일 dulnyouk@dulnyouk.co.kr
홈페이지 www.dulnyouk.co.kr

ISBN 979-11-5925-989-0 (03810)

Q

도둑맞은 기록을 찾아서

이명훈 장편소설

들녘

감사의 글

역사에 대해 독특하게 접근하는 이 소설은 특별한 자료 제공과 전문적인 답사 아니면 쓰기 어렵습니다. 남당 박창화 선생의 증손주인 박종경 선생, 임찬경 박사님, 정혜주 작가님, 고대 문화에 조예가 깊은 정순채 선생님, 윤일원 박사님께 특별히 감사드리며 저에게 큰 힘이 된 분들과 저의 가족께도 깊은 감사를 드립니다. 이 작품은 '예버덩문학의집'에서 많이 쓰여졌습니다.

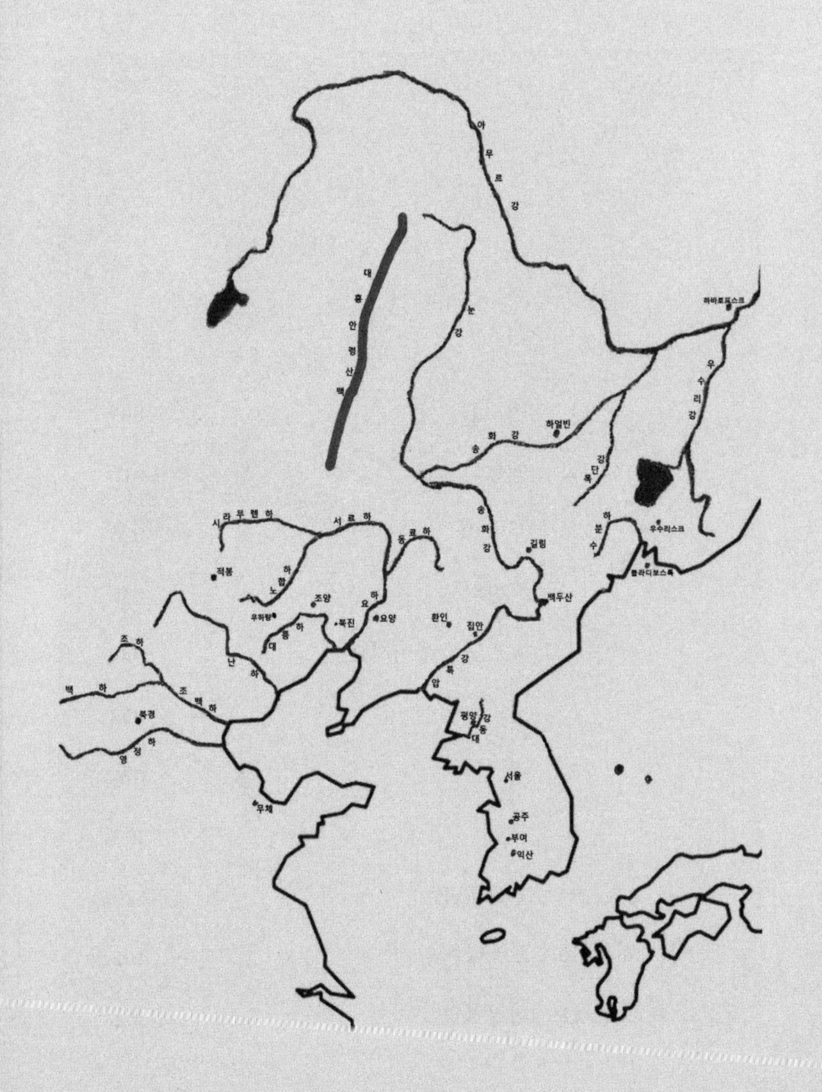

아무르강
대흥안령산맥
눈강
하바로프스크
우수리강
하얼빈
송화강
목단강
시라무렌하
서로하
동료하
송화강
길림
분수하
우수리스크
블라디보스톡
적봉
노합하
조양
요하
우하량
북진
요양
환인
집안
백두산
대릉하
조하
난하
압록강
백하
조백하
북경
평양
대동강
영정하
서울
무체
공주
부여
익산

차 례

1

미치코

—제 이름은 미치코입니다. 국내청 서릉부 왕실도서관에 근무하고 있습니다.

현우는 헉! 놀랐다.

—중대 결심을 하기까지 감당하기 어려운 고통을 견뎌내야 했습니다. 용기를 내어 양심 고백을 하겠습니다.

유튜브의 볼륨을 최대로 키웠다.

—〈화랑세기〉 필사본을 아실 겁니다. 진위 논란으로 시끄럽다가 결국 위작으로 판정되었지요. 그 과정을 국외자의 눈으로 지켜보는 마음이 어땠을까요? 서릉부의 내부 규칙이 있고 국가 기밀이기에 침묵을 지킬 수밖에 없었지요. 그 일 이후로 제 심경에 변화가 오기 시작했습니다.

유튜브 속의 여자는 눈빛에 결기가 가득했다. 말투는 떨리면서도 담담함을 유지하려 애썼다.

—제 아들이 린치를 당해 식물인간이 된 지 육 개월이 넘었습니다. 찢어지는 가슴을 부여안고 한국으로 날아갔습니다. 가해자들을 떠올리며 피가 거꾸로 돌았지요. 내 아들에게 왜 이런 재앙이 일어났나? 비행기 안에서 골똘히 생각했습니다. 아들은 한국 유학 중에 있었죠. 한국 친구들과 한일 관계에 대해 논쟁하다가 싸움으로 번진 모양입니다. 의식불명인 아들을 병실에서 안을 때 눈물이 주체되지 않았습니다. 그토록 착하고 사랑스런 아이가 얼굴에 산소호흡기를 단 채 누워 있다니! 심장이 부르르 떨렸습니다. 아들의 친구들을 찾아 나섰습니다. 터질 듯한 분노를 누르며 대화를 하다 보니 그들의 말에 납득되는 점이 있었습니다. 사고의 원인은 단순했습니다. 제 아들이 일본의 한국 식민지화는

당연하다며 한국의 근대화에 대해 한국이 일본에게 감사해야 한다고 했답니다. 아들을 일본으로 데려왔습니다. 우리나라의 역사 교육에 문제가 있다는 생각은 들었지만 별 신경을 쓰진 않았죠. 미동도 없는 아들을 보고 있자니 마음에 흔들림이 왔습니다.

허공을 올려보는 그녀의 눈빛에 복잡한 심경이 어렸다.

—제 아들 같은 비극이 또다시 일어나서는 안 된다고 생각했습니다. 그러다가 〈화랑세기〉가 불쑥 제 가슴을 헤집고 들어왔습니다.

현우는 심장이 조여왔다.

—한국인들에겐 그 존재 여부가 문제이지만 저로선 맘만 먹으면 볼 수 있는 책입니다. 기막힌 아이러니지요.

그녀는 말을 멈췄다.

—일본의 역사 교육 문제만을 호소할 것인가, 한일 관계로 확장시킬 것인가 고뇌가 컸습니다. 후자를 결심하자 벼랑 끝에 홀

로 선 느낌 속에 가슴 깊이 햇빛이 찰랑였습니다. 그런 결심에 이른 데엔 아들 문제도 있지만 제 마음의 깊은 지층에 균열이 생겨서입니다. 역사를 평생 연구한 사람으로서 양심이 아려왔습니다. 〈화랑세기〉 원본을 두 눈으로 직접 본 사람으로서 한국에서 일어난 〈화랑세기〉 필사본 논란에 대한 감정을 어떻게 표현해야 할지 모르겠네요. 진실을 밝혀야겠다고 마음이 굳어졌습니다. 원본은 존재합니다.

그녀의 자세는 흐트러짐 없이 꼿꼿했다. 흑자색 셔츠와 잘 어우러졌다.

—서릉부엔 그런 서적들이 특별하게 보관되어 있습니다. 서릉부의 내부를 볼 자격이 있는 사람들은 극소수입니다. 저도 그중 한 사람입니다. 다시 말하지만 〈화랑세기〉 원본은 존재합니다. 표지에 김대문이라고 적혀 있습니다. 박창화의 필사본과도 비교해 보았습니다. 구십 프로 이상이 같습니다. 그럼에도 위작이라고 취급되는 게 한국의 현실이지요. 〈화랑세기〉 원본이 어엿이 존재한다면 어떻겠습니까?

현우는 귀를 더 기울였다.

—안타까운 점은 제가 그 증거를 밝힐 수 없다는 것입니다. 서릉부는 검열이 철저해 원본의 복사든 촬영이든 엄격히 금지되어 있으니까요. 제가 티브이를 통하지 않고 유튜브를 활용한 이유와도 통합니다. 티브이에서 이런 저를 방영할까요? 하지만 분명히 존재하는 것이기에 일본과 한국이 정치적으로, 학술적으로 해결해나가시기를 바랍니다. 오늘은 여기까지만 밝히겠습니다. 제가 증거로 댈 수 있는 것은 이것밖에 없습니다.

그녀는 지갑에서 뭔가를 꺼내 앞면이 보이도록 가슴께로 올렸다.

황궁 국내청 서릉부 왕실도서관

미치코 아오미 박사

신분증이 점점 클로즈업되었다. 그녀는 신분증을 지갑에 넣고는 또렷한 눈빛을 띠며 천천히 말했다.

—인간의 존재를 가치 있게 하는 행위에 대해 깊게 고민했습니다. 용기는 결코 국적에 얽매이지 않습니다. 존재는 그 어떤 시

스템에 의해서도 훼손되어선 안 됩니다.

방송이 끝나고도 현우는 멍했다. 가슴에 괴이한 정적이 맴돌았다. 냉장고 쪽으로 걸어가 생수병을 꺼내 병째 벌컥벌컥 마셨다. 스마트폰에서 박정민을 찾아 눌렀다.

"기상천외한 일이 발생했네. 유튜브를 돌리다가 우연히 발견한 건데, 조금 전에 서릉부 직원이 양심 고백을 했어."

"말도 안 돼. 놀리지 마."

정민의 목소리에 힘이 없었다.

"어안이 벙벙해."

"…."

"만나서 얘기하자. 지금 갈게."

"병원이야."

"또?"

"응."

"어쩔 수 없지. 선호랑 날짜를 잡아보자."

통화가 끝난 후 현우는 침대로 몸을 던졌다. 스마트폰의 포털 검색창에 '서릉부 + 박창화'를 눌렀다.

—서릉부가 뭐지?

—도둑놈 소굴이지. 그 안에 우리나라 상고사의 책들이 수두룩하다잖아. 도둑질해간 장물을 지네 거랍시고 보관한 곳이지. 우라질!

—〈화랑세기〉 필사본은 뭐야?

—그것도 몰라요? 드라마 선덕여왕에 미실 나왔었잖아요. 그 미실이 〈화랑세기〉 필사본에만 나온다잖아요. 〈삼국사기〉와 〈삼국유사〉에는 나오지 않구요.

—그럼 미실이 실존 인물이란 말이오?

—박창화는 또 누구야?

—누구긴 누구, 〈화랑세기〉 필사본의 저자지요.

—〈화랑세기〉는 뭐고 〈화랑세기〉 필사본은 또 뭐야?

—답답한 사람이구먼. 〈화랑세기〉는 통일신라의 김대문이 쓴 거지. 〈삼국사기〉에 제목만 나오기에 내용은 알 수 없지만 존재했

었음을 알 수 있는 거지. 근데 1989년에 〈화랑세기〉 필사본이 나왔잖소. 박창화가 썼지. 〈화랑세기〉 원본을 필사했다는 말도 있고 그 말이 거짓이라고도 하고 말이 많았잖소.

—그런 일이 있었군요. 살기 바빠서.

—이십 년이 넘도록 억울하게 낙인찍힌 〈화랑세기〉 필사본, 진실의 날개를 달다.

—저걸 믿어? 옘병할!

—이건 음모야. 음모.

—아무래도 이상해. 서릉부가 열릴 성격이 아니야. 서릉부는 일본의 아킬레스인데.

스크롤을 바삐 움직여 서핑해나가는 동안에도 흑자색 셔츠의 미치코 얼굴이 현우는 마음에서 떠나지 않았다.

2

미실의 향가

—상상도 할 수 없던 사건이 어제 발생했습니다. 일본 동경의 황궁 앞입니다. 저 안에 서릉부가 있습니다. 서릉부는 일본 황실의 국내청 부국 중 하나입니다. 황실 관계 문서나 자료의 관리와 편수, 능묘의 관리를 합니다. 서릉의 서(書)와 릉(陵)에 그런 뜻이 담겨 있지요. 그곳에 근무하는 미치코 박사가 양심 고백에 나섰습니다.

"말이 된다고 생각하냐?"

정민이 벽걸이 티브이를 바라보며 말했다.

"쉿!"

현우가 급히 말을 막았다.

—〈삼국사기〉에 〈화랑세기〉의 제목이 나옵니다. 〈삼국사기〉는 12세기에 쓰여졌죠. 김대문이 살던 통일신라 시대부터 적어도 12세기까지는 〈화랑세기〉가 존재했다고 볼 수 있는 거지요.

손님 한 명이 리모콘을 채가더니 티브이 화면이 돌연 드라마로 바뀌었다. 현우의 얼굴에 불쾌감이 돌았다.

"기분이 어떠냐?"

정민에게 눈길을 돌려 물었다.

"뭐가?"

"너의 증조부가 집중 조명받는 것이."

"아직 느낌이 없어."

정민은 소주잔을 꺾지 않고 한입에 털어 넣었다.

"정민 형, 어제 퇴원했다면서요. 차 마시자니까 기어코 이리로 끌고 오더니."

선호가 삼겹살을 집게로 뒤집으며 말했다.

"얘가 누구 말 듣는 사람이냐? 평소라면 천천히 볼 텐데 사안이 사안이라."

"저도 뉴스를 통해 듣고 황당했어요. 정민 형, 일이 요상하게 풀려가니 우리도 박차를 가해야겠어요."

"내가 살아 있는 동안에 증조부가 못다 한 그 일을 하고 싶다. 집안의 유업이잖아. 나 아니면 할 사람도 없어. 내가 언제 죽을지도 모르고."

"또 그 소리?"

현우가 되받아쳤다.

그때였다.

"저는 〈화랑세기〉 필사본을 읽었어요. 정말 이상한 책이에요. 향가도 두 개 실려 있어요."

현우는 옆 테이블에서 들려오는 소리에 귀가 솔깃했다. 고개를 돌리자 연한 미소의 여자가 나긋한 목소리로 말하고 있었다. "진짜 놀랐죠. 현재 전해지는 향가가 모두 25개예요. 〈삼국유사〉와 〈균여전〉에 나오는 거 다 합치면 그렇답니다. 제 전공이 국문학인데 향가에 관심이 많아요"

"그렇군요."

"학자에 따라 도이장가와 정과정곡을 더해 27수라고 주장되기도 해요. 실전 향가라는 것도 있어요. 작품 자체는 전하지 않지만, 문헌에 제목이나 창작 경위가 실린 것을 말해요. 그것들도 아우르면 복잡해지죠. 그런데 〈화랑세기〉 필사본에 새로운 향가가 두 개 더 있는 거지요. 사다함과 미실이 주고받는…."

"미실은 들어봤는데 사다함은 누구죠?"

"미실과 연인 사이였어요. 화랑의 리더였고요. 화랑의 우두머리를 풍월주라고 부르는데 사다함은 5대 풍월주예요."

"아!"

"사다함은 실존 인물이에요. 〈삼국사기〉에도 나와요. 〈삼국사기〉에 사다함 열전이라고 있어요."

"제가 역사에 짧아서…."

"사다함과 미실이 주고받은 향가들을 읽으며 가슴이 얼마나 두근거렸는지 몰라요. 하나 낭송해볼까요?"

"어머, 그걸 가지고 있어요? 읽어주세요."

"사다함이 쓴 걸 읽을까요? 미실이 쓴 걸로 할까요? 마침 〈화랑세기〉 필사본을 가지고 있어요."

그녀가 보라색 륙색에서 〈화랑세기〉 필사본을 꺼내자 현우는 아예 그쪽으로 몸을 기울였다. 흰 커버의 두툼한 정장본이 은은한 불빛 아래 소담스러웠다.

"사다함 거 읽어주세요."

어느 여자가 개구진 목소리로 말했다.

"미실 거 읽어줘요."

그 앞의 남자가 짓궂은 표정을 지으며 말했다. 테이블에 웃음소리가 번졌다.

"미실 것을 읽고 사다함 것은 카톡으로 넣어드릴게요."

바람이 분다고 하되 임 앞에 불지 말고

물결이 친다고 하되 임 앞 치지 말고

빨리빨리 돌아오라 다시 만나 안고 보고

아흐, 임이여 잡은 손을 차마 물리라뇨

현우는 가슴이 싸아하게 물들었다. 저 시를 쓸 때 미실은 불우한 처지에 빠져 있었다. 사다함을 마음에 품고 있었으나 그럴 상황이 아니라고 〈화랑세기〉 필사본에 나와 있다. 사다함은 전쟁에 나가야 했다. 슬픔에 처한 미실이 사다함을 불러 위로하며 쓴 시가 저것이다. 낯선 곳에서 낯선 여자에 의해 낭송되는 것을 듣자 현우는 기분이 묘했다.

"현우 형, 뭐 해요? 우리 얘기해요."

선호가 채근하는데

"냅둬라. 재가 어디에 빠지면 무슨 말이 들리더냐."

정민이 막았다.

"그러니까 미실이 실제 인물일뿐더러 향가의 작가로도 인정받게 되는 거지요. 국문학에선 경사예요."

현우도 가졌던 생각이라 그녀의 말이 쏙 들어왔다.

"신라의 문화도 근본적으로 바뀔 겁니다. 〈화랑세기〉 필사본에 담긴 신라는 우리가 알고 있는 신라가 아니에요. 전혀 달라요."

"어떻게요?"

조금 전의 남자가 맞장구쳤다.

"색공이란 말이 자주 나와요."

"색공이 뭐죠?"

"신분이 높은 사람에게 색을 받친다는 뜻이에요. 미실은 진흥왕, 진지왕, 진평왕 삼대에 걸쳐 색공을 하지요. 방금 미실이 썼다는 향가를 들을 때 미실이 순수가련형처럼 여겨졌어요. 근데 저는 드라마 선덕여왕을 봐서 그런지 섹스어필에 요물에 권력의 화신으로서의 미실은 익숙해요. 이런 여자가 신라가 삼국 통일을 이루기 전의 중차대한 시기에 신라의 왕실과 화랑가를 주물렀다죠. 그럼에도 신라가 막강한 백제와 고구려를 꺾고 통일을 이루었다는 게 납득이 가지 않아요."

누군가 진지한 표정으로 말했다. 여자는 입을 다물었고 다른 남자가 입을 열었다.

"미실을 매개로 성적으로 끈끈하게 뭉쳤기에 신라가 오히려 결집력이 강해져 백제와 고구려를 꺾을 수도 있겠죠. 지금의 눈으로 과거를 보면 안 됩니다."

"헤, 재밌는 말이네요."

“〈화랑세기〉 필사본에 나온다는 이야기들이 상상할 수 없도록 파격적이고 야하다는 얘길 들었어요. 마복자 이야기도 하더라구요.”

“마복자는 또 뭐요?”

“임신을 한 여자가 고위직의 남자에게 몸을 바치고 아들마저 가신을 삼게 한다네요. 그 아들을 마복자라고 한대요. 그 고위직 남자는 후견인이 되는 거고요. 이런 이야기들이 학계에서 가짜라고 취급받다가 이제 진짜라는 거잖아요. 사실 〈삼국사기〉와 〈삼국유사〉는 한계가 있죠. 김부식이 유교에 갇혀 있다면 일연은 불교에 갇혀 있죠. 둘 다 색안경을 끼고 보니 신라의 진면목이 왜곡되겠죠. 신라를 바라보는 또 다른 안경이 일본에서 증명되었으니 신라사 연구가 새로워지겠지요.”

“신라의 문화가 바뀌면 고구려 문화도 바뀔 거고 백제 문화도 바뀔 겁니다. 가야 문화도요. 그렇지 않을까요?”

“흥미진진한 얘기입니다.”

“저는 이런 생각도 들어요. 신라의 김씨 왕조가 흉노족이라는 말도 있잖아요. 제도권 사학에선 무슨 씨나락 까먹는 소리냐고 하지만요. 흉노족인 김일제의 후손이 중국 한제국의 혼돈 시기에 도망쳐 한반도로 건너와 신라를 이어받았다고. 역사학이 진짜 틀을 벗어나야 해요. 색공 문화건 섹스 문화건 사실이라면 받아들여야죠."

"아, 남자들은 입만 열었다 하면 섹스 이야기. 신라 문화니 고구려, 백제, 가야 문화니 변화가 온다면서 섹스로만 연관시키는 것 같아 듣기가 좀…."

"김일제가 아니라 김왈제라는 말도 있어요."

"헐."

"원래 왈(曰)인데 일(日)로 오독한 거라 하면서요."

"재밌군요. 하긴 글자가 비슷하니."

"〈화랑세기〉 필사본의 내용에도 한계가 있긴 해요."

국문학을 전공했다는 여자가 조용히 듣고 있다가 말을 받았다.

"화랑과 왕실의 이야기뿐이죠. 민초 이야기는 아예 없어요. 그걸로 신라의 문화를 깊게 이해한다는 것도 어폐가 있죠. 색공이든 뭐든 신라의 문화를 있는 그대로 보는 방향으로 전환한다는 것에 의미가 있고요."

"자. 그럼 여기서 갈 사람은 가고 이야기를 더 나눌 사람들은 2차로 옮기죠. 일어섭시다."

그쪽 테이블이 정리되고 있었다. 국문학 전공 여자가 보라색 륙색을 손에 쥐었다. 현우는 망설이다가 일어섰다. 지갑에서 명함을 꺼냈다.

"재밌게 들었습니다. 〈화랑세기〉 필사본을 읽은 분을 처음 만나 반가워서요. 저는 소설 쓰는 최현우입니다. 제 명함입니다."

여자의 얼굴에 당황하는 빛이 돌았다.

"어머. 소설을 쓰신다고요? '남당연구소'라. 남당 박창화 선생님을 연구하는 모임인가요? 이런 것도 있었군요."

"네. 정민아. 일어나봐."

정민이 엉거주춤 일어섰다.

"남당 박창화의 증손자입니다."

현우가 여자를 바라보며 말했다.

"에잇, 설마요."

3

두 논객

—미치코가 아파트에서 돌연히 시체로 발견되었습니다. 충격입니다. 양심 고백을 한 지 삼일 만입니다. 사태가 새로운 국면에 접어들었습니다.

현우는 들고 있던 머그잔을 떨어뜨릴 뻔했다. 소리가 나오는 티브이 화면에 눈길을 박았다.

—유서도 발견되지 않았다고 합니다. 새로운 정보가 들어오는 대로 보도하겠습니다.

현우는 아찔함이 수습되지 않았다. MBC 티브이 화면엔 익숙한 얼굴이 보였다.

—미치코로 인해 충격의 연속인데요. 우리나라가 외부적인 변수로 극심하게 흔들리는 건 IMF와 9·11 테러, 서브프라임 모기지 사태 이후 오랜만인 것 같습니다. 사태의 성격도 전혀 다르구요. 그렇지 않습니까, 교수님?

—해석에 따라 다르게도 볼 수 있겠지만 일리가 있네요.

—〈화랑세기〉 필사본의 진위 논쟁에서 고재돈 교수님을 빼놓을 수 없죠. 진작 모시려 했는데 상황이 급변해서 저희도 우왕좌왕하고 있습니다. 박창화의 〈화랑세기〉 필사본이 위작이라고 결정적인 판정을 내리셨죠. 역사학회 회장을 맡고 계시구요. 교수님은 이 일련의 사태를 어떻게 보십니까?

—복잡하게 돌아가네요. 핵심은 미치코가 말한 내용이 사실이냐 아니냐로 요약될 것입니다.

고재돈 교수는 두터운 뿔테 안경을 올렸다. 칠십대 초반인데도 얼굴에 윤기가 흘렀다.

—미치코가 평소 우울증이 심했다는 말도 들리네요.

현우는 귀를 더 기울였다.

—병원 진단 기록도 나오구요. 양심 고백을 한 후에 더 심해졌다는 소식도 들립니다. 극심한 강박과 공포가 더해졌을 수도 있겠죠. 아들이 식물인간에서 깨어나지 못한다고 하니 그 마음 오죽할까요. 그런데 미치코의 양심 고백 내용이 과연 사실일까요?. 고재돈 교수님.

—사실이 아니라고 봅니다.

—사실이 아니라는 증거가 있나요? 그런데 만약 사실이라면 우리나라의 주류 사학계가 딛고 있는 발판이 무너지는 거 아닌가요? 〈화랑세기〉 필사본을 진본이라고 보는 학자들이 그동안 비주류로 취급되다가 전복되는 거니까요.

—양심 고백이 사실이라면 제일 치명적인 것이 저이지요.

고재돈 교수는 능숙하게 말을 받았다.

—미치코의 양심 고백이 중요한 게 아니라 〈화랑세기〉 원본의 유무가 중요하죠. 오래전에 〈화랑세기〉 필사본 위작 논쟁이 심할 때 귀사에서 서릉부를 방문한 적이 있어요.

—기억납니다. 교수님.

—서릉부에 우리나라 상고사 서적의 리스트를 요구했지요. 서릉부가 보여준 리스트에 〈화랑세기〉는 없었습니다. 그 후 모 대학의 여자 교수분이 서릉부를 방문해 조사했지요. 제한 요소가 많아 결정적인 것은 얻지 못했어요. 그럼에도 〈화랑세기〉 원본이 있을 가능성은 열어놓고 있어요. 그런데 그 실물이 나타나 고증을 통해 진본이라고 확인되고 〈화랑세기〉 필사본과 일치한다면 제 주장을 철회해야겠지요.

—그렇군요. 교수님께 또 하나 여쭤볼게요. 평소에 주장하시는 부체제설에 대해서인데요.

—네, 말씀하시죠.

—삼국시대, 특히 신라의 6세기 이전까진 왕은 힘이 약하고 부(部)를 중심으로 한 부체제 연합정권이었다. 그것이 부체제설 맞지요?

—그렇습니다.

—그 이론이 우리나라 고대 사학의 주류가 되어 있죠. 그것도 미치코 사건으로 인해 수정될 것으로 보시나요?

사회자는 제법 날카롭게 밀고 나갔다. 고재돈 교수가 입을 열었다.

—그건 다른 문제지요. 〈화랑세기〉의 원본이 존재한다면 미실이 살았던 시기 즉 통일신라 직전의 시대는 전면적으로 바뀌겠죠. 그 이전의 시기는 경우가 다르죠.

—신라의 삼한 일통이 7세기의 일이니까 겨우 1세기 차이인데요?

—그렇다 하더라도 역사는 증거에 의해 밝혀져야 합니다. 아직 아무것도 드러난 것이 없습니다. 변한 것이 없습니다. 지켜봅시다.

MBC 프로가 끝나자 현우는 SBS로 채널을 돌렸다.

—〈화랑세기〉 필사본 하면 유동욱 교수님이죠. 그동안 빛나는 업적을 남겼음에도 고통의 시간을 보내셨죠. 교수님은 진본이라고 주장함에도 고재돈 교수 이하 주류 사학자들이 위작이라고 못박았죠.

여기서는 유동욱 교수를 비추고 있었다. 저번에 뵐 때보다 얼굴빛이 좋아 보였다. 눈빛은 여전히 매섭고 예리했다. 방송국들의 조변석개에 현우는 쓴웃음이 지어졌다.

—그런 판국에 기상천외의 미치코 사건이 터졌습니다. 양심 고백을 하자마자 죽음을 당하니 기막힌 판국입니다. 오랫동안 위작 판명을 받은 〈화랑세기〉 필사본에 대한 논의가 다시 수면 위로 급부상하고 있습니다. 그것이 진본이라고 선두에서 주장해온 분인 만큼 감회가 깊을 겁니다. 그렇죠? 교수님.

—당연히 있어야 할 일이 이제야 이루어진 것이지요. 우리나라 역사학의 진보로 봐야겠지요. 낙후되고 고루한 박스에 갇혀 있는 역사학이 조금이나마 깨진 것이라고 봐도 될 겝니다.… 박창화 선생의 〈화랑세기〉 필사본은 질식할 것 같은 우리나라 역사학계에 단비 같은 존재였지요. 그 책은 민족정신과 나라 사랑, 열정 없이는 불가능합니다. 통혼의 시간을 뚫고 나온 그 책엔 신라에 대해 얼마나 풍성한 내용이 담겨 있습니까? 저는 지금껏 강렬하게 주장해왔습니다. 〈화랑세기〉 필사본이야말로 신라 왕실 문화의 보고입니다. 〈삼국사기〉와 〈삼국유사〉는 너무 취약합니다. 왜곡도 있습니다. 그 부실한 안경으로 우리나라의 상고사를 봐야 하는 서글픔을 어디에 풀 수 있을까요? 그런 뼈저린 아픔을 그나마 식혀주고 신라의 풍성함을 원형적으로 보여주는 것이 〈화랑세기〉 필사본입니다.… 김대문의 가계도도 그 책에 나옵니다. 김대문이 아버지의 뜻을 이어 썼다는 저작 의도도요. 이렇듯 박창화 선생의 〈화랑세기〉 필사본이 김대문의 〈화랑세기〉를 필사한 것이

맞는다고 보여집니다. 미치코도 두 책을 비교했더니 90프로 이상이 일치한다고 하지 않았습니까?… 물론 간단치는 않습니다. 〈화랑세기〉 필사본을 인정하는 측에서도 김대문의 원문을 필사했는지 김대문의 원문을 필사한 누군가의 또 다른 필사본을 필사한 것인지 논란이 많았습니다. 그런데 미치코가 원본을 보았다고 하니 그게 사실이라면 혼란으로 치닫다가 버려진 담론이 새 생명을 받는 거지요. 미치코 사태는 어마어마한 사건입니다. 우리나라 사학을 통째로 뒤집을 핵폭탄 같은 것입니다. 물론 더 지켜봐야겠지요. 소위 역사를 다룬다는 전문가들에 의해 가짜로 낙인찍힌 실체가 오랜 수난을 뚫고 빛을 발하니 감개무량합니다.

—말씀 감사합니다, 교수님.

—박창화 선생이 쓰신 책들이 〈화랑세기〉 필사본 외에도 많습니다.

—또 있다구요?

—〈고구려사초〉와 〈고구려사략〉이란 저서도 있습니다. 편의상 〈고구려사초략〉이라고 부를게요.

—놀라운데요?

—그렇습니다.

—미치코가 양심 고백 끝 무렵에 오늘은 여기까지만 밝히겠다고 했습니다. 미치코가 죽은 이유가 바로 그거 아니냐는 이야기

도 제법 나옵니다. 교수님이 지금 말씀하신 책이 미치코가 미처 밝히지 않은 영역으로 봐도 될까요?

—저도 미치코가 한 그 말의 의미가 분명치 않습니다. 미치코가 대체 어디까지 알고 있다는 말인지. 서릉부의 고위직에 있고 한국의 고대사에도 관심이 있는 만큼 알고 있는 게 상당하겠죠. 우리나라의 상고사가 외국인인 그녀의 머릿속에 잠자고 있음이 안타깝죠. 번갯불 같은 희망이 난데없는 죽임을 당했으니 가슴이 뭉개집니다.

—그렇군요. 교수님.

—저는 신라사 전공입니다. 그래서 고구려에 대한 깊이는 그닥 없습니다. 그렇지만 고구려 연구자들은 적어도 참조라도 해야 하는 것 아닙니까? 〈고구려사초략〉을요. 이 책은 학계에서 거들떠보지도 않습니다. 말이 되는 일입니까? 박창화 선생은 식민시대에 제국주의 일본의 왕실도서관에 뛰어 들어가 이십 년간이나 그곳의 고서들을 뒤지며 연구했습니다. 고구려에 관한 독특한 책도 남겼는데 고구려 전문 역사학자들이 읽지도 않는다는 사실이….

—우리나라 사학계에 그런 일이 있었습니까?

—그렇습니다. 그걸 지켜봐온 제 심정은 어떻겠습니까? 박창화 선생이 혼신의 힘으로 남긴 〈고구려사초략〉엔 〈삼국사기〉와 〈삼국유사〉에 나오지 않는 내용이 홍수처럼 쏟아져 나옵니다.

—그런가요? 궁금합니다.

—앞으로 하나둘 나오겠지요. 박창화 선생이 필사만 한 것도 아닙니다. 직접 쓴 책도 있습니다.

—어떤 책이죠?

—〈강역고〉입니다.

—〈강역고〉요?

—우리나라의 강역 즉 영토를 고찰한 책입니다. 난해하지만 놀라운 통찰이 들어 있습니다. 〈I대 고조선 연구소〉 같은 진보 사학 모임에서 최근에 밝혀나가는 내용도 이미 담겨 있지요. 그런데도 이 책 역시 철저히 소외되어 있어요. 역사학자들 대부분이 그 존재 자체를 모르는 실정입니다.

—그럴 수가.

—사실입니다.

—혹시 미치코가 미처 밝히지 않은 책에 방금 말씀하신 강역고도 포함될까요? 바로 그 책 때문에 살해당했다는 가설도 성립하겠는데요. 어떻게 보십니까? 교수님.

—저도 그런 추측도 해보지만, 알 수 없는 일이지요.

—그렇겠지요.

—박창화의 저서들엔 색다른 이야기들이 풍성합니다. 미치코의 고백이 있기 전까지는 그저 허구로 치부해버리면 그만이었죠.

이젠 그렇게 하면 무책임한 일이 되지요. 물론 박창화 선생이 에로물 같은 연애소설도 썼기에 혼란을 자초한 면도 있습니다만.

—애로물이라구요?

—〈도홍기〉와 〈어을우동기〉 같은 에로소설도 썼습니다. 그러니 〈고구려사초략〉 같은 역사책도 뻔한 소설로 취급받아 아예 연구 대상에서 제외되는 면도 있지요.

—저런…

—그러나 〈고구려사초략〉은 무시될 성격의 책이 아닙니다. 이미 번역되어 〈고구려의 숨겨진 역사를 찾아서〉라는 제목으로 2008년에 출간되었습니다. 십 몇 년이 지나도록 방치된 거지요. 제도권 사학자들 정말 머리에 쥐가 날 겁니다. 이 텍스트들을 어떻게 할 겁니까? 〈삼국사기〉와 〈삼국유사〉와 전혀 동떨어진 내용이 담긴 텍스트들을.

—미치코 사건이 우리나라 역사의 틀 자체를 뒤흔들 계기가 될 수도 있겠네요, 교수님.

—그렇습니다. 고재돈 교수는 부체제설이라고 해서 삼국의 어느 단계까지를 약체로 보지요. 거기에 사로잡혀 있기에 이런 색다른 이야기가 우스운 짓거리로 보일 겁니다. 미치코 사건이 터졌다고 해도 그런 관점을 접을 사람이 아닙니다. 그러나 중요한 것은 관점이 아니라 사실입니다. 물론 사실은 알기 어렵죠. 그래서

역사학도 사실 위주의 랑케주의에서 해석을 중시하는 해석학으로 바뀌었지요. 역사적 사실을 외면한 채 상상의 날개를 펴는 것도 경계해야 합니다. 역사학은 사실과 해석 사이의 긴장에 있죠.

—좋은 말씀입니다.

—그런 면에서도 삼국시대의 해석은 중요하지요. 미치코 사건이 터진 지금 부체제설 역시 뿌리부터 파헤칠 필요가 있습니다.

—흥미진진한 이야기입니다. 그간은 고재돈 교수의 부체제설이 진실인 양 군림하지 않았습니까? 그런데 미치코 사건으로 인해 단지 괴짜 이야기꾼으로 치부되었던 박창화 선생이 진실의 대변인으로 부상하고 있죠. 그의 〈고구려사초략〉 역시 진실의 개연성을 담고 있다고 봐야겠네요. 그런데 그 책에 담긴 내용이 〈삼국사기〉와 〈삼국유사〉와도 다르고 부체제설을 파괴할 수도 있다는 말씀이시죠? 그러니 그 전체가 전복될 수도 있다고 정리해도 되겠습니까?

—그렇습니다.

—네.

—물론 어떤 것이 진실이기에 그다음도 진실이다라고 말할 수는 없죠. 각기 별도로 심층 연구가 뒤따라야죠. 그 처음 것이 과연 진실이냐? 그 점도 아직 확증할 단계가 아니죠. 미치코 사건의 본질은 여전히 안개 같으니까요. 다만, 보다 진실에 접근할 수 있

는 대지가 열렸다고 할까요. 그 정도만 하더라도 우물 안 개구리인 사학계에 획기적인 진전입니다.

—그렇겠네요, 교수님. 미치코 사건의 의미와 파장이 한두 가지가 아니겠군요.

—그렇습니다. 정리해 말하자면 〈화랑세기〉 필사본은 신라의 통일 직전 화랑들의 이야기를 다루고 있습니다. 〈고구려사초략〉은 고구려를 다룹니다. 강역고는 우리나라의 땅 영역을 고찰한 책입니다. 박창화 선생이 남긴 저서들을 〈남당유고〉라고 부릅니다. 선생의 호가 남당이라서 그렇지요. 남당유고엔 부여를 다룬 책도 있습니다. 〈삼국사기〉와 〈삼국유사〉뿐만 아니라 사마천의 〈사기〉나 반고의 〈한서〉, 〈삼국지〉, 〈구당서〉, 〈신당서〉 이런 중국 사료들에 부분적으로 나오는 내용들과는 차원을 아예 달리합니다. 그럼에도 서고에 처박혔다는 표현으론 모자라고 그 존재조차 모른 채, 무시한 채, 이 땅의 지식인들이 살아왔습니다. 그 자체만으로도 개탄스러운 일이죠.

—무서운 예감이 듭니다.

—미치코 사건을 계기로 전면적인 재검토가 이루어져야 합니다. 〈화랑세기〉 필사본의 위작 판정에 대한 재해석은 작은 퍼즐 맞추기 성격일 수도 있습니다. 물론 중차대한 과제입니다. 외부에서 미치코가 선물을 주고 죽음으로 간 거죠. 〈화랑세기〉 필사본

의 위작 판정에 대한 재해석을 시작으로 해서 한국사 자체에 대한 전면적인 해체와 수술, 재해석, 탐구로 나가야 합니다.

4

혼란의 늪

사마의 처 연씨가 사오의 처 백씨를 투기하다가 사마를 독살하였다.

〈고구려사초략〉에 나오는 그 문장이 현우를 또다시 괴롭혔다.

사마는 무령왕, 백제의 25대 왕이다.

사오는 무령왕의 부하이다. 무령왕이 부하 사오의 처 백씨를 취하자 무령왕의 왕비 연씨가 질투심에 사로잡혀 무령왕에게 독을 먹여 죽였다는 것이다. 어디서 듣지도 보지도 못한 내용이 신발창에 달라붙은 껌처럼 가슴에 붙어 있었다.

공주 송산리 고분군 주차장에 차를 댔다. 비탈길을 올라 무령왕릉 앞에 서자 또 달리 당혹스러웠다.

작네. 왜 이리 작을까. 경주 대릉원의 봉분들에 비하자니 무령왕릉은 크기에서 새발의 피였다.

능 앞에서 현우는 서성였다. 닫힌 문을 부숴서라도 들어가고 싶었다. 벽을 쓰다듬고 무령왕의 시신이 놓인 자리 곁에 앉아 골똘히 바라보고 싶었다. 당신은 어떻게 죽었나요? 당신의 죽음의 비밀은 도대체 뭐예요? 묻고 싶었다.

발길을 돌려 비탈길을 내려가면서도 마음이 어수선했다.

오늘날의 공주는 웅진이 아니다.

그 문장마저 가슴을 들쑤셔댔다. 지금 걷는 공주가 백제의 수도인 웅진이 아니라는 것이다. 남당의 강역고에서 읽기 전에도 듣긴 했던 말이다.

웅진과 사비, 위례성이 중국에 있었다는 주장. 〈삼국사기〉에 나오는 일식의 기록을 쟀더니 삼국의 위치가 중국 대륙이어야 타당하다는 주장 등등과 함께 말이다.

무령왕릉은 공주에 있다.

공주가 웅진임을 말하는 측에서 근거로 삼는 것이다. 공주에 무령왕릉이 있으니 공주가 백제의 수도 웅진이라는 것이다.

아니, 이런 말 자체가 무의미할 정도로 웅진은 곧 공주임이 당연시되어 있다. 공주가 웅진이냐고 묻는 사람은 거의 없다. 공주는 웅진이다. 그 정석에 남당 박창화는 비수를 꽂는다.

1+1은 2이며 때에 따라서 3도 될 수 있다. 가령 남자와 여자가 결혼해 아기를 낳는 경우이다. 수학적으로 표시하면 1+1=3이다. 그러나 역사적 사실은 일 대 일로 정확히 대응되는 예도 있다. 웅진이 공주인가 아닌가는 분명히 둘 중 하나이다. 공주가 웅진이라는 말이 사실이거나, 그것이 틀렸다는 남당 박창화의 말이 사실이다. 즉 남당은 거짓말쟁이이거나 진실을 말하는 사람이다.

무령왕릉 하나밖에 없잖아. 공주에 있는 왕릉이.

공주가 웅진이라고 철석같이 믿는 제도권 사학에 대한 반론이다. 그렇게 주장하는 재야 사학자들은 무령왕릉이라는 절대적 증거로 인해 난처해한다. 그래서 무령왕릉이 조작되었다는 말까지 나온다.

궁색한 일이다.

왕릉은 꼭 수도에만 있어야 하는가. 조선의 왕릉들은 경기도 광릉에도 있고 여주에도 있다. 수도 한양의 바깥에 있는 것이다. 왕릉이 있다고 해서 꼭 수도만은 아닐 수 있다. 그러나 그 논리도 빈약하다.

암튼 무령왕릉은 곤혹한 존재이다. 공주가 웅진임을 당연시하는 제도권 사학에는 거의 유일한 증거임에도 미흡함을 벗어날 수 없다. 무령왕릉 자체가 조작이라는 일부 재야 사학자들의 외침은 공허하다. 남당의 무령왕 독살설이 다시 머리를 지끈거리게 했다. 등에서 작은 배낭을 내리고 쭈그려 앉았다. 배낭에서 〈고구려사초략〉을 아예 꺼냈다.

> 사마의 처 연씨가 사오의 처 백씨를 투기하다가 사마를 독살하였다. 사마의 서자 명농은 상을 당한 것을 숨기고 보위에 올랐다.

무령왕은 탄생부터 미스터리에 쌓인 인물이다. 〈삼국사기〉엔 동성왕의 아들로 되어 있고 〈일본서기〉엔 개로왕의 아들인지 개로왕의 아우인 곤지의 아들인지 알 수 없으나 그 둘 중의 하나라고 한다.

곤지가 임신한 부인을 데리고 일본에 갔다는데 그 부인이 개로왕의 부인인지 곤지의 부인인지 해석에 따라 달라진다. 사마가 무령왕임은 입증되어 있다. 〈삼국사기〉의 백제본기에 무령왕은 사마라고 나오며 무령왕릉 안의 지석에도 사마라고 되어 있다. 사마 즉 무령왕은 일본에서 태어나는데 사마 자체가 일본어로 섬이기에 사마의 일본 탄생은 개연성이 크다.

웅진 천도 무렵 백제엔 엄청난 시련이 닥친다. 개로왕은 475년에 고구려가 침입하자 나제동맹을 강화하며 대항했으나 실패하여 포로로 잡힌다. 탈출하다가 사로잡혀 참수당한다. 그다음의 문주왕, 다시 그다음의 삼근왕은 천도가 된 웅진에서 자객에게 살해당한다. 그다음은 동성왕이고 그다음이 무령왕이다. 그다음이 성왕이다. 남당이 말하는 사마의 서자 명농이다.

무령왕마저 부인에게 독살당했다고 알려지면 아들 성왕은 치명적으로 될 수도 있다. 무령왕이 죽은 이유를 숨기고 싶어진다. 왕의 시신 처리도 문제가 되었을 것이다. 무령왕릉에서 발견된 지석 뒷면엔 일만 문(文)의 돈으로 토지를 매입해 무덤을 만든다는 기록이 있다. 수도인 웅진에서 먼 곳에서 그 지방의 땅을 매입해 급히 처리했을 가능성이 있다.

현우는 상상해나가다가 멍해졌다. 안개에 휘감긴 기분이다. 뭐가 뭔지 모르겠다. 〈고구려사초략〉의 '안장대제기'편에 나오는 저 내용이 사실일까? 말도 안 되는 궤변일까? 귀신의 뺨을 치는 듯한 설득력과 호소력이 느껴짐은 사실이다. 그러나 그것만으론 어림없다.

무령왕릉이 발견된 것이 1971년, 남당 박창화가 죽은 해가 1962년이니 남당 박창화는 무령왕릉을 보지 못했다. 〈고구려사초략〉에서 무령왕에 관해 쓸 때는 무령왕릉의 존재를 알 수 없는 상태였다. 그런데도 소름이 돋을 정도의 글을 남겼다.

〈고구려사초략〉의 저 내용은 남당이 그저 소설처럼 꾸며낸 이야기인가, 아니면 서릉부에서 원본을 보며 필사한 것인가. 현우는 필사가 아니고는 도저히 저런 지점에 가 닿기가 어려울 것도 같았다.

남당은 무령왕에 대해 전공자도 아니다. 무령왕 외에도 주몽, 유리왕, 온조 등등 무수한 인물들이 〈남당유고〉에 담겨 있다. 그 뿐만이 아니다. 박은식, 신채호 같은 동시대인들도 나오고 정도전, 정약용, 서긍 등등 숱하게 나온다. 그중 한 명일 뿐인 무령왕에 대해 저런 기상천외의 말을 할 수 있을까. 더군다나 남당은 자신의 정체성을 역사학자로 삼는다. 그런 사람으로서 역사의 한 부분에 대해 감히 섣부른 공상을 달 수 있을까. 현우는 이런 점을 따지고 보더라도 남당의 저 글이 단지 꾸며낸 이야기로 치부될 성격이 아닐 것도 같았다.

무엇을 보고 썼다면 그것은 과연 무엇일까.

한 권일까. 두 권일까. 여러 권일까.

백제 시대에 쓰인 걸까. 고려 시대에 쓰인 걸까. 조선 시대에 쓰인 걸까.

사학자에 의해 쓰인 걸까. 문필가에 의해 쓰인 걸까.

그 회오리에서 벗어나기 힘들었다. 호흡을 가다듬고 자리를 떠났다. 천천히 걸어 내려 별도로 마련된 무령왕릉 전시 고분 안으로 들어섰다. 이미 알고 있는 대로 중국식 벽돌과 일본에서 온 금송의 관이 적막 속에 은은히 잠겨 있었다.

공산성으로 차를 몰았다.

주차장에 파킹을 하고 산길을 오르면서도 심란했다. 공산성 역시 공주가 웅진이라는 증거로 사용된다. 이 성은 백제 때 지어진 것이며 왕궁터가 있다는 것이 물증으로 제시된다. 그러나 청주에 있는 상당산성 역시 백제 때 처음 지어졌다. 그럼에도 청주가 백제의 수도인 적은 없다.

뒤숭숭한 채 오르다 보니 왕궁터라는 곳에 이르렀다. '에게' 그 말이 절로 나왔다. 너무도 좁다. 왕궁이 들어설 자리가 아닌 듯했다. 예전에 무심코 볼 때와 감각이 달랐다. 허탈감에 잠기는데 표지판이 눈에 띄었다.

추정 왕궁터

현기증이 일었다. 무령왕릉에 이어 공산성마저 합리적 의심이 깊어지자 주변에 보이는 사람들이 꼭두각시처럼 보이기 시작했다. 이곳에 여행을 오고 아이들에게 "이게 백제의 수도야" 자상하게 알려주는 부모, 학교 교육을 통해서 당연한 듯 여기는 아이들, 공주 시민들, 그 모두가 거대한 사기극에 말려들어 있는 것 같았다.

공산성에서 불편한 시간을 보내고 내려와 순댓국집에 들어갔다. 순댓국과 소주를 시켰다. 공주가 웅진일까 아닐까. 술기운이 돌수록 어지러웠다. 정민에게 전화를 걸었다.

"무령왕릉 보니까 어때?"

정민이 물었다.

"도통 모르겠어. 뭐가 뭔지."

"그 기분이 차라리 생산적이라며?"

"기만당하는 것보단 낫겠지. 근데 어지럽네."

"왜?"

"무령왕릉이 그리 크지 않은 것도 맘에 걸려. 당시 백제는 22담로가 설치되며 국운이 다시 부상하던 때거든. 웅진이 격변기의 임시 수도 성격이어서 그런 것도 같고, 암튼 헷갈려."

"후후."

"…."

"미치코의 시신에 외상이 전혀 없다 하네. 부검도 안 하고 서둘러 화장을 했다고 하고."

"냄새나는데?"

"그러게 말야. 우리 집안은 미치코 사태 후로 난리야. 기자들도 마구 들이닥치고."

"그러겠지."

"작년에 우리가 남당에 대한 워크숍 벌인 거 있잖아. 그땐 반응도 없더니 미치코 사건이 터지니까 언론에서 이제야 뜨거워지네."

"기레기들."

"내 늦둥이 막내아들 있잖아. 초등학교 오 학년짜리. 녀석도 역사에 호기심이 깊어. 남당 할아버지를 닮은 모양이야. '아빠. 졸본이 환인인 거 아냐? 남당 할아버지는 졸본이 수분하라고 한다고 티브이에 나왔어. 수분하가 어디야?' 아까 그러더라구."

"〈강역고〉에 나오는 내용이야. 고구려의 도읍지 졸본이 수분하라고."

"그래? 그 책을 안 봐서. 움찔하데."

"왜?"

"녀석이 혼란을 느낄까 봐. 난 녀석은 역사나 정치와 관계없이 경영이나 공학을 전공해 건강하게 잘 살았으면 해."

"응."

"우리 집 진짜 골칫덩어리야. 내 와이프도 그래."

"그건 또 왜?"

"내 와이프가 초등학교 교사잖아. 교과서에 나오는 대로 곧이 곧대로 믿는 사람이야. 근데 내게 들은 게 있어서 남당의 주장들을 꽤 알고 있어. 그러니 어찌 되겠어. 역사에 대해 정식이라고 규정된 내용과 이단적인 것들을 동시에 간직하고 있으니. 내가 나쁜 놈이지. 말을 해주지 말든가."

"하하."

"만약 공주가 진짜 웅진이 아니라는 의심이 들게 된다고 쳐봐. 송산리 고분에 대해서, 무령왕릉에 대해서 학생들에게 어떻게 자신 있게 또박또박 말할 수 있을까?"

"자중지란에 빠지겠지."

"거짓말을 하면 얼굴이 이내 발그레해지는 사람이야. 몇 초를 참지 못하고 '사실은 그거 거짓말이었어.'라고 말하지. 그런 사람이 한 시간의 수업, 아니 교직에 있는 동안 그 힘든 시간을 감당할 수 있을까? 그리고 혹시 그런 어중간한 심리 속에서 수업하다가 '공주가 웅진이 아니라는 말도 있긴 하지만' 이런 말이 나왔다고 쳐봐. 그 말이 가슴에 꽂힐 녀석들도 있을 거 아냐. 그 아이들은 혼돈을 어떻게 감당할까?"

5

여기도 추정이지요?

현우는 모텔에서 빠져나와 부여로 차를 몰았다. 부소산이 모습을 드러내고 있었다. 입구에 차를 대고 걸어 오르기 시작했다. 연둣빛으로 번져가는 풍경이 어제의 혼란을 씻겨준다. 목책에 기대어 백마강을 굽어본다. 갑갑증이 몰려오며 미간이 찡그려진다. 남당의 〈강역고〉가 또 괴롭힌다.

> 오늘날의 사람들이 지금의 충청남도 공주를 웅진으로 여기고, 충청남도 부여를 사비라고 생각하며, 지금의 금강을 백강으로 여기는데, 역사적으로 부합되지 않는 것이 많다.
>
> 의자왕이 망해정(望海亭)을 왕궁의 남쪽에 건립하였는데, 지금의

부여는 해안에 위치하지 않는다.

배낭에서 〈강역고〉를 꺼냈다. 망해정에 눈길이 멎는다. 망해정에서 화살표 표시를 해나간 곳에 〈삼국사기〉에서 인용해 적은 글로 눈길을 옮겼다.

망해정을 왕궁의 남쪽에 세웠다. (〈삼국사기〉 백제본기 의자왕 16년(655))

그러니까 의자왕이 망해정을 왕궁의 남쪽에 건립했다는 남당의 글은 〈삼국사기〉와 일치한다. 부여는 해안에 위치하지 않기에 남당은 부여가 사비가 아니라는 증거의 하나로 삼는다. 그러나 옛사람들은 호수를 바다로 여기기도 했다. 경주의 월지에는 임해전(臨海殿)이 있다. 바닷가에 위치하지 않은 경주에도 바다 해(海)를 쓴 것이다. 망해정의 해(海)는 바다인 걸까? 아닐까? 바다라면 남당의 말에 일리가 있고 바다가 아니라면 남당이 잘못 짚은 것이다. 망해정의 해는 과연 무엇일까?

지금의 금강은 누선과 군함이 들어갈 수 있을 만큼 깊지 않다. 소정방이 사비로부터 배를 타고 당나라로 돌아갔는데, 지금의 부여 같은 곳은 배를 타고 당나라로 돌아갈 수 있는 지역이 못 된다.

이러한 여러 설을 살피건대 사비가 해안에 있었다는 것은 분명하다. 내 생각에 사비는 지금의 예성강이며 웅진은 지금의 임진강이다. 백강은 예성강과 임진강의 강물이 합쳐져서 연안과 교동으로 나온다.

남당은 사비는 바닷가에 있어야 타당하며 예성강이라고 한다. 백강도 그 강과 임진강이 합쳐지는 곳이라고 한다. 현우는 머리가 다시 지끈거렸다. 최근에 접한 과학적 정보에 의하면 고대엔 해수면이 지금보다 높았다. 부여에 흐르는 강물 역시 지금보다 수면이 높게 나오는 시뮬레이션을 본 적이 있다. 남당은 이런 지식까지 접할 시대 사람이 아니다. 그의 생각은 과학적 진실에 의해 깨질 것은 깨져야 한다.

왜인을 백강 입구에서 만나서 그 배 400척을 불태워 화염이 하늘에 붉게 타오르고 바닷물을 붉게 물들였다고 하니, 이것이 어찌 오늘날의 부여 백마강이겠는가? 이곳은 교동의 한강이 바다로 들어가는 곳이다. 왜선 1,000척이 백사(白沙)에 머물러 있었다는 것 또한 지금의 부여가 아니다. 연안의 간월산 아래에 있는 망해암 등지가 이 지역일 것이다.

오늘날 부여의 낙화암은 진실로 백제의 낙화암이 아니다. 장단 화담 왼편 높은 절벽이 그림 병풍을 펼치듯 가파르게 서 있는데, 그 이름이 화암(花岩)이다. 이곳이 진실로 낙화암으로서, 탁타암이 그 근처에 있다.

백강 전투와 낙화암에 관한 이야기다. 백제가 멸망한 660년에서 3년이 지난 663년, 왜는 함선 1,000척에 해군 27,000명을 싣고 온다. 그중 400척이 불에 탄다. 이 내용은 〈일본서기〉에도 나오고 〈삼국사기〉와 〈구당서〉에도 나온다. 똑같은 내용이 〈강역고〉에도 나오는데, 남당은 다만 전쟁의 장소인 백강이 지금의 부여 백마강일 수 없다고 주장하는 것이다.

현우는 책에서 눈을 떼고 눈을 감았다. 숨을 크게 들이마신 후 눈을 떠 다시 백마강을 굽어보았다. 저게 백강일까, 아닐까.

교과서엔 백마강과 백강이 동일시되어 있다. 그러나 눈앞에 보이는 백마강은 그리 넓지도 깊지도 않아 보였다. 백제 때의 강폭이 지금보다 넓었다고 치고 백강 전투 시의 수면이 지금보다 높다고 쳐도 저곳에서 함선 1,000척이 떠 있고 그중 400척이 불에 탈 것 같진 않았다. 더욱이 왜의 함선과 맞선 당나라의 함선도 170여 척 있었다고 하니 더욱 그럴 것 같았다. 저 전쟁엔 백제군과 신라군도 합세했다. 그것까지 치면 눈앞의 백마강이 그 엄청난 전투를 감당할 장소 같진 않았다. 진실은 과연 무엇일까?

만약 저것이 진짜 아닌 가짜라면 낙화암도 마찬가지일 것이다. 현우는 낙화암을 바라보기가 민망했다. 대체 이게 무슨 꼴인가. 짜증이 일었다. 마음을 다잡아 〈강역고〉의 낙화암에서 화살표 표시를 해나간 곳에 〈삼국유사〉에서 인용해 적은 글에 다시 눈을 박았다.

〈백제고기〉에는 이렇게 말하였다.

부여성 북쪽 모퉁이에 아래로 강물에 잇닿은 큰 바위가 있는데, 이렇게 전해온다,

"의자왕이 후궁들과 함께 죽음을 피하지 못할 것을 깨닫고, 차라리 자결할지언정 다른 사람의 손에는 죽지 않겠다고 말하였다. 서로 이끌어 이곳까지 와서 강물에 몸을 던져 죽었기 때문에 세속에서는 이곳을 타사암(墮死巖)이라 한다."

그러나 이것은 항간의 말이 와전된 것이다. 궁인들만 떨어져 죽었으며 의자왕은 당나라에서 죽었다는 것이 〈당사〉에 분명히 기록되어 있다. (〈삼국유사〉 기이 제1 태종 춘추공)

〈삼국유사〉에 따르면 타사암이 낙화암의 원래 말이다. 후에

낙화암이 된 그 바위의 위치를 〈삼국유사〉엔 〈백제고기〉를 인용해 부여성 북쪽 모퉁이 강물에 잇닿아 있다고 한다. 그 부여성이 지금 충청남도의 부여일까? 그렇다는 증거는 〈삼국유사〉에 나오지 않는다.

현우는 허탈감마저 커지며 고란사 쪽으로 발길을 옮겼다. 익숙한 오솔길을 따라 걷자 유서 깊은 사찰이 점점 모습을 드러냈다. 가족 여행이나 소풍 올 때마다 설렘이 일던 고란사. 부모님도 돌아가시고 형제들은 타지로 흩어져 더욱 쓸쓸해졌다.

고란사 종소리~ 노래방에서 술에 흥건히 취하면 그 노래도 부르지 않았던가. 그러면 고향 부여가 감미롭게 떠오르고 노래가 끝나면 박수 소리와 함께 술이 더 달달했다. 현우는 아련함과 공허가 뒤섞인 마음을 끌어안고 절 마당을 거닐었다. 불당 안의 불상도 옛 그대로였다. 구석구석에 배인 풍성한 추억거리들을 보기가 고역이었다. 어쩌다가 남당에 빠져서… 회의감이 들었다. 대체 뭐란 말인가. 현우는 절 뜨락에 앉아 배낭에 넣었던 〈강역고〉를 또 꺼냈다. 관련된 페이지를 펼쳤다.

> 고란사와 고란도는 한편에서는 경도라고 하는데 부평에 있는 것이 분명하다. 오늘날 낙화암과 고란사를 한 장소에 있게 한 것은 타당하지 않은 말이다.

맥이 또 빠졌다.

공주에 이어 부여에서도 강펀치를 얻어맞자 허탈감을 견디기 어려웠다. 털털거리며 내려왔다. 부소산 아래쪽에 드넓게 펼쳐진 관북리 유적지를 걸어 다니는 동안 마음이 오락가락했다. 이 정도의 규모와 건물터, 도로, 축대와 배수로, 수조, 연지가 있는 것으로 보아 왕궁지다웠다. 수도를 의미하는 수부(首府) 이름의 기와도 발견되었다잖은가.

정림사지까지 차를 몰아 안에 들어섰다. 관북리 유적지와 어울리게 드넓은 절터. 세월의 무게를 견디며 고풍스럽게 서 있는 오층석탑. 그것들 역시 사비의 흔적 같았다. 의심과 믿음이 뒤섞인 마음으로 정림사지를 빠져나와 능산리로 차를 몰았다. 능산리는 송산리보다 더 실망스러웠다. 송산리엔 무령왕릉이라도 있었다.

"문화해설사이신가요?"

저쪽에 일행을 인솔하는 여자가 보여 큰 소리로 물었다.

"네, 맞아요."

"여기 능들도 추정인가요?"

혹시나 하고 물었다.

"네, 추정이에요. 모두."

현우가 보기에도 왕릉 같지가 않았다. 귀족의 묘이거나 이 지역을 관할했던 마한의 왕릉이려니 했다.

다시 차를 몰았다. 국립 부여박물관. 금동대향로와 사리장엄구가 있는 곳.

능산리 절터에서 출토된 금동대향로. 정말 황홀하다. 백제의 수도들을 답사한다고 했을 때 선호가 꼭 보라고 추천했다. 바로 앞에서 두 눈으로 직접 보니 아우라가 장난이 아니다.

사비 시절의 백제도 드라마틱하다.

사비로 천도한 성왕은 신라에 패해 목이 잘려 죽는다. 그와 더불어 백제의 위상도 추락해간다. 성왕을 이은 위덕왕이 고통 속에 노력하나 기울어진 판세를 뒤집기엔 힘에 부쳤다. 금동대향로와 사리장엄구는 그 위기와 고난, 불굴의 의지 속에 피어난 꽃들이다.

현우는 이번엔 사리장엄구 앞에 섰다.

백마강 건너편의 왕흥사지에서 출토된 사리장엄구. 금동대향로완 또 달리 비장한 매혹을 품고 있다. 아비 성왕을 원통하게 잃은 위덕왕은 자식마저 잃는다. 그 슬픔과 애도를 사리장엄구에 담았다. 위덕왕 사후 혜왕, 법왕 시절은 둘 다 짧고 무왕으로 이어진다.

현우는 스마트폰으로 시간을 보았다. 얼추 가능할 것 같았다.

익산을 향해 차를 몰았다.

왕궁리 유적지의 주차장에 파킹을 하고 걸어 나가자 끝이 잘 보이지 않을 정도였다. 진짜 왕궁터로 보인다. 금마저(익산)는 무왕이 사랑한 곳이다. 무왕이 마지막 도읍지로 정하려 했다는 말도 있다. 〈관세음응험기〉라는 옛 문헌에 무왕이 익산으로 천도했다는 말이 나온다. 수부(首府) 도장을 찍은 기와가 금마저에서도 나왔다.

어디선가 읽은 대로 왕궁터와 절터로 겹쳐져 사용되었다는 설명이 표시판에 적혀 있었다. 현우는 혼란이 극대화되고 있었다.

익산은 수도의 냄새가 난다. 수도로서의 격을 갖춘 것 같다.

의자왕의 선왕 무왕이 사랑한 익산은 과연 백제의 마지막 수도인가? 아닌가?

웅진은 공주인가? 아니면 남당의 주장대로 임진강이 흐르는 임진인가? 아니면 또다른 곳인가?

사비는 부여인가? 아니면 예성강 부근인가? 아니면 또 다른 곳인가?

웅진, 사비, 금마저, 공주, 부여, 익산…. 현우는 혼돈의 바다에 빠져 익사할 것 같았다. 한수, 웅진, 사비, 금마저, 한강, 공주, 부여, 익산…한수마저 끼워 넣자 머리가 절레절레 흔들렸다.

6

남당의 유언

로마는 로마다. 기원전 언제부터 시작해서 콘스탄티노플로 천도하기 이전의 로마 제국의 수도라고 누구나 인정한다. 아테네, 파리, 런던, 장안, 동경, 교토… 마찬가지다. 그런데 부여는 그렇다 치고 공주와 익산은 왜 그렇지 않은가. 남당 박창화는 왜 공주와 부여가 웅진과 사비가 아니라고 단언할까? 그뿐 아니다. 그에게 부정되는 수도는 그 둘만이 아니다.

이런 이단적인 말을 일삼는 그는 누구일까? 망언하는 자인가? 허무맹랑한 소설이나 짓고 죽은 사람일까? 궤변론자일까? 사이비 역사학자인가?

그런데 〈화랑세기〉 필사본이 이제 진짜라고 한다. 하루아침에.

미치코는 또 누구일까? 좀더 밝혀진 바로는 요코하마 출신이다. 거기서 고등학교까지 다니다가 동경의 우에노 대학에서 역사학으로 박사학위를 받아 서릉부에 근무해왔다고 한다. 그녀의 죽음에 대해 자살이냐 타살이냐 말들이 많다. 그녀의 죽음을 자살로 모는 주장에 대해선 그녀의 모성애를 들먹이며 웃기지 말라고 한다. 식물인간인 아들을 두고 자살할 리가 없다는 것이다.

그 주장에 대해선 그 아들은 이미 죽었다고도 한다. 다만 그녀가 인정하지 않고 있다고. 슬픔이 너무 커서 그녀가 이상하게 되었다고.

언론에선 그녀의 아들이 죽었다는 보도를 한 적이 없다.

언론을 어찌 믿을 것이며 언론에서 뭔가를 은폐하고 있다는 말도 SNS에 넘친다.

현우는 침대에 누워 여행의 후유증 속에 이런저런 생각이 흐르다가 불쑥 스치는 것이 있었다.

—남당 선생이 남긴 유언이 뭐였지?

정민에게 카톡을 보냈다.

—그건 갑자기 왜?

—미치코의 죽음과 연관이 있는 것 같아.

—그래?

정민의 말이 급해졌다.

—화랑세기 필사본은 소중한 것이니 잘 간직할 것이며, 강역고는 내가 직접 작성한 것이며, 나머지는 있으나 마나 한 책.

—오케이.

카톡을 끊자 현우는 돌연한 무서움이 몸에 스며들었다. 남당의 유언에서 가장 중요하게 여겨지는 〈강역고〉.

어쩌다가 이 책에 꽂혔는지.

아무도 거들떠보지 않으면 그 이유가 있는 거지.

해독이 어려워 막히면 몇 개월이건 한 장도 넘기지 않고 방치한 책이었다. 내용을 정확히 알기도 쉽지 않다. 골칫거리다. 그 책에서 남당은 웅진은 임진이며 사비는 예성강 부근의 소부리라고 말한다. 평양에 대해서도 압록강에 대해서도 졸본에 대해서도 전혀 다른 말을 던진다.

궤변이든 진실이든 그 하나하나를 입증하기 위한 남당의 고뇌와 몸부림은 처절하다. 피의자에게 정확한 형량을 부과하려고 밤새워 서류를 작성하는 고독하고 정직한 판사를 방불케 한다. 현우는 침대맡에 둔 스마트폰의 네이버 앱에 '서릉부'를 적고 눌렀다.

—안중근이 그립습니다. 도둑놈 소굴인 서릉부로 들어가 총으로 쏴서든지 우리 것을 찾아와야지. 국가는 뭐 하는 겁니까? 무력으로 안 되면 외교로라도 찾아와야지. 위안부 협상이니 과거의 썩은 정권이 방귀 뀌듯 만들어놓은 틀을 깨지도 않고 거꾸로 가고 있으니. 정치 지도자들의 역사 인식이 한심하기 짝이 없으니. 제길헐.

—한국은 중국의 일부였다. 이런 돼먹지 않은 말까지 몇 년 전에 나왔었죠. 트럼프와 시진핑의 미중정상회담에서 시진핑이 했죠. 이제 황제까지 꿈꾸니. 저런 막말에 대해 당당히 반격하던 놈이 하나도 없으니.

—선조들이 보면 땅을 칠 일이지요.

—우리 상고사를 팽창주의로 보는 시각이 깔려 있군요.

—동북 공정이라는 말이 저는 야릇합니다. 결국 역사 공정이잖아요. 공정이라는 말은 공장 같은 데서 쓰는 말이고요. 역사를 공정한다. 말이 되는 겁니까? 역사를 공정할 수 있나요? 역사가 공정의 대상이냐고요? 마치 강물을 토막토막 내어 컨베이어 벨트에 실어 성형하는 느낌입니다.

—하하. 재밌는 분이군요. 일리가 있습니다. 개념은 잘 만들고 잘 사용해야 하지요. 잘못하면 개념의 노예가 되어버리지요. 중국이 그 꼴인데 지적하는 학자들이 없네요. 허 참, 근데 중국인들이 그것을 모를까요? 모르면 등신일 텐데요. 알고 했다면 더러운 음모가 있다는 뜻이고요.

—알라고 하는 거 아닌가요? 난 내 맘대로 만들어갈 테니 알아서 기어! 그런 냄새를 일부러 풍기는 고약함이 있네요.

—그걸 노리는 거지요

—힘이 있으니까 힘으로 제압하고 군림하려는 오만이 깔려 있군요. 지금 보니.

—비트겐슈타인이 한 말이 생각납니다. '언어의 한계는 그 사람의 세계의 한계이다.' 이 경우엔, 동북 공정에 깃든 언어의 한계는 중국의 한계이다. 이렇게 되겠네요.

—훌륭한 말씀들 감사합니다. 중학교밖에 안 나온 저 같은 사람도 이해가 되니 감동이 옵니다. 지식인들이 이래야 하는 것 아닙니까? 많이 배웠습니다.

—아까 어느 분이 팽창주의 말씀하셨는데 우리나라의 고대 국가들을 그런 앵글로만 볼 수 없는 면이 있지요. 고조선의 홍익인간을 봐도 그렇지요. 광활한 통치를 했어도 폭력적인 팽창주의와는 거리가 멀지요.

—재야 사학도 문제가 많아요. 근거도 없이 역사를 부풀리는 경향도 커요.

—사학이면 사학이지 제도권 사학, 재야 사학 이게 뭡니까? 역사란 실로 엄연한 강물인 것을. 우리나라의 제도권 사학은 우물 안 개구리고 재야 사학은 둑 터진 댐이에요.

—인공지능이니 4차 산업 혁명이니 플랫폼, 사물인터넷, 양자 컴퓨터 운운하는 시대에 역사학이 편협한 울타리에 갇혀 있으니 답답합니다.

—편협한 것은 일본에 대해서나 중국에 대해서도 마찬가지요. 일본에 대해서 아는 게 쥐뿔도 없으면서 감정적으로 무시하지 않나. 그러면서 극일이 되겠어요? 어림 반푼도 없지. 일본이 어떤 나라인데. 중국도 마찬가지고.

—제도권 사학자들 이참에 단단히 혼나야 합니다. 그동안 역사를 철창에 가두고 국민을 질식시켰지요. 범죄와 다름없는 일입니다. 중범죄지요.

—제 말이 그 말이에요. 역사가 무엇입니까? 바르게 연구해 알려줘야 하고, 아닌 것을 끌어다가 억지로 꿰맞추면 안 되지요. 미래를 밝게 열어주는 창(窓)이죠. 역사를 다룬다는 사람들의 역사의식이 잘못되니 나라 꼴이 엉망이죠. 국민은 신음하고 선조들은 저승에서 피눈물을 흘리는 거지요.

—언론도 한심합니다. 유동욱 교수에게 연일 초점을 맞추고

있군요. 그동안 쳐다보지도 않다가요. 균형 감각을 상실한 기레기들. 여기 붙었다 저기 붙었다 쓸개 빠진 놈들.

—고재돈은 대체 어떤 놈이냐. 입 달렸으면 말을 해봐라. 이병도 뒤꽁무니에 붙어서 잘도 해먹었다. 역사가 니 개인 소유물이냐? 새로운 정보가 나와도 묵살하고 신라사를 김부식과 일본, 이병도가 짜놓은 대로 앵무새처럼 읊는 게 학자냐. 개자슥.

—엄연한 한국의 상고사도 앞대가리를 툭툭 잘라버리고 지 맘대로 재단하는 것이 말이 되냐?

—똥인지 된장인지 모르는 거지요.

—앞사람이 김부식과 일본을 싸잡아 욕하는데 그 이면엔 패권국이 되지 못한 울분이 있군요. 스스로는 패권국이 되지 못한 무능이 욕망을 긁어 패권국들에 반기를 드는 꼴 아니오?

—어허. 이 사람. 말조심하시게. 어따 대고.

—마음속을 잘 들여다보시오. 희생자 프레임에 갇혀 있지 않소.

—미치코 사건. 한국 근현대사를 넘어 동북아 역사에서 중차대한 사건이 될 가치.

—SNS의 힘. 굳게 닫힌 일본 서릉부의 철문마저 열다.

—미치코 사건은 미치코의 사망 이후 늪 속으로.

현우는 미치코가 어른거렸다. 반듯하게 다려진 흑자색 셔츠를 입은 유튜브 속의 그녀는 담담한 표정 속에 불안이 서려 있었다. 진지하면서도 조금은 굳어 있었다. 눈빛은 예리하면서도 공포의 얼음이 살짝 배어 있었다. 피식 웃기도 했다.

대한민국 전체를 우습게 여기는 기미도 설핏 어려 있었다. 당신들이 모르는 패, 당신들 나라의 역사학자들이 한 방에 무너질 수도 있는 패. 그것을 내가 쥐고 있지. 지하 오십 미터까지 파고들어가 물을 발견 못 했다고 해서 물이 없다고 논문을 썼다고 치자. 오십일 미터째 파고들어가자 물이 나온다면 얼마나 우스운가. 마치 그곳의 물을 바가지에 담아 보여줄 듯 말 듯한 미소로 조롱하고 있는 것처럼 보였다.

조국 일본의 우매함에 대한 차가운 응시도 미소에 어려 있어 보였다.

저항해봤자 자기만 당하리라는 자조와 그런데도 겨루려는 의지도 파리하게. 일본의 지식인들이 고루한 탑에서 벗어났으면 하는 간절함도… 뭔가를 더 말하려다가 참는듯한 표정도….

그런데 죽음이라니. 갑자기. 유서도 없이. 외상도 없이.

이 낯선 상황 앞에 대한민국은 아직도 경황이 없다. 어떤 사태가 일어났는지도 모른다는 식이다. 미치코의 죽음의 원인을 밝히라고 일본에 정식으로 요청해야 하는 거 아닌가. 그녀가 말한 것의 사실 여부를 준엄하게 따지고 한일 공동 작업을 벌여 진실을 규명하자고 주장해야 하지 않는가. 서릉부를 개방하라. 그곳에 저장된 장물들을 반환하라고 당당하게 외치며 국제사회에서도 주장해야 하는 것 아닌가. 현우는 씁쓸한 마음을 누르고 검색을 더 해나갔다.

—화랑세기 필사본은 많이 들먹여져 알고 있었는데 강역고라는 책도 있었다고? 누구 약 올리냐? 둘 다 한 사람의 책인데 학자라면 두루 연구해야 하는 거 아냐? 세월 다 지난 다음에 해외에서 일 터지니까 이런 책도 있었네요. 이 염병할 자슥들아. 염치도 없나? 그래 놓고 월급 받아 처먹어? 국민을 바보로 보냐? 개새끼들아.

—우리나라의 강역에 대한 연구서가 안정복의 동사강목, 다산의 아방강역고 외에도 또 있었네요.

〈강역고〉까지 불꽃이 번지는구나. SNS가 무섭다느니 진짜 그렇네.

스마트폰을 달구는 글들이 강도가 계속 세어지고 횟수도 늘어나 있었다. 하긴 이처럼 기괴하고 예외적이며 섹시한 먹잇감이 어디 또 있을까. 누리꾼들에게.

현우는 미치코가 양심 고백을 한 그날 이후 며칠 지나지도 않은 지금까지 판도가 엄청나게 달라졌음이 느껴졌다. 〈화랑세기〉 필사본에 대한 진위 논쟁이 지나간 것이 적어도 십수 년. 위작이라고 판정된 그것이 하루아침에 강펀치를 얻어맞았다. SBS에서 유동욱 교수와 인터뷰한 이후 〈고구려사초략〉을 넘어 〈강역고〉로도 계속 불길이 번지고 있다.

—신채호 선생도 〈강역고〉를 썼어요. 아쉽게도 상실되어 우리가 그 내용을 알 수 없지만요.

신채호 선생도 강역고를 썼다고?

현우는 강펀치를 얻어맞은 것 같았다.

아무래도 그럴 테지. 신채호 선생이 어떤 분이신데. 그분 역시 우리나라 상고사뿐 아니라 강역의 연구에도 관심이 깊으셨지.

아닌 게 아니라, 남당의 〈강역고〉에 신채호 선생이 등장한다. 우리나라 강역에 관한 연구에서 자신은 신채호, 정인보를 잇고 있다고 썼다. 〈아방강역고〉를 쓴 다산 정약용을 묵사발 내면서 말이다.

남당이 신채호 선생의 강역 연구를 잇는다고 했으니 신채호 선생이 썼다는 〈강역고〉를 읽었음이 틀림없다. 그럼에도 신채호 선생의 〈강역고〉가 상실되었다니! 놀라움에 이어 애석함이 가슴을 물들였다.

〈고구려사초략〉. 그 책에서도 가슴에 시원한 대륙풍이 부는 기분이었는데 남당 박창화는 그 책은 있으나 마나 한 책이라고 일축한다.

현우는 다시금 머리가 뒤죽박죽된다. 대체 뭐가 뭐란 말이냐. 그리고 이 복잡하고 중요한 것을 왜 자기가 붙잡고 이 지랄을 하는 것인가. 이건 누가 봐도 학자의 영역이다. 역사학자들이 진작부터 파고들고 다뤄야 할 내용이다. 그런데 소시민에 불과한 내가 왜? 거기까지 생각이 미치자 술이라도 퍼마시고 싶은 충동이 일었다.

현우는 자리를 떠나 걸었다. 걷다 보니 마음이 좀 편해졌다. 생각을 가다듬는다.

〈고구려사초략〉은 박창화의 유언에 따르면 있으나 마나 한 책이다. 그 책에 담긴 기상천외의 내용을 떠나 그 책이 완성되기까지 박창화가 기울인 노고는 얼마나 깊은가. 〈고구려사초략〉이 진짜 있으나 마나 한 책인가? 있으나 마나 한 책을 위해 가슴이 시커멓게 타들어가도록 심혈을 기울였는가? 처절하리만치 내공을 빚어 넣어 완성한 다음에 있으나 마나 한 거야, 버리듯 하는 말의 진의가 무엇인가.

가령 〈고구려사초략〉엔 주몽과 온조의 관계가 〈삼국사기〉와 〈삼국유사〉에 나오는 것과 전혀 다르다. 우리가 아는 상식은 온조와 그 형 비류가 주몽과 예씨 부인 사이에서 태어난 유리가 졸본으로 오자 위기를 느껴 탈출한 것으로 되어 있다. 그러나 〈고구려사초략〉엔 주몽이 온조를 아껴서 가까이 둔다. 주몽 다음의 유리왕도 온조를 많이 돕는다. 온조가 나라를 세우는 데도 협조한다. 고구려와 백제의 초기 관계가 우리가 알고 있는 상식과 판이하게 우호적으로 나온다.

이처럼 독특하고 파괴력 있는 내용이 실렸음에도 있으나 마나 한 책이라는 자평이 이해가 되지 않았다.

남당 박창화는 홀로 일본으로 떠나기 전에 만주로 몸을 던진다. 3·1운동이 일어난 1919년의 일이다. 3·1운동은 그의 심경에 어떤 변화를 일으켰을까.

그해 그는 열 살짜리 외아들을 가진 서른한 살의 장정이었다. 가장으로서 가족을 부양하며 알콩달콩 살아야 할 나이다. 더욱이 3대 독자다. 선조들에 대한 마음, 대가족에 대한 책임감으로도 어깨가 무거웠을 것이다. 조국에 대한 사랑, 식민지로 전락한 나라, 땅도 주권도 모두 상실한 데에 따른 아픔과 분노, 통한, 이대로 꺾일 순 없다는 불굴의 투혼이 그의 마음속에 가족애와의 양립 불가능한 갈등 속에 뜨겁게 지글거렸을 것이다.

어머니마저 이른 나이인 일곱 살 때 잃었다. 마음을 둘 데 없는 남당은 외로움에 사무쳤을 것이다. 경술국치 일 년 전부터 보통학교 교사가 되었음에도 가슴 한구석이 늘 허전했다.

을사늑약이 일어난 해엔 〈을사의 변〉이라는 시를 썼다. 동명왕에 대한 글을 쓸 정도로 부여와 고구려에 대한 갈증이 깊었다. 국운이 참혹하게 쇠퇴해가기에 기댈 곳 없이 외로운 그를 3·1운동은 교직에 머물게 하지 않았다. 만주로 훌쩍 떠나 이 년 정도 광활한 대륙을 떠돈다. 사무친 마음으로 만주 벌판을 이 잡듯 뒤진다. 불같은 마음으로 미친 표범처럼 싸돌아다녔을 것이다. 현우는 스마트폰에 '강역고'를 적고 눌렀다.

—웅진과 사비가 반도에 없고 대륙에 있었던 것처럼 경주도 마찬가지다. 경주에 왕릉이라고 밝혀진 것이 무엇인가. 무열왕릉과 흥덕왕릉뿐이다. 신라의 수도 경주도 중국 대륙에 있었다.

—유물로 뒷받침되지 않는 주장은 가치가 없다. 역사는 낭만주의가 아니다. 실제로 고증되어야 하고 문헌을 통해 입증되어야 한다. 희망 사항으로 역사를 보는 것은 허구이며 섣부른 투사일 뿐이다.

—미치코는 진실의 내부고발자인가, 관종인가, 미친 여자인가.

—ㅋㅋㅋㅋㅋㅋㅋㅋ

—미친 여자라면 왜 죽였을까?

—죽인 놈 역시 미친놈이겠지.

—냄비 같은 민족

현우는 읽어나가다가 냄비 같은 민족이라는 말에 기분이 상했다.

그래, 그 말이 부정되진 않는다.

냄비처럼 확 끓었다가 식어버리는 민족.

어쩌다 우리는 냄비가 되었을까.

냄비라는 말 징글징글하다. 눈물 맺히는 것, 소름 끼치는 것, 오장육부를 뒤집어 다시 말리고 싶은 것이 냄비라는 말이다. 냄비라는 말처럼 자존심을 긁는 말도 없다.

SNS상의 흐름도 매일 뒤바뀌고 미친년 치마처럼 펄럭거린다. 논리적으로 흐르다가 막말로 번지는가 하면 잡탕이 된다. 상처를 받아 자살하는 사람들도 숱하다. 연민의 댓글이 달리는가 하면 상처에 소금을 뿌리는 댓글도 올라온다. 언제 그랬냐는 듯 또 다른 격류로 내달린다.

잡담이라고 할지 난장판, 집단지성, 담론의 강물이라고 할지 뭐라고 하나로 묶일 수 없는 흐름이 이것이다. 다음의 아고라, 블로그들을 통해 열기가 뿜어나오고 카톡, 밴드, 페북, 트위터 등을 통해 매일 매 순간 터져 나온다.

어대명, 무야홍, 간철수, 커엽, 공, 맘충, TMI, 잘도 만들어낸다. 대한민국은 레퍼토리의 천국, 창조의 봇물, 멜팅 팟이다.

미국, 일본, 푸틴, 러시아 우크라이나 전쟁, 기시다 후미오, 한반도 안보 문제, 북핵, 북미 관계, 한일 관계, 코로나, 기후 위기에 대해서도 얼마나 많은 글이 쏟아져 나왔는가.

그 흐름이 미치코의 양심 고백과 돌연사를 두고 또 달리 격변을 타는 것이었다. 어디서 그렇게 많은, 희한한 이야기들을 봤는지 끝없는 강물로 흐르고 흘렀다.

책의 판매량이 줄고 신문도 밀리고 티브이 뉴스를 보지 않아도 하루에 일어난 일이 훤히 보이고도 남은 것은 이 때문이기도 하다. 현우는 무릎을 '탁' 쳤다.

뭔가를 낚아챈 듯한 스릴이 일었다.

빙그레 미소가 지어지는데 찌르르, 선호의 전화가 방해했다.

"형. 잘 돼가요? 남당에 대해 소설로 쓰는 계획."

"남당은 불온해. 그는 불온서적이야."

현우는 톡 쏘았다.

"형답네요. 말하는 게."

"하지만 남당은 치밀하고 묵중하고 진지해. 의심하며 파헤치며 억지의 바깥에 서려 해. 극단으로 몰고 가 그 너머를 보여주지."

선호가 조용히 듣는 느낌이었다.

"대륙을 야수의 발길로 쏘다니다가 섬나라의 황실 도서관에 들어가 식물처럼 침잠하지. 두 발로 내지르던 야성이 뇌로 집중

돼. 케케묵은 고서들을 원문 그대로 읽으며 뇌에 저장하지. 일본인들에게 들키지 않으려 침묵으로 자신을 봉쇄해. 집에 돌아와 방문이 잠긴 걸 확인하며 뇌에 저장된 것을 원고지에 옮겨. 그만의 고유 원고지가 있잖아. 정민네 집에서 같이 본 거. 그렇게 불철주야 매진하지. 조국을 식민지로 삼킨 제국주의의 심장에서 단홀로."

"그렇게 불을 질러보세요. 발산하다 보면 진국이 나오겠죠."

"근데 우리나라의 학자들은 왜 〈남당유고〉가 있는지조차 관심이 없을까? 남당의 주장이 궤변이라면 왜 궤변인지를 합리와 과학적 논증으로서 밝혀야 하지 않아? 왜 벌레 취급은커녕 관심조차 없는가? 무관심으로 시종일관 방기하는가 말야."

"맞아요."

"근데 미치코 사건은 용의자가 나타나지 않네."

"신문 기자 생활 이십 년이 넘도록 이런 사건은 처음 봐요."

7

벽

저 안에 서릉부가 있단 말이지.

현우는 낮게 중얼거렸다. 버드나무 아래 난간에 기대어 푸른 물 찰랑대는 해자 너머 황궁을 바라보며 이 모든 것이 비현실적으로 보였다. 더군다나 남당 박창화의 증손자와 함께라니!

한 마리 미친 표범. 그것에 홀려 여기까지 왔다.

남당 박창화.

현우는 그에 대해 거의 몰랐다. 〈화랑세기〉 필사본의 진위 논란이 극심할 때도 관심 밖이었다. 드라마 〈선덕여왕〉과 소설 〈미실〉은 알았어도 미실을 끌어온 사람이 박창화라는 사실까진 몰랐다.

정민은 자기가 남당 박창화의 증손자라는 말과 함께 〈화랑세기〉 필사본과 〈고구려사초략〉, 〈강역고〉 얘길 꺼내곤 했다. 중학교 졸업 이후 공백이 컸다가 다시 만나게 된 정민에게 예상치 않은 구석이 있을 줄 생각도 못 했다. 건강했던 얼굴에 병색이 있었고 고집은 여전히 불도그처럼 세었다. 〈남당유고〉를 읽어보라는 말에 현우는 바쁘다고 손사래를 쳤지만 마음속엔 불편이 있었다.

정민의 부탁을 거부하자니 미안함이 있었다. 오래전에 아내가 위암 수술을 받을 때 정민이 자신의 형편을 알고 거액의 수술비를 내준 것이다. 아내는 그 후 위암이 재발하여 세상을 뜨고 말았지만 정민 덕에 수명이 몇 년간 연장되었을 것이다. 정민은 가장으로서 집안의 유업인 남당 할아버지에 대한 고민이 크다며 혼자선 도저히 어렵다고 술자리에서 내뱉곤 했다. 연구소라도 작게 만들고 싶다느니, 도와주면 작가 후원금 명분으로 남당의 일이 끝날 때까지 얼마라도 후원하겠다는 말도 했다. 해준다면 이미 받은 것에 대한 고마움과 미안함이 커 그냥 해주고 싶은데 이류 소설가로 살기엔 현실이 버거워 고민스러울 뿐이었다. 이런저런 복잡한 생각 외에도 Q 복음이 가슴을 채우고 있었다. 언젠가 우연히 알게 된 후론 마음을 서서히 물들인 Q 복음. 신학자들이 어떻게 이런 놀라운 상상까지 해냈는지… 마음을 들쑤시곤 했다.

그러던 어느 날, 기분이 심드렁해서 책장을 뒤적거리다가 구석에 처박아둔 〈고구려사초략〉이 눈에 들어왔다. 무심코 꺼내 읽던 중 무령왕이 독살당했다는 문장에서 소름이 돋았다.

언젠가 무령왕릉을 보러 갔을 때 왕릉 안의 지석 뒷면에 적힌 '전일만문(錢一萬文)'이라는 문자에 매료된 적이 있었다. 일만 문(文)의 돈으로 토지를 매입했다는 뜻이다. 왕인데도 땅을 매입한다는 말인가. 더욱이 왕릉을 짓는 것인데. 이해가 어렵고 납득이 되지 않았다. 가슴속에 찝찝하면서도 풀리지 않는 호기심으로 남아 있는 그 부분을 얼토당토않은 독살설이 기묘하게 자극하고 있었다. 〈고구려사초략〉에 손길이 갔다.

미치코가 양심 고백을 하고 죽었어도 저 벽 안은 오리무중이다. 현우는 답답함이 몰려왔다. 미치코의 말이 사실이라면 그녀는 알 것 아닌가. 두 눈으로 본 것들이 있잖겠는가.

저 안엔 우리나라 상고사에 관한 책들이, 서릉부가 MBC에 제공한 리스트만 해도 상당하다. 그 리스트가 제한적이라면 얼마나 많이 쌓여 있을까. 그 중엔 미치코의 말대로 김대문의 〈화랑세기〉도 있는 걸까? 〈고구려사초략〉의 원본도?

해방 무렵 일본이 가져간 것 말고도 남산에서 일본 놈들이 우리나라 상고사 서적들을 불태웠다니 그 불길이 저 흰색의 황궁을 휘감는 환각이 일었다.

남당은 더 밀고 들어간다.

남산의 불길보다 몇백 년 빠른 세조 시기에 사서 수거령이 있었다고 〈강역고〉에서 말한다.

사서 수거령.

현우는 그에 대한 분노가 서릉부를 머금은 황궁에 투사되고 있었다.

빌어먹을! 남산의 불길이 우리나라가 식민지에서 벗어나는 시점이라면 세조 때의 수거령은 조선의 건국에서 멀지 않다. 다른 사람도 아닌 왕에 의해서 우리나라 상고 시대의 역사책들이 수거되어 사라져버리다니!

진실은 가까운 곳에 있다. 그러나 보이지 않는다. 그런데 진실을 가름할 수 있는 키가 왜 일본인의 손에 쥐여 있단 말인가. 해방된 지 몇 년인가. 6·25는 종전 아닌 휴전이라지만 그 5년 전에 일어난 해방은 그 성격이 분분함에도 해방으로선 명백하다. 그런데도 왜 이런 일이 벌어지나. 장물의 소굴인 서릉부의 직원이 양심고백을 했고 며칠 만에 죽었음에도 진실 규명에 대해선 아직도 뚜렷한 빛이 보이지 않는다. 어째서 용의자조차 나타나지 않는가.

저 벽 안쪽에 진실인지 아닌지를 규명할 수 있는 것이 있다. 그러나 벽으로 인해 알 수가 없다. 미치코로 인해 허물어질 수도 있는데도 벽은 여전하다.

현우는 SNS에서 누군가 안중근이 그립다라고 쓴 것처럼 당장 총이건 해머건 들고 저 해자 너머 쳐들어가 겹겹의 문을 열어젖히든 벽을 부수든 해서 확인하고 싶었다.

벽이 문제다. 저 벽을 허물고 그 안에 있는 진실의 잣대를 요구할 권리, 되찾을 권리는 우리에게 있다. 미치코가 양심 고백을 하기 전에 우리는 무엇을 했단 말인가. 우리의 것을 당당하게 요구하는 자체도 이미 후행적이다. 우리의 역사가 바다 건너 저 안에 잡힌 자체가 잘못된 것이고 있어선 안 될 일이다. 힘이 달려 못된 짐승에게 밟힌 것이기에 가슴을 치며 통탄과 자성을 촉구해야 한다. 힘을 길러 못된 짐승의 멱살을 잡든 해서 그놈이 잘못한 점을 매섭게 다그치고 바로잡아야 한다. 국제정치적인 상황들에 얽혀 그런 행동을 취하는 것이 한계가 있다고 하더라도 일본 사람이 선수를 치기 전에 우리가 했어야 한다.

"숨쉬기가 힘들다."

정민이 긴 침묵에 잠겨 있다가 돌연 뱉었다. "저 안에 증조부가 근무했었단 말이지?"

"너의 증조부는 심정이 어땠을까?"

정민은 말을 삼켰다.

"제국주의 시대잖아. 당시의 동경은 아시아의 최고 도시라고 일본인들은 자긍심 넘치도록 여겼겠지. 중국을 이기고 러시아까지 꺾었으니 기분이 어떻겠어. 영국과는 인도와 조선을 놓고, 미국과는 필리핀을 놓고 나눠 먹기 협상을 벌였잖아. 국가의 기세가 일본 역사상 가장 비등했을 거야. 하늘을 찌를 듯했겠지. 그런 대일본 제국의 중심지가 동경이고 저 황궁은 그 중심이었지. 천황 이하 쟁쟁한 일인들 틈에서 식민지 출신의 조선인으로서 유일한 단독자였으니 그 마음이 오죽했을까."

둘은 광장으로 되돌아가 인테리어가 멋져 보이는 카페에 들어섰다. 황궁이 보이도록 창가 테이블에 앉았다. 카푸치노를 주문했다.

"남당 어른이 만주 일대를 유랑하고 조선의 상고사에 환한 분이잖아. 무령왕의 죽음에 대해서도 유일하게 독자적인 생각을 지닌 분이야. 그것이 창작이 아니라면 저 황궁의 서릉부 안에서 뭔가를 보고 필사한 거야." 현우가 말을 꺼냈다.

"무령왕이 독살당했다는 게 말이 돼?" 정민이 물었다.

"아무도 몰라."

"무서운 일이다."

"둘 중의 하나야. 남당이 창작했거나 뭔가를 보고 필사했거나."

"넌 뭐라고 생각해?"

"나도 창작을 하는 사람이지만 그런 창작은 쉽지 않아. 창작을 해보지도 않은 사람들이 남당의 업적을 두고 창작이다 뭐다 하지. 물론 그렇게 말할 수도 있어. 그건 자유지만 정확히 모르는 것을 가지고 함부로 재단하면 안 되지 않아? 애매한 점도 많을 거야. 나도 〈남당유고〉를 읽어가면서 기존의 정설과 판이해 혼란스러워. 주몽과 온조의 관계도 그렇고 무령왕의 독살설도 마찬가지야. 고구려와 백제 사이의 초기 관계나 무령왕의 죽음을 누가 제대로 규명할 수 있을까?"

"불가능할 듯."

"〈삼국사기〉의 백제 본기에 이런 내용도 나와."

"무슨?"

"무령왕이 죽은 해가 523년이야. 그해에 아들 성왕이 즉위하면서 고구려 군사 일만 명이 백제에 쳐들어와. 고구려 안장왕 때야."

"근데?"

"〈삼국사기〉의 고구려 본기에도 고구려가 백제를 침범했다고 나와."

"같은 내용이네. 그래서?"

"그게 다야. 전쟁의 이유도 없어. 근데 〈고구려사초략〉에 그 이유가 나와."

"헐."

"그 전해 가을에 동명왕의 제사가 있었대. 마침 그날 무령왕이 사냥을 했대. 안장왕이 노했지. 제사일에 사냥을 하다니 무령왕이 무도(無道)하다고. 안장왕이 그 일로 화가 나 있었는데 무령왕의 아들 성왕이 아비 죽은 것을 숨기자 부하들에게 명을 내려 죄를 묻게 해. 523년 같은 해야. 백제의 지역을 대파하고 남녀 일만 구를 사로잡아. 이에 성왕이 명마와 미녀를 바치며 사죄하자 안장왕이 성왕을 입조하라고 명해."

"〈고구려사초략〉 진짜 재미있네. 소설로 읽어도 짱이겠다. 신빙성이 문제지만."

"니네 증조부가 쓴 건데 그 말이 나오냐?"

"후후. 암튼 놀랍네."

"내가 그나마 상상의 자유를 누릴 수 있는 작가라서 다행이야. 내가 만약 학자라면 머리에 쥐가 날 거야. 학문적 결론을 내리기가 불가능에 가까울 거야. 하지만 내가 학자라고 해도 〈남당유고〉가 내 능력과 이해를 넘어서고 황당무계해 보이는 것들이 많다고 해서 창작이라고 단언은 못 할 것 같아. 차라리 모르겠다고 하든가. 저는 사학자를 그만두렵니다. 도저히 풀 수 없는 수수께끼 앞에서 탐구와 번민을 거듭했으나 저로선 도저히 규정할 수가 없습니다. 이러한 거대한 장애물이자 경이로운 보물이 나타나

〈삼국사기〉와 〈삼국유사〉에 갇히고 길들여진 학식들이 실험당하는 상황에서 더 이상 학문을 하는 것이 자기기만처럼 여겨집니다. 제 여생을 다하여 최선을 다한다고 하더라도 결코 해결될 수 없는 미몽 같은 것이어서 저는 학문의 전당인 대학을 떠나려고 결심했습니다. 보다 자유로운 방황 속에 〈남당유고〉가 과연 무엇인지 그 성격 규명에 매진할 수는 있을 것입니다. 〈남당유고〉의 진정한 가치 정립에 관한 연구를 후학들에게 맡기고 저는 떠납니다. 역사에 부끄럽지 않고 자신에 부끄럽지 않은 후학들이 많이 나타나길 간절히 바랍니다. 내가 만약 사학자라면 이렇게 할 거야."

"그게 너지."

"진짜 그런 마음이야."

"〈남당유고〉가 우리 집안 것만은 아니잖아. 사회에 혼란도 주고 새로움도 주며 파장을 일으키고 있어서 마음이 좀 그래. 〈남당유고〉가 만약 잘못된 거라면 남당 할아버지뿐 아니라 나의 아버지, 나도 벌을 받아야 마땅하고."

"남당 같은 마음씨네. 너의 할아버지는 일부러 빼놓은 거야? 그 일 때문에?"

"우리 할아버지는 비극적인 양반이지. 부친인 남당 때문에 인생 망가진 분이야. 매일 술만 푸셨어. 술에 취한 채 툇마루에 허탈하게 앉아 있던 모습이 눈에 선해. 나를 무진장 귀여워해주셨지.”

“남당께선 술 한 방울도 안 드셨고 그 아들은 술로 인생 조졌구먼.”

“그런 셈이지.”

“너는 술고래인데 그건 할아버지 닮은 거고 독기든 오기든 끝장을 보고 마는 성격도 남당을 닮았네. 넌 수학을 좋아해서 수학에선 타의 추종을 불허했잖아. 암기력도 뛰어나 친구들이 알지도 못하는 것을 세세히 얘기할 땐 친구들이 혀를 내두르곤 했지. 그런 것도 남당을 닮은 거네?”

“그런 거 같아. 남당 할아버지는 내 돌 때 나를 안고 쓰러져 일 년 동안 누워 계시다가 돌아가셨다는 얘기 너에게 한 적 있지? 그래서 내가 남당 할아버지를 이렇게 끌어안고 가는 것 같아. 이러다가 나도 쓰러지겠지.”

정민의 눈에 순간 슬픈 빛이 서렸다. 정민의 몸은 종합병원이나 마찬가지다. 허우대는 멀쩡하지만 간, 신장, 위장, 쓸개, 눈, 나쁘지 않은 구석이 없다. “현우야, 나는 너보다 이십 년은 빨리 죽을 거야”. 술 취하면 그 말을 하곤 했다. 그럼에도 그만 마시라고 말리면 오기로 더 마셔버리기에 내버려두는 수밖에 없다. 새벽 한두 시까지 만취해서 귀가하고도 새벽 네 시면 칼같이 일어나는 게 정민이기도 하다. 그런 정신력으로 사업을 크게 일으켜 자수

성가했다. 빌딩도 가지고 있다. 그러곤 백혈암으로 쓰러졌다. 서울대 병원 중환자실에서 현우가 그즈음에 본 정민의 몸은 40킬로그램 정도였다. 바짝 마른 채 죽음만 남은 몰골이었다. 그 취약한 몸의 척추로도 골수 주사의 두꺼운 바늘이 수도 없이 찔러댔다. 까무러치는 고통이라고 했다. 차라리 죽어버렸으면 싶었다고 했다. 그런 치명적인 고통 속에서도 의지로 살아난 것이었다.

"내 삶이 언제 끝날지 모르잖아. 일주일에 두세 번은 병원에 들락거리면서도 집안 유업인 〈남당유고〉를 외면할 수도 없지. 사회적 역사적 가치가 있는 것 같기도 하고 아무것도 아닌 것 같기도 하고 내가 알 수가 있어야지. 이런 생각도 했어. 너에게 하지 않은 이야기야."

"뭔데?"

"소설 〈미실〉의 작가를 만나볼까 하는 생각."

"그래?"

"〈미실〉의 서문에 남당 박창화 선생의 영전에 감사의 인사를 바친다는 헌사가 적혀 있거든. 남당 선생에 관한 연구가 깊었을 거 아냐. 만나서 남당에 대한 전기든 소설이든 맡겨볼 생각도 했지."

"그러지 그랬어? 나는 이류 소설가나 되려나, 지명도도 약하잖아."

"솔직히 말하면 그런 점도 있어. 나는 사업을 하다 보니 온갖 부류의 사람들 속에서 뼈가 굵었어. 부도를 맞아 무너진 게 한두 번이 아니잖아. 기사회생으로 살아나고 살아나곤 했고. 중장비 사업이라 사람들이 거칠어. 날개를 활짝 펴려던 시점에 암으로 덜컥 쓰러지니 허망하더라고. 삶과 죽음을 그때 느꼈던 것 같아. 그 둘이 하나의 실로 꿰어지더라고. 중학교 시절의 너는 어린데도 마치 어떤 세계를 품고 있는 사람 같았어. 더욱이 작가까지 되었으니. 집안에 쌓여 있는 남당의 유고들이 내겐 무거운 채무 같은 거였어. 아버지마저 돌아가셔서 어깨가 더욱 짓눌렸지. 내가 장남이잖아. 남당의 가치가 있는 건지 없는 건지, 있다면 사회화시키는 일. 집안의 유업인 그것을 너와 상의하고 싶은 마음이 일더라고. 그런데도 망설임이 또 오데. 니가 역사 전공자가 아니기에. 그런데 역사 공부했다는 사람들을 만나도 답답함이 일었어. 어떤 틀에 갇힌 경우가 태반이야. 짜증이 일더라고. 독창성으로 치면 너를 따라가는 사람이 없을 거야. 그래서 여기까지 너랑 같이 왔네."

"짜슥, 별 얘기 다 하네. 실은 버거웠어. 관심도 없었고. Q 복음이 마음을 채우고 있었고. 근데 너에 대한 고마움과 미안함이 커서 마음이 피해지지 않더라고. 무령왕 독살설은 또 괜히 눈에 뜨여서 말야. 네가 후원금 조로 얼마라도 줘서 그런 건 절대 아냐.”

“알지, 그건. 내가 잘 알지. 니가 어떤 놈이라는 거.”

“고마워.”

“고맙긴. 내가 고맙지. 선호에게도 고맙고. 녀석은 내 일이라면 소매 걷어붙이고 도와주니. 연구소 도와주는 대가로 내가 보답하려 해도 한사코 거부하는 바람에 녀석이 일 막힐 때나 풀어주는 정도로 하고 있어.”

“응. 선호 착한 녀석이지. 나도 너한테 그래야 하는데.”

“아냐. 넌 상황이 달라. 선호야 곁다리로 도와주는 거지만 넌 너의 아까운 시간을 비워 내 일 해주는 거잖아. 니 형편도 내가 잘 알고.”

“하다 보니 니 일만도 아냐. 사회적으로 가치 있는 일임을 점점 느끼고 있어. 그리고 그렇다 하더라도.”

“니 마음 다 알아. 신경쓰지 마.”

“그래. 알았어. 그리고 내 마음속에 이런 것도 있었어. 우리나라에 문제가 많잖아. 문제가 켜켜이 쌓이고 하도 커서 어디서부터 풀지 엄두들을 못 내고 있잖아. 나라는 무너져가고 사람들은 떠밀려가도 왜 그런지 대개 생각조차 없잖아. 거대한 상실, 체념, 마지못해 살기, 생각 없음, 우리 사회를 집어삼키는 거대한 어둠에 대해 나는 작가가 아니라도 마음속에 늘 꿈틀거리고 있어. 우리나라가 대체 언제부터 그렇게 되었을까 통시적 고찰에도 관심이 깊어. 너 때문에 얼떨결에 남당을 알게 되어 파고들어니까 역사와 직면하지 않을 수 없어. 더군다나 남당이 이단아로서 그의 역사 문제의식이 황당무계할 정도여서 역사 전체에 대한 선입견들을 이참에 깡그리 무시하고 새롭게 도전하고 싶은 마음이 생기더라고."

"그랬구나. Q 복음에 대해선 미안."

"언젠가는 쓰겠지."

"근데 Q 복음. 너에게 몇 번 들었어도 모르겠어."

"그런 게 있어. 너무도 매력적이지. 무섭고."

"…."

"암튼 남당을 파고들다 보니 시작하길 잘 했어. 놀라운 것들이 많아. 남당과 네가 비슷한 점도 많고. 난 니가 한 얘기 중에 그것이 참 인상적이야. 고추장 이야기."

"그래?"

"넌 진짜 미친놈이야. 죽으려고 환장한 놈도 아니고."

"뭘 그런 걸 가지고."

"아마 너의 집안에 그런 유전자가 있는가 봐. 남당이 만주를 뒤지고 서릉부에 들어가 일본인들의 검열을 피해 상고사를 왼 것. 집에 가서 몰래 필사한 것. 그건 니가 중환자실에 누워 자극적인 음식을 피하라는 의사의 말을 거부하고 고추장 가져오라고 고래고래 소리 지른 것. 결국 먹고도 살아남은 것과도 통해."

"킥킥."

"〈화랑세기〉 필사본 말야. 그에 대해 하상배 교수라고 고재돈의 제자가 작년 워크숍에서 말했지. 남당이 천재가 아니라면 지어낼 수 없는 소설이다. 개소리 말라고 해. 남당이 그런 소설을 왜 써? 무슨 이유로? 그리고 남당은 실제 소설을 썼잖아. 〈도홍기〉와 〈어을우동기〉 같은 에로소설들을. 그것들과 〈고구려사초략〉을 비교하면 판이해. 정밀하게 비교 분석한 후에 떠들라고 해. 고재돈이든 그 똘마니들이든 누구든."

"짜슥. 오늘따라 이빨이 쎄네."

"근데 정말 이상해. 〈화랑세기〉 필사본에 색공이니 마복자 등등 기상천외한 이야기들이 나오지만 〈고구려사초략〉에도 그래. 온조의 여동생도 나와. 〈삼국사기〉와 〈삼국유사〉엔 나오지 않는 내용이야. 이름도 나와. 마(馬) 공주라고. 대체 이게 뭔지 진짜 헷갈려. 남당 선생이 지어낸 건지 서릉부에서 뭔가를 보고 적은 것인지."

"별게 다 나오는구나."

"유리왕의 여동생도 나와. 이름이 '재사(再思)'야. 유리왕은 그녀를 온조와 혼인시켜."

"헐."

"백제의 2대왕이 다루야. 온조의 아들이지. 〈삼국사기〉와 〈삼국유사〉엔 다루의 어머니의 이름이 나와 있지 않아. 근데 〈고구려사초략〉에 나오지. 원문이 이래. 재사공주생온조자다루(再思公主生溫祚子多婁). 재사 공주가 온조의 아들인 다루를 낳았다는 뜻이야."

"유리왕의 여동생이 온조의 아들을 낳았다는 거잖아. 말도 안 돼."

"〈삼국사기〉와 〈삼국유사〉에는 다루까지만 나오는데 그 이상으로 보강되는 거지. 저 말이 맞는다면 말이야."

"역사학자들은 진짜 머리에 쥐가 나겠다. 저런 내용이 학문의 대상이 된다면."

"그런 날이 올지도 모르지. 신채호 선생도 고구려를 중시해 〈삼국사기〉와는 판이하게 다루는데 남당 선생은 그것과 또 달라. 이뿐이 아니야. 남당 선생은 부여에 관해서도 두툼한 책들을 남겨. 〈추모경〉, 〈추모경 연의〉라는. 당신의 유언에 따르면 그런 책들 역시 있으나 마나 한 것들이 되는데 난 진짜 모르겠어."

"니가 모르면 어떻게 해?"

"정말 그래. 남당은 우리나라 강역 연구에 진짜 혼신의 힘을 쏟아. 이 점은 유언과 일치하지. 상고사에서부터 조선까지 치열하게 논구해. 작년의 워크숍에서 어떤 사학자가 짚었듯이 〈남당유고〉는 조악한 면도 있지만 철저한 고증도 만만치 않아. 그런 점에서 볼 때 무령왕은 남당에겐 중요한 위치에 있진 않아. 그러면서도 독살이라는 말. 일단 가설이라고 해보자. 무령왕릉이 발견된 것이 남당이 돌아가신 후 십 년 뒤야. 백제사 연구에 획기적인 사건이지. 그걸 둘러싸고 제도 사학과 재야 사학 간에 역사 전쟁이 일어난 것은 내가 저번에도 말했잖아. 그 양쪽 다 논리가 완벽하지 않아. 허술해. 그런데 독살이라는 가설이 들어가면 그 결여가 사라져. 제도 사학과 재야 사학 양쪽의 빈틈들이 감쪽같이 메꿔진단 말이야."

"그래서?"

"창작이라고 쳐도 이렇게 완벽한 창작은 어려워."

"그런데?"

"남당이 온갖 역사적인 인물들을 다루고 강역 연구에서 특히 피땀을 흘리는데 무령왕의 비밀에 대한 가설까지 세우면서 창작을 해냈겠냐고? 그런 개연성보다는 서릉부 안의 서적들을 보다가 발견한 거로 보는 게 타당성이 훨씬 더 크지. 그렇지 않냐?"

"희망 사항이지."

"필사한 것이 맞는다고 한다면 대체 어떤 심정일까? 식민지 지식인으로서 유일하게 제국주의의 심장에 들어와 그 누구도 모르는 등불을 본 거잖아. 컴컴하던 어둠이 환해졌겠지. 그 순간의 벅찬 희열이 어땠을까?"

"그 생각을 하면 나도 아찔해져."

"신채호도 거기까지 가진 않아. 이병도는 아예 길을 잘못 가고 있었고. 남당은 적진에서 그야말로 진주를 발견한 셈이지."

"술 땡긴다."

"자리를 옮기자"

번화한 긴자 거리 한복판. 격조 있는 분위기의 주점. 뜨끈한 사케가 두 사내의 가슴을 후끈하게 달궈나갔다. 벌써 세 병째다.

"이 긴자 거리에도 너의 증조부가 오셨을 거야. 황궁에서도 멀지 않고 일본에 사신 게 이십 년은 되잖아."

"그랬을 것 같네."

"술은 입에도 대지 않으셨다니 그 깊은 고독감을 무엇으로 달랬을까. 당시에 재일 한국인 유학생들도 꽤 되는데 그들이 남긴 글에도 너의 증조부를 난 아직 발견하지 못했어. 재일 한국인들과도 관계를 별로 맺지 않았는가 봐. 잡지 〈중앙사단〉에 투고한 걸 보면 일본인 지식인들과는 교류가 있었을 거고. 서릉부나 황실 내의 직원들과도 그럴 테고."

"기분이 묘하다."

정민이 잔을 부딪치며 말했다.

"너의 증조부는 어디에 살았을까? 이 도시 어디겠지?"

"그러겠지. 이야기 하나 해줄까?"

정민이 묵직함을 털어내는 투로 말하며 잔을 비웠다.

"응."

"남당 할아버지가 서울에서 오송으로 가마를 타고 내려오실 때였대. 오송이 우리 집성촌이거든. 증조모가 노리고 있었나 봐. 남편이 워낙 바람 같은 사람이니까. 젊을 때도 있는 돈 다 챙겨서 만주로 떠나 몇 개월 만에 돌아오곤 했으니까. 원래 그 부친이 거부였어. 오송의 땅을 엄청나게 가지고 있었지. 근데 다 날라갔어. 남당 할아버지가 3대 독자인데 다 써버린 거지. 가마를 타고 몇 개월 만에 나타났을 때 증조모가 칼을 준비했다가 자기 목에 대며 말했대. 다시 떠나면 날 죽이고 떠나라고."

"애절하다."

"그 순간 증조부가 가마꾼에게 뭐라고 했는지 알아?"

"뭐래?"

"가마 돌려!"

"잔혹하군. 거 봐. 너의 고추장 이야기와도 통한다니까."

"하. 그런가. 그러곤 바로 가마를 돌려 서울로 돌아간 거지. 그 후 바로 일본행."

"무서운 분이군."

"가엾은 증조모."

"남당은 타고난 인물임엔 틀림없어. 수학적인 두뇌와 역사적인 감각. 그 이질적인 양면성을 둘 다 갖추긴 쉽지 않아. 재주가 많아 소설도 써서 괜한 혼란도 야기하지만 그런 게 보여. 저서도 두 권짜리가 많거든. 〈고구려사초략〉도 사략과 초략 두 권. 〈화랑세기〉 필사본도 모본과 발췌본 두 권. 어느 게 먼저인지 정확히 알기 어려운데 엄밀성의 면에서 보면 이해가 돼. 한 권을 뿌리나 얼개로서 잡아둔 다음에 치밀한 조직을 짜나간 거지. 그 조직의 살은 섣부른 상상이 아니라 나름대로 치밀한 고증을 한 것 같고. 그 반대로 본다 해도 마찬가지야. 풍부한 내용에서 정밀한 축약을 한 거지."

"그렇게 말해주니 힘이 나네."

"이 부분을 고재돈 교수뿐 아니라 유동욱 교수도 간과하고 있어. 유동욱 교수의 공헌이 지대하지만 〈강역고〉엔 빈약해. 너랑 같이 찾아뵌 날 대화 나누면서 느꼈어. 그나저나 내일 일이 잘돼야 할 텐데."

"서릉부의 고위 인물을 우리가 만나다니! MBC나 어느 모 대학의 여성 사학자나 모두 수박 겉핥기식이었잖아. 정치가들은 서릉부를 방문할 생각조차 없고. 그런데 우리가 고위급 인물을 만나 깊은 내막을 들을 수 있다니!"

"내일 들어보면 미치코 사건의 미스터리에 좀더 접근하겠지."

"흥분되네."

"신채호에 대해선 많지도 않은 저서 가지고 오만가지로 살찌워 나가면서 남당에 대해선 말야. 그 많은 저서에도 불구하고 단 한 권에 대해서만, 그것도 진위 논쟁으로 끌다가 위서로 무릎 꿇린 꼴이지."

"젠장. 술 더 부어라."

현우는 술을 부어주며

"신채호를 폄하하는 게 아냐. 난 그분을 존경해. 그만한 분도 우리나라에 없지. 허다한 지식인들이 변절하는 가운데 꼿꼿한 항일정신으로 일관하며 죽음을 맞이했지. 〈조선상고사〉도 빼어난 책이고. 그분은 그분대로 우리나라 사학에 눈물겨운 공헌을 했어. 신채호 선생도 〈강역고〉를 쓰셨대."

"진짜?"

"응. 근데 지금 전해지지 않아. 있다면 남당의 〈강역고〉와 어떻게 다를까 궁금해. 차이도 많을 거고 유사한 점도 있을 거야. 그 둘을 비교 분석할 수 있다면 우리나라 강역의 연구가 한껏 깊어지고 풍요로울 텐데 애석하고 아쉬워."

"아깝다."

"남당은 다산도 한마디로 내쳐."

"다산 정약용을? 누구에게나 존경받는 분인데."

"그렇긴 하지. 그러나 다산이 쓴 〈아방강역고〉에 대해선 얘기가 달라져. 〈아방강역고〉는 우리나라의 강역을 고찰한다는 뜻이야. 그 책은 남당의 〈강역고〉보다 백 몇십 년 앞선 책이야. 그 책에 대해 남당은 이렇게 말해."

"뭐라고?"

"'경박하고 근거가 없는 것이 매양 이와 같으니 취할 것이 없다'라고."

"무슨 말인진 모르겠는데 통렬하네."

"난 화가 나. 남당은 연구될 지점들이 넘쳐. 신채호와 비교해도 한둘이 아냐. 그동안 눈도 뜨지 못하고 있다가 미치콘지 뭔지 하는 여자 하나 때문에 이렇게 난리법석이야. 냄비 같은 민족!"

"…."

"남당이 신채호에 못 미치는 면들도 있겠지. 신채호파들은 이런 말도 내뱉겠지. 항일독립투사들이 만주 벌판에서 죽음을 무릅쓰고 피 흘리며 싸우는데 제국주의 일본의 따스한 실내에서 책이나 베끼고 하면서 감히 신채호랑 비교해! 보나 마나 그런 사람들이 있을 거야."

"제길헐!"

"한쪽 편을 들면 다른 편에 대해선 깎아내리고 무시하는 것 말고는 방법을 모르지. 그런 반쪼가리들이 지금도 꽉 차 있어. 사학계건 정치계건 경제계건 지식인이건 서민층이건 우리나라 사회 전체에. 내 말이 틀려?"

"맞아. 인정."

"조선을 망가뜨린 당쟁질의 피가 아직도 징그럽게 흘러가지. 그러면서도 정작 자신은 아니라고 우기고. 그런 자가당착과 매몰, 내로남불, 확증편향 속에 상대방 죽이기, 마녀사냥이 지금 이 순간도 들끓지."

"엿 같아."

"그게 우리나라의 밑바닥을 이루는 구조야. 그것 때문에 대부분 사람이 질식해 신음하지. 니가 남당의 자서전을 요구했을 때 내가 소설로 고집부린 이유도 거기에 있어."

"무슨?"

"우리나라의 밑바닥이 왜 그런 지랄 같은 구조로 되어 있는지 역사적으로 고찰하는 거."

"이해가 안 되는데?"

"불합리하고 부패한 구조의 뿌리까지 파야 사회가 개선되는 말든 할 거 아냐. 자서전 써서 그게 되겠어? 소설을 써서 강타를 날리고 역사 청산을 일으켜야지."

"그까짓 소설이 무슨 힘이 있다고?"

"상상력의 파괴력을 모르는군."

"남당을 그저 소재로 삼는단 말이잖아."

"그 말도 되지."

"헐."

"우리나라가 밑바닥부터 그 정도니 이류 소설가라 하지만 그래도 작가인 내가 화가 안 나? 그것에 정밀한 메스를 대는 사람도 드문 상황에서."

"알았어. 응원할게."

"남당의 존재는 그런 면에서도 진정한 다양성을 향한 하나의 선언이야."

"맘에 드는 말이다."

"난 남당 칭송주의자가 아니야. 남당을 다 아는 것도 아냐. 남당에 오류가 없다고도 말 못 해. 그의 〈강역고〉에도 허점이 많아 보여. 유물로서의 고증도 빈약하고. 전문가들이 파고들면 더 많은 오류가 드러날 거야."

"응."

"신채호라고 오류 없냐? 그는 고구려의 역사가 〈삼국사기〉에 나오는 것보다 이백 년 앞섰다고 말해. 그것이 증명된 사실인지 허구인지 아직은 모르잖아. 사실로 판명될 가능성도 있어 보이는

데 쉬운 문제가 아냐. 그것 아니라도 오류들이 있을 거야."

"그렇군."

"역사 자체가 오류이고 역사학 자체가 오류지. 지금 이 순간도 미치코 사태라는 사상 초유의 사건이 터진 지 일주일이 지났음에도 무슨 일이 이면에 벌어지는지 알 수 없지. 그런데 수천 년 전에 이 땅 저 땅에서 벌어진 일들을 어찌 알 수 있을까. 기록들도 부실하거나 엉성하고 누락이 태반이고 왜곡도 심심치 않게 일어나고. 정치적 이익을 위해 부단히 뒤집히고."

"그렇지."

"푸코라는 철학자에 의해 고고학적 사유니 계보학이니 하는 새로운 발상이 나온 지 오래야. 그 이유가 있을 거 아냐. 푸코도 저런 사태를 고뇌한 거야. 그 결과로 만들어낸 것이 고고학적 사유나 계보학이고."

"무슨 말인지 모르겠네."

"남당은 그런 이론이 나오기 전에 그런 삶을 학문적, 실천적으로 어느 정도는 산 사람이야."

"오버 아냐?"

"〈강역고〉를 읽어보면 푸코적인 사유가 저변에 꽤 깔려 있어."

"진짜?"

"아까 말한 수학적 엄밀성과 함께 거론되어야 할 거야. 남당에 대한 전문가들이 이제부터라도 나타난다면."

"그런 날도 있으려나?"

"역사는 뒤집히는 것이고 때가 되면 그런 일이 나타나."

"그렇긴 하지."

"남당의 〈강역고〉에서 핵심 중의 하나가 요동변천설이야. 거의 논문 수준이야. 수학적 엄밀성과 고고학적, 계보학적 흔적이 체험적, 이론적으로 녹아 있지."

"요동변천설!"

"남당의 〈강역고〉가 출판된 게 언제인데 아직도 읽기는커녕 존재조차 모르고들 있으니. 특히 사학자들이. 직무유기지. 작년 워크숍 때 내 기분이 어땠는 줄 알아?"

"넌 참 어땠냐?"

"더러웠지."

"왜?"

"참석한 사학자들 대부분이 제도권 사학자들이었잖아. 그중 단 한 명도 계보학 운운한 사람이 없어. 한심하기 짝이 없어. 〈화랑세기〉 필사본에 대해 위작 시비에서 담론으로, 하나의 담론으로 받아들이자, 그게 다였어. 뒤풀이에서 고재돈의 제자가 뭐라고 한지 기억나?"

"안 나는데?"

"박창화 개인의 한국사."

"인정해준 거 아냐? 하나의 사관으로."

"개뿔. 그 말을 한 학자나 그 말을 들은 학자들이 낄낄거리던 거 기억 안 나? 비웃은 거야. 소설이라고, 판타지라고 말한 거야. 조롱한 거라고. 속이 얼마나 뒤집히던지."

"그게 조롱이었나. 난 인정하는 줄 알았지. 그걸로 위안 삼았는데."

"그날 손들고 일어나 쩌렁쩌렁한 목소리로 항변한 사람 있었잖아. 상고사 모임의 회장이라고 자기를 소개한. 유일한 재야 사학자였어."

"맞아. 있었어. 이거 사기입니다. 제도권 사학자들이 자기들의 잣대로 역사를 재단하고 있습니다. 남당의 후손이 돈을 댔기에 말만 번드르르하게 할 뿐 진전이 전혀 없습니다. 그렇게 말했지."

"그 사학자마저 저항 정신과 진실에 대한 열정은 뛰어나지만 계보학 같은 마인드는 결여되어 있었어. 제도권 사학과 재야 사학 그 양쪽에 모두 실망한 날이네. 나로선 그날이."

"그랬구나."

"창피하지 않나? 미치코 사건이 터지니 그제야 〈강역고〉라는 책이 있었구나 이런 얘기들. 〈화랑세기〉 원본이 있었네요, 〈화랑세기〉 필사본과 대조하니 90프로 이상이 같다는데요. 도무지 도

깨비 장난 같은 일이라 정신이 얼얼할 뿐입니다. 무성한 설들의 회오리 속에 벙어리처럼 입을 꾹 다물고 있거나 지켜봅시다, 말도 안 됩니다, 앵무새처럼 되풀이하는 제도권 사학자들. 부끄러운 현실이야. 〈강역고〉가 역사서인지 창작물인지 연구와 토론의 무대엔 적어도 올려놔야지. 관심 자체가 없잖아."

말하다 보니 현우는 Q 복음이 가슴에 스멀거렸다. 신채호의 〈강역고〉와 남당의 〈강역고〉. 전자는 사라졌고 후자는 존재한다. 남당이 신채호의 〈강역고〉를 봤을 가능성이 크니 후자에 전자가 흔적으로나마 담겨 있을 수 있다. 그 흔적을 추적하고 신채호의 저서들에서 강역에 대한 고찰을 추적해 엮으면 상실해 부재하는 신채호의 〈강역고〉를 어느 정도 복원할 수 있다. 신학에서 Q 복음이란 상상력이 나온 것과 통하는 면이 있다. 현우의 눈빛이 빛났다.

"뭐 좋은 일이 있어?"

정민이 씁쓰름한 표정을 풀며 물었다.

"다음에 기회 되면 말해줄게. 뭔가 엮여나가는 기분이야."

"어쭈. 알았어."

"미치코는 양심 고백을 하기 직전에 서릉부에서 어떤 시간을 보냈을까? 공포가 뼛속까지 스몄겠지."

"누구도 알 수 없는 고독도 닥쳤겠지."

정민의 표정엔 몸무게가 40킬로그램 나갈 때의 처참이 얼핏 배어 있었다.

"국가와 싸우는 일이잖아. 그 정도가 아니야. 일본이라는 나라의 극우적 덩어리를 바닥부터 파헤치는 일이야. 단 혼자의 몸으로. 그것도 여자로서 말이야. 그 절대적 무게감과 실존적 고뇌로 온몸이 부서질 듯했을 거야. 양심 고백 후의 미래에 대해서도 불안이 뼈를 녹인 듯했을 거야. 아들이 식물 상태에서 그랬으니 그 마음이 오죽했을까."

"미치코를 양심적인 내부고발자로 보면 그렇지." 정민이 표정을 달리하며 말했다.

"근데 이상하지 않냐?" 현우가 잠시 침묵에 잠겨 있다가 입을 열었다.

"뭐가?"

"미치코 사건이 터진 후에도 일본이 조용한 것 같지 않아? 용의자 색출에도 시간을 너무 끌고."

"나도 그게 이상해."

"우리나라에선 재야나 시민 사회에서 뜨겁게 타오르는데 정부 차원에서 어떻게 할 줄을 모르는 것 같아. 제도권 사학에선 고재돈 교수도 이젠 조용하고, 원로가 그래서인지 대개 꿀 먹은 벙어리 꼴이니. 사태가 정수를 향해 치달을 듯한데 왜 이렇지? 미치코가 고백 후 삼일 만에 죽은 사실 그 자체도 엄청난 사건이잖아."

"뭔가 수상해."

"이상한 게 또 있어."

정민이 현우의 입을 바라보았다.

"MBC에서 서릉부에 상고사 리스트를 요구해서 받았을 때 〈화랑세기〉는 없었어. 미치코의 말이 사실이라면 모순이잖아."

"그러네."

"그런데도 이 모순을 들입다 파고드는 사람들이 없네. 정부 쪽에서든 학자 쪽에서든 기자든. 일본도 그런 거 같고. 일본에서 그런 말이 나왔다면 적어도 우리나라 방송에 나올 텐데."

"방송에 나오지 않을지도 모르지."

"그렇다면 SNS에서 가만있지 않을 거야." 현우는 입가에 야릇한 미소를 지으며 말을 이어나갔다. "왜 그럴까? 그 모순만 파고들어도 일본이 곤혹스러울 거 아냐? 미치코의 말이 맞다면 과거의 서릉부의 말이 거짓인 거고. 미치코의 말이 사실이 아니라면 그녀가 양심 고백한 이유가 뭔지 애매해지지. 거짓말을 위해 양심 고백하고 죽었다. 그녀가 그냥 관종이거나 미친 여자일까? 과시욕이 크고 사람들의 이목을 끌기 위해 연극을 한 것일까? 그것은 곧 일본의 엘리트라 할 서릉부의 직원이 그런 짓을 했다는 것이

므로 설득력이 약해. 그리고 미치광이라면 왜 갑자기 죽임을 당했을까? 마치 기획되었다는 듯이. 이 문제가 해결이 안 되지."

"더 해봐."

"왜 이런 점을 치밀하게 파고들면서 사안에 접근하지 않지?"

"고약한 딜레마네." 정민이 혀를 차듯 말했다.

"그런 점을 다시 생각하고 해체할 수 있는 계기가 된 것이 미치코 사건이야. 그런데도 우리나라 언론에선 미치코 사건을 본질적으로 다루지 않고 그녀의 죽음이 쇼크사냐 미치광이로서 자살이냐 타살이냐 그쪽으로 몰아가잖아. 치정에 얽힌 사건으로도 흘렀지만 용의자가 전혀 수배되지 않기에 가능성이 약해졌지. 외상이 전혀 없다는데 타살이라면 어떻게 가능할까? 그녀는 외아들을 키우며 이혼녀로 살다가 아들이 한국으로 유학 간 후 신주쿠의 아파트에 혼자 산다고 뉴스에 나왔잖아. 안으로 누군가 들어왔다는 말인데 CCTV에도 잡히지 않아 이해가 안 된다는 썰. 그녀가 마시는 배달 우유에 혹시 누군가 밖에서 미리 독을 탄 것은 아닐까, 그 증거물도 사건 초기에 수거되어 없어졌다는 썰. 그렇다면 누가 들어왔다는 말인데 거기서 또 막힌다는 썰. 상상 초월인 고도의 기법이 동원되었을 거라는 썰. 타살이라면 그녀를 살해한 전문 조직이 어디일까, 혹시 일본 정권인가, 언론이 극비로 통제되는 거 아닌가 등등 실체가 없는 찌라시 수준이 태반이잖

아. 박근혜 정권이라면 이해가 갈 수도 있어. 근데 문재인 때도 그렇고 지금은 정치, 외교, 경제, 안보 모든 게 무너지는 통에 역사 문제는 쳐다보지도 않아."

"박근혜 정권을 까는 거야? 문재인 정권 난리통이었던 거 몰라?"

"갑자기 그 말이 왜 나와? 지금 진보, 보수 그런 거 따질 때야? 우리나라에 진짜 진보, 진짜 보수도 없고 모두 짝퉁들, 번지수도 모르는 것들뿐이지만."

"니가 우리 증조부를 소설을 통해 적절한 위치 매김을 한다고 하면서도 은근히 좌파 쪽에 붙인다고 느껴왔지. 실은 속으로 그게 불편했어. 너를 믿고 참아왔지. 남당 어른은 빨갱이가 아냐. 민족과 역사를 위해 한 몸 불사르다 가신 분이라고!"

"허허. 조용하다 했더니 또 꼴통 기질 나오네."

"너나 좌빨에 빠져 있지. 한심한 좌빨. 이가 갈려. 너 자신을 잘 봐라."

"난 진보에 가깝지만 아냐. 아나키스트도 아냐. 액면 그대로 보려고 애쓰는 사람이야. 어느 한쪽으로 매몰되지 않으려 애쓰고. 내가 젤 싫어하는 게 매몰이야. 지가 매몰에 빠진지도 모르고 딴 사람을 매도하는 놈들. 이런 놈들이 우리나라를 주욱 망쳐왔지."

"너 자신이 매몰된 거나 알아라, 빙충아."

"난 매몰이 싫다 했잖아. 나도 모르게 될 수도 있겠지. 그러나 벗어나려고 얼마나 애쓰는지 넌 몰라."

"그게 매몰이야. 아무리 애쓴다 해도 그 자체가 매몰된 상태라고."

"멋진 말이야. 근데 그게 너에게도 적용되는 사실을 봐야 해. 너뿐 아니라 우리나라 전체의 문제야. 소위 좌나 우나 거의 다 그래. 빌어먹을. 너는 평소에 잘 나가다가도 박근혜 이야기만 나오면 매몰에 빠지고 마니. 쯧쯧"

"너, 이딴 식으로 우리 증조부 소설을 쓰려면 손 떼!"

8

톱질

정민은 얼굴이 구겨진 채 앉아 있었다. 조용히 일어나 술집 문을 열고 나갔다.

현우도 표정이 어두웠다. 씁쓸하게 앉아 남은 술을 천천히 마셨다. 밖으로 나갔다. 정민이 보이지 않았다.

외국의 밤거리. 허허롭고 고적했다. 주머니에서 스마트폰을 꺼내 선호를 찾아냈다.

"뭐하냐? 분위기가 이상한데."

"다낭. 갑자기 날라왔어요. 취재할 게 있어서."

"베트남 다낭?"

"네. 베트남 전쟁 때 한국 군인들에 의한 민간인 학살이 심했던 곳이에요. 추모비가 있더라구요. 원래는 증오비였는데 이름을 바꿨다 하더라고."

"증오비? 무섭네. 그런 비석도 가능하구나. 베트남답네."

"저도 섬뜩했어요."

"하긴 우리나라가 베트남에 죄 많이 졌지. 미국 앞잡이로 파병되어 애꿎은 사람들 많이 죽였지. 강간도 하고 애도 낳아 버리고. 베트남 전쟁 덕에 돈 벌어서 6·25 때 망가진 경제 핀 거고. 자력 갱신도 있지만."

"한홍구 교수는 이런 말도 했어요. 우리나라가 일본에게 사죄를 요구하려면 그 이전에 베트남에게 사죄해야 한다고. 형, 난 그 말이 맞는 것 같아."

"내 생각도 그래."

"그럼에도 우린 베트남에 사죄하지 않잖아요. 일본에겐 사죄를 요구하면서."

"모순이지. 세계 정치가 그 방향으로 흘러가야 하는데. 독일은 그래도 과거 범죄에 대해 사과를 계속하잖아. 일본은 지지리도 못나서 못 하지. 아니 안 해. 그 꼬락서니가 문화 후진국이라는 사실도 모르는가 봐. 빙충들."

"맞아요. 빙충. 국제적인 호구죠."

"잘못과 범죄는 인정하며 사과하고. 부당한 것은 권리 행사를 당당히 해서 되찾고. 정의의 선순환이 되어야 하는데 말야."

"유토피아지. 현실이 어디 그러우? 그래도 판을 뛰어넘는 그런 큰 정치가 필요한데. 동네 양아치 싸움질 같은 정치판이 우리나라에선 매번 되풀이되니. 나도 형처럼 답답해요."

선호는 기자치곤 합리성과 상식이 있는 편이다. 생각과 행동이 따로 놀 때가 많아서 탈이지만. 하긴 언론판에 속해 있으니.

"형이 일본에 있으니 아키히토 일왕이 했던 말이 생각나네요. 자기는 일본의 50대 천황인 간무의 후손이라고 말했지요. 근데 간무 천황의 생모가 무령왕의 자손이라면서요?"

"맞아."

"일왕 스스로가 백제 왕조의 후손이라고 고백한 거죠. 일본의 일왕이든 역사, 문화든 고조선과 부여, 고구려, 가야와 떨어뜨려 생각할 수 없을 정도로 영향이 큰 게 사실이구요. 백제 역시 그렇죠."

"맞아. 그런데?"

"간무 천황 때 일본의 수도가 나라에서 교토로 바뀌는 거 형도 알 거예요. 이른바 헤이안 시대가 펼쳐지죠. 그 교토가 메이지 유신 때 수도가 동경으로 바뀌기 전까지 천여 년간 일본의 수도가 되는 거구. 간무 천황이 교토의 건설자인 셈이죠."

"간무가 일본 역사에서 중요한 사람이지. 백제가 망했을 때 일본이 백강 전투에 파병하잖아. 일본이 백제와의 교류를 통해 도움을 많이 받은 것도 작용했을 거야."

"네. 그 백강이 백마강이냐 아니냐로 형이 저번에 한참 썰을 풀었죠. 그런 논쟁이 가능하고 또 과감히 되어야 하는데 백강 이퀄(eQual) 백마강이라고만 하고 있으니. 쇠귀에 경 읽기예요. 우리나라 역사판이."

"내 말이 그 말이다. 그러니 정민이랑 이렇게 동경으로 날라와 있는 거지. 너도 같이 왔으면 더 좋았을 텐데."

"그러게요. 직장인이 시간 내기가 쉬운가요, 뭐."

"낮엔 좋았어. 서릉부까지 들어가지 못한 게 아쉽지만. 들어가는 날짜가 제한되어 있으니."

"그것도 아이러니하네요. 서릉부야 일본 거니까 자기네 마음대로라 해도 그 안의 우리 상고사 서적들은 우리 건데 우리가 맘대로 볼 수 없다는 사실이."

"그러게 말야. 그 벽을 깨뜨려야 하는데."

"베를린 장벽이 무너진 것이 언제인데. 남북 간의 벽이며 서릉부의 벽이며 우리나라의 썩어빠질 이데올로기들 간의 벽이며. 그놈의 벽."

"너도 꽤 취했구나. 말이 술술 풀리는 것을 보니."

"추모비보단 증오비라는 말에 꽂혔어요. 얼마나 솔직합니까?

한국에 대한 증오. 가족과 친구, 이웃이 억울하게 학살당하는 것을 겪은 가슴에서 우러나오는 진실된 말이잖아요. 저 말로도 그 깊디깊은 한을 담을 수 없겠지요. 그 증오비가 추모비로 바뀐 것에 대해 느낌이 많아요. 베트남이 자본의 대열에 휩쓸리다 보니 물타기하는 것도 같고 배려일 수도 있고."

"상징적이네. 증오비에서 추모비로. 전 세계가 자본의 물결에서 자유롭지 않다는 말도 되겠네. 가면을 써야만 존재 가능하다는 말도. 세계가 그런 구조로 되어버렸다는 말도."

"형은 역시 직관이 빛이 나요."

"그러면 뭐 해. 세계가 가면투성이인걸."

"하하. 암튼 한일 관계가 중요한데 철학적으로 정리가 충분하지 않아요. 그러니까 돼먹지 않은 썰들이 훌륭한 견해인 양 날뛰고 있죠. 그것들에 대한 비판도 격이 떨어지고 일차원적인 것에 머무르는 게 많구요."

"그러게 말이다."

"정민 형은요?"

"싸웠어. 혼자 가버렸어."

"헤. 평소엔 형이 팽 돌아서더니 오늘은 웬일로 진중한 정민 형이."

"내일 중요한 미팅도 있는데."

"서릉부의 닫힌 문을 따고 내부로 들어갈 수 있는지 역사적인 시간인데 괜히 개인적인 감정들로 차질 빚지 마우."

"지금 마음 같아선 술이나 실컷 퍼마시다가 고꾸라지고 싶다."

"형답지 않게. 괜한 성질 버리고, 이국의 밤길을 잘 배회하시우."

"그래야겠다. 너나 나나 답답한 날이구나. 이국의 도시들에서 각자 술에 취했어도."

"들어가세요, 형. 기자들이 기다리고 있어요. 좋은 데 가서 한잔 더 하자고 해서."

"짜식. 지금까지 멋진 말을 다 해놓고는."

"낄낄. 남자 세계가 다 그런 거 아니겠수."

선호와 통화한 덕에 현우는 마음이 좀 풀렸다. 그러나 마음 깊은 곳에선 처연한 감정이 걸쭉하게 남아 있었다. 지금 걷는 이 길을 박창화도 꽤나 걸었을지도 모른다.

'증조부가 외롭다고 말하곤 했대. 일본에서.'

정민은 그 말도 했다. 왜 그렇지 않겠는가. 박창화는 고국의 상고사에 나름대로 환하기에 스스로 문화 선진국의 후예라고 자부했을 성싶다. 그러한 자긍심의 바탕인 나라의 땅이 도둑에 의해 강탈당했으니 그 허망과 분노를 견디기 어려웠을 것이다. 술로도 풀지 못하니 가슴속은 양잿물로 짓이겨졌을 것이다. 그런 마음으로 일본풍 일색인 서릉부에서 유일한 조선인으로 근무하면서 자신의 속을 철저히 숨겨야 했다. 들통나면 그에 따른 처벌은 살벌할 것이다. 그 공포와 강박, 고독 속에서 스스로에게 부여한 사명감의 등불을 따라 걸었다.

오송에서 부인을 외면하고 가마를 돌려 상경한 후 일본의 서릉부에 어떻게 들어갔을까? 그에 대한 기록을 현우는 찾지 못했다. 아마 부산이나 인천에서 배를 탔으리라. 만주 일대를 쏘다니던 불같은 심정이 이번엔 섬나라 일본, 조선을 삼킨 아가리를 통해 그 심장 속으로 들어가는 것이다. 만주에서의 행각들로 인해 요주의 인물일 수 있다. 서릉부를 노크하는 일이 위험하다고 판단될 수 있다. 그러나 박창화는 그 길을 간다. 부인은 자기 목에 칼까지 댔다. 외아들이 아버지의 부재 속에 어떻게 살아나갈지 순간순간 가슴이 먹먹하기도 했을 것이다. 그러나 이미 돌이킬 수 없는 발길이었다.

일관성 있는 모진 세월. 적어도 이십 년. 그 누구도 흉내를 낼 수 없는 성과를 이루고 귀국한다. 그리고 고국 땅에서 버림받고 있다. 아직도. 미치코의 말이 사실이라면 박창화와 김대문은 저승에서 목놓아 울부짖을 것이다.

현우는 박창화가 자기 몸속으로 저벅저벅 걸어들어와 요동치는 듯 마음을 주체하기 어려웠다. 술집이 눈에 들어왔다. 문을 열고 들어갔다. 독해 보이는 술과 안주를 주문했다.

역사가 왜곡을 피할 수 있을까?

한 잔을 비우니 가슴속을 근질이던 질문이 새삼 그르렁댔다.

왜곡을 빼고 미국의 역사를 말할 수 있을까? 인디언의 몰살을 외면한 채 미국의 역사 서술이 가능한 걸까? 그 참혹한 죽음을 묵살하고 메이플라워호부터 기술하는 것. 그것이 역사일까?

유럽의 역사는?

편입과 편집, 발전과 폭력의 모자이크.

중국의 동북 공정은?

왜곡이자 콤플렉스의 발로.

일본의 역사관은?

정신병.

아프리카의 역사는?

눈물과 참혹, 으깨짐.

남미의 역사는?

마찬가지.

캐나다는?

인공 정원.

호주는?

죄인들의 낙원.

베트남은?

모독과 저항, 타협.

현우는 떠오르는 대로 뇌까렸다.

우리나라는?

밥그릇 지키기. 중층의 오염. 왜곡과 정신병으로 치닫는 중국과 일본에 대한 안이. 카오스, 무지, 성찰과 탐구 결여….

가슴속에 불덩이와 숯덩이가 뒤섞였다. 세상은 그 길밖에 갈 수 없었나?

현우는 안주엔 눈길도 안 주고 술만 들이켰다. 멍하게 앉아 있다가 주머니에서 스마트폰을 또 꺼냈다.

현실감 있는 요즘 속담

늦었다고 생각할 때는 늦은 거다

가는 말이 고우면 얕본다

즐길 수 없으면 피하라

고생 끝에 골병난다

참을 인이 세 번이면 호구

포기하니 편하다

부모 욕하는 것도, 남편 욕하는 것도, 내 욕하는 것도 못 참지만 자식 욕하는 것은 더더욱 못 참겠다

예술은 비싸고 인생은 고달프다

원수는 회사에서 만난다

티끌 모아보니 티끌

남자는 애 아니면 개

하나를 보고 열을 알면 무당

일찍 일어나는 새가 피곤하다

성공은 1%의 재능과 99%의 빽

어려운 길은 길이 아니다

효도는 self

내일 할 일을 굳이 오늘 할 필요는 없다

잘생긴 놈은 얼굴값 하고 못생긴 놈은 꼴값한다

대문으로 가난이 찾아오면 사랑은 창문으로 도망간다

아는 길도 네비 따라가라

한국에선 쳐다보지도 않던 것이다. 비아냥거리기나 하는 글들은 가슴에서 거부되었다. 저런 류에 장단 맞추고 웃고 하는 사람들이 돼지처럼 보일 때도 있었다.

위하여! 그 건배사는 끝도 없이 모양을 바꾸며 흘러간다. 지겹지도 않은가. 지치지도 않는가. 노인네나 애들이나 그닥 창의성도 없는 장단에 장단이 꼬리를 물면서 술집을 들썩인다. 웃음꽃이 일고 박장대소가 일어난다. 진짜 그렇게 재밌고 속이 시원한가. 답답하지 않은가. 웃을 것이 그것밖에 없어 웃고, 웃지 않을 수 없는 자리이기에 웃어주고, 웃지 않고 속마음 그대로 가만히 있으면 왕따가 되거나 제쳐지기에 웃는 것은 아닐까.

진짜 재밌어 웃는 사람과 억지로 웃는 사람 두 부류로 보였다.

앞의 사람들은 덜떨어져 보였고 뒤의 사람들은 안 되어 보였다.

현우는 웃지 않는 편이었다. 웃음이 나오지 않았다. 느끼한 채 펼쳐지는 그 풍경이 역겹기만 했다.

근데 지금은 다르다.

삼박 사일 여행에 이런 말 붙이기는 좀 뭣하지만 해외에 나와서인지 바다 너머, 조국 한국의 서민들이 문득 새삼 안쓰러워 보인다.

양극화는 세계 어디에도 그렇지만 한국에도 더욱 극심해진다. 갑의 갑질은 반성은커녕 강퍅해진다. 을은 저항도 제대로 못하고 당하기 일쑤다. 상황이 바뀌면 을 또한 갑질을 할 소지가 다분하다. 모멸감이 깃든 갑질이라 끈적끈적하다.

누구도 손잡아주지 않는다. 배부른 사람도 허기진다고 아우성이다. 배고픈 사람들은 움켜쥔 배를 쥐고 넝마를 주우러 리어커를 끌거나 편의점 알바에 나간다.

카드 두 개를 돌려막다 보면 세 개, 네 개가 금방이다. 최저 임금이 올라가도 그 악순환은 여전하다.

젊은 세대에 남녀 둘이 영화 티켓을 예매할 때 넉 장을 끊는 경우도 있다. 그랬다가 입장 직전에 두 장을 취소한다. 자기들 자리 양쪽을 비워놓고 자기들만 편히 보려는 수작이다. 영화를 볼 사람들이 못 보고 극장도 손해. 세태가 이럴지라도 티켓 두 장이면 되는데 왜 넉 장을 사서 피해를 끼치냐고 따지지도 않는다. 야단치는 순간 젊은 애들에게 봉변을 당할까 봐 겁부터 낸다.

그 젊은 커플은 또 언제 서글픈 사랑이 쫑날지도 모른다. 짝이 바뀌어 넉 장의 극장 티켓을 또 끊을지도. 현실이 이 지경이 되어도 정치, 경제, 사회, 문화 온갖 분야들이 악취를 더한다. 자기 앞가림하는 것만으로도 힘에 부친다. 미래는 보이지도 않는다.

결혼도 거부하고 인구 절벽이 닥칠 것이다. 경제난, 정치 위기, 코로나, 환경 오염, 기후 위기 등 산적한 투성이다. 고통과 고독이 감당이 안 되어 갈수록 이기적, 동물적으로 변해가고 관계는 깨지고 사회 문화는 살벌해진다. 그럴듯한 가면으로 포장한 채 폭력적인 것들이 득실거린다. 악취가 물씬하고 사람들은 질식도 넘어서 멍해진다.

냄비처럼 확 끓어올랐다가 언제 그랬냐는 듯 식어버리는 민족. 옆집에 누가 죽어도 외면하고 차갑게 살다가 끔찍한 대형 참사가 터지면 뜨겁게 뭉치기도 하는 민족. 이건 아니다 싶으면 대통령이라도 권좌에서 끌어내린 민족. 광화문 광장에 백만 명의 촛불로 어둠을 밝혀 전 세계를 놀라게 한 민족.

돈 때문에 부모를 죽이고 가슴속 응어리를 어쩌지 못해 남대문에 불을 지르고 옥상에서 가족 동반으로 뛰어내리는 사람들. 그깟 소음이 뭐라고 고층 유리창 닦는 인부의 생명줄을 끊기도 하는 대한민국.

우리에겐 그래도 가족이라는 둥지가 있었다.

그러나 그마저 빼앗기다시피 된 지 오래다. 티브이보다 강력한 스마트폰이 둥지 안에 쳐들어와 주인 행세를 한다.

정보화의 물결 속에 화려하지만 더 짙어진 고독감으로 사람들은 힘겨워한다.

농촌 경험이 없는 젊은이들은 그 화려한 성에 외롭게 갇혀 있다.

농촌에서 나고 늙은 사람들은 정보화의 물결 속에서 젊은 세대들에 의해 이중삼중으로 소외된다.

사람들이 다 어딘가로 발길을 옮기며 가는데 정작 어디를 향하는가? 누구도 알기 어렵다. 생각도 안 한다. 생각할 시간도 없고 환경도 안 된다.

주문 도와드릴게요. 주문 도와드릴게요. 주문 도와드릴게요. 하루에 수백 수천 번의 말을 커피숍 알바생은 앵무새처럼 지껄여야 한다. 무표정의 얼굴들이 서로 쳐다보지도 않는다.

서로 피곤하다. 그러나 피곤을 물릴 수 없다. 하소연할 때도 없다. 어쩌다 만나는 친구들에게 하소연할라치면 말을 끊고 자기 넋두리나 자랑질 폭탄이다. 남의 말에 귀기울이는 사람들이 거의 없다. 헤어져 귀가하는 지하철에서 중독인 듯 스마트폰에 얼굴을 박고 있다.

역사는 무엇인가.

저 잡다한 웅덩이에 그 질문을 현우는 또 던져본다.

역사 따위가 들어올 꺼리도 안 되는 상황에 역사라는 게 무슨 의미가 있을까. 자기 앞가림도 힘겹고 버거운데 역사라는 게 무슨 의미일까. 피곤에 절 대로 전 사람들에게 역사마저 강요한다면 너무 잔혹한 거 아닌가. 폭력 아닌가.

현우는 실망스럽기보단 축축해지는 기분이었다.

서릉부의 한 여자가 의로운 행동을 한 후 희생당했다. 그녀를 죽음으로 내몬 미궁 속으로 매섭게 파고드는 사람들이 없다. 그녀의 실존과 죽음의 가치에 대해 확연한 시각을 갖춘 언술을 보기 드물다. 이러쿵저러쿵 온갖 추측과 자기식의 의미부여 봇물만이 흘러간다. 미치코를 남대문에 불을 지른 사람과 비교하는 종편도 있다. 여론의 눈치를 보며 그녀를 정의의 사도로 바꾸는 것도 예사다.

한 사람의 죽음의 의미는 그것을 둘러싼 사건에 의해서도 조명된다. 가령 안중근의 옥중 서거는 그가 이토 히로부미라는 일본 제국주의의 핵심 인물을 저격했기에 정의로운 응징이라고 역사적인 조명을 받는다. 물론 이토 히로부미에 대해서도 일방적인 해석만은 위험하다. 그는 우리나라엔 적이지만 일본에선 요시다 쇼인, 사카모토 료마 등등과 함께 영웅이다. 밀항선을 타고 서구의 중심으로 들어가 그곳의 선진 문물들을 익혀 조국 일본의 부국강병을 위해 써먹었다. 그를 악의 축으로만 보게 되면 희생자 프레임에 빠질 수도 있다. 역사는 그처럼 복잡하고 인식은 그 복잡한 얼개를 뚫지 않으면 오히려 독이 될 수 있다. 반일은 쉽지만 극일은 어렵다. 진정한 의미에서의 극일을 할 때다.

미치코를 살해한 자가 누구인지 밝혀져야 한다. 미치코가 단순히 미친 사람이라면 죽임을 당했을까? 물론 여기에 대해서도 그녀의 미친 짓 때문에 골머리를 앓았다는 그녀 정부의 소행이라는 말도 떠돈다. 그러나 그녀가 실제 미쳤다면 엘리트들 위주인 서릉부의 직원으로서 어찌 근무할 수 있겠는가. 이런 논리에 대해선 그녀가 이중인격자라는 말이 돈다. 한편으론 정상적이고 또 다른 면에서 완전히 비정상적이라는 것이다. 종잡을 수 없는 말들이 언론이건 SNS건 여기저기서 떠돈다. 큰불을 일으키며 번지고 있다.

그럼에도 한국 정부건 일본 정부건 속 시원한 해명을 보여주지 않는다. 미적지근하고 엉거주춤하다. 무슨 꿍꿍이속인지 알 수가 없다. 한일 간 공조로서 이번 사태의 진실을 파헤쳐라. 말뿐이지 행동은 미온적이다.

정치란 그런 것일까? 아니면 자신이 남당과 서릉부, 한일 관계에 관심이 깊다 보니 직업병 같은 것인가.

용의자가 나타나지 않는다는 자체가 정치적인 사건임을 뜻할

지도 모른다. 아니 정치적인 사건이라면 용의자마저 기획되었을 것이다. 풀리지 않는 딜레마가 현우를 괴롭혔다.

복서 김득구가 링 위에서 사투를 벌이며 치열하게 싸우다가 죽었을 때 한국인 대부분이 그의 죽음에 눈시울을 적시고 함께 울분을 삼켰다. 그러나 몇십 년이 지났다고 한국은 이제 그런 정서를 거의 잃어버렸다.

아니다. 촛불집회 때 일어나지 않았던가. 세월에 지치고 삶에 떠밀려 개인적 한숨도 말라붙은 한국인들은 비분강개의 목소리로 추운 광장에 나와 촛불을 밝혔다. 검찰 개혁을 위해서도 서초동에 백만의 촛불이 켜졌다. 그런데 미치코 사건에선 왜 전반적으로 끓어오르진 않는가.

최순실 박근혜 사건은 정권의 문제이며 정치의 문제이다. 서초동 촛불집회는 대한민국의 뿌리 깊은 병폐 하나를 뜯어내는 일이다.

미치코 사건이 지닌 의미는 더욱 광대할 수 있다. 한일 간의 고대사부터 근현대사를 거쳐 현재까지 아우르는 총체적인 문제를 함축하고 있다. 역사적인 문제다. 한국 상고사의 보석들을 장물로 숨겨두고 있는 서릉부 직원의 양심 고백 아닌가. 현우는 가슴이 쓰라렸다. 술집에서 나와 택시를 탔다.

"황궁으로 갑시다."

멀찌감치서 일부러 내렸다. 멀리 해자 너머에 황궁이 희부염하게 빛나고 있었다. 천천히 걸었다.

야옹.

밤 고양이 한 마리가 어둠을 뚫고 지나간다.

기이한 야성이 가슴에 번득인다.

해자 앞까지 다가가자 야성은 커질 대로 커진다. 거대한 톱이 있다면 황궁을 위에서부터 썰어 두 동강으로 내고 싶다. 서릉부도 썰어 그 안을 두 눈으로 보고 싶다.

저 벽 안에 과연 무엇이 있느냐 없느냐의 문제다. 사태는 단순하다.

미치코 사태를 환히 알고 있는 사람이 일본인 중에 있다면 그는 지금 얼마나 실소를 터뜨릴까. 지금까지 한국을 얼마나 조롱하며 미친놈 바라보듯 혼자 웃었을까. 그 환각이 되살아나는 듯했다.

한국인 중에 그 위치에 간 사람은 아무도 없다. 단 한 사람도. 한국의 정치가든 역사학자든 그 누구든. 고재돈도 유동욱도. 그들의 제자들도. 이런 사실까지 알고 있을 그 일본인은 얼마나 가슴이 뿌듯하며 후련할 것인가.

역사란 저런 것 아닌가. 역사가들이 아무리 연구하고 정치가

들이 최선의 머리를 굴려 뭔가를 한다 해도 그런 몸짓이 전혀 닿지 않는 곳에서 구름 위의 왕자처럼 그 모든 것을 관망하는 사람. 자기의 잣대로 역사를 만들어가는 사람.

그런 사람의 썩은 골수마저 환한 햇빛의 돋보기로 비춰 대낮에 드러낼 수 있는 증거가 바로 저 벽 안에 지금도 존재하고 있다.

둘 중 하나다.

미치코의 말대로 있거나, 아니면 없거나이다.

있다면 미치코의 행위가 진실이 되는 것이다. 없다면 허구가 되는 것이다.

허구라 해도 좋다. 저 안이 무(無)라 해도 좋다. 분명하면 된다. 유(有)든 무(無)든 확실하면 된다. 있으면 진실이 드러나는 것이고 없으면 그 무(無)를 바탕으로 허구를 거두어내고 새로운 진실을 짜면 된다.

이 간단한 일이, 전범국인 일본이 자기 죗값으로 패망한 지 칠십 년이 넘도록 왜 밝혀지지 않는가? 일본은 그렇다 치더라도 대한민국이 그것밖에 되지 않는가? 정부는 무엇을 한 것이며 학계는 무엇을 한 것인가. 서릉부에서 보여준 리스트를 보며 '이것 말고는 없습니까? 자 이제라도 문을 활짝 여시오. 당신들 것이 아니잖소.' 주인의 육성으로 당당한 발걸음을 내밀지 못하는가. 현우는 힘없는 민간인일 뿐인 자기가 무엇을 할 수 있을까 고뇌를 또

씹었다. 내일의 미팅이 두렵기도 하고 설레기도 했다. 선호가 말한 베트남에 대한 사죄 운운도 가슴에 스멀거렸다. 복잡한 상념 속에 광기의 톱날을 번득이며 저 너머 벽을 응시하고 있었다.

얼마나 시간이 지났을까. 현우는 빠져나와 택시를 탔다. 국제호텔로 향했다. 707호. 문이 살며시 열려 있었다.

현우는 소리가 나지 않도록 조용조용 들어갔다. 정민이 쓰는 방도 열려 있었다. 녀석이 잠에 떨어진 모습이 창밖 가로등 불빛을 받아 희미하게 빛났다. 오래전 중환자 병실에서 본 40킬로그램짜리 몸뚱어리와 오버랩되었다.

9

요코하마

현우와 정민은 웃음을 씩 교환하고는 출발 준비를 서둘렀다. 호텔의 레스토랑에서 샌드위치를 먹을 때도 긴장감에서 자유롭지 않았다. 호텔 회전문을 열고 밖으로 나서자 상쾌한 바람이 불어왔다. 택시를 잡아타고 긴자 거리로 향했다. 조몬 카페에 들어섰다.

"왜 안 오지?"

열 시에서 십 분이 넘자 정민이 참다가 입을 뗀다.

"그러게. 기다려보자."

현우도 표정이 밝지 않다. 이십 분, 사십 분이 넘자 둘 다 얼굴에 초조한 빛이 짙다. 정민이 스마트폰을 꺼내 터치했다.

"유동욱 교수님, 저 정민이에요."

"요시모토 박사와 이야기는 잘 되고 있나?"

"나오지 않았어요. 전화도 불통이구요."

"그럴 리가. 내가 해볼게."

전화가 끊기고 몇 분 후에 정민의 스마트폰에 진동음이 울렸다.

"내 전화도 안 받네?"

"어찌된 일일까요?"

"내 부탁을 한 번도 어긴 적 없는 사람인데. 저번에도 말했지만 일본 지식인으로선 양심적이라 도움을 줄 줄 알았더니. 하긴 서릉부 소속 박사이니 난감한 상황에 처했다고 볼 수밖에. 도서과는 아니고 편수과의 박사야. 서릉부 도서과의 박사들을 만나면 좋을 텐데 그들과는 영 관계를 맺을 수가 없더라고. 만날 사람이 누구냐고 꼬치꼬치 묻고 그걸 알아야만 미팅에 응하겠다고 해서 이제야 말하지만 자네 신분을 밝혔네. 〈화랑세기〉 필사본의 저자 박창화의 증손자라고."

"그러셨군요. 연락되면 말씀해주세요."

"그럼세. 미안하게 됐네. 나머지 여행도 잘 하고."

"네. 귀국하면 찾아뵐게요."

통화가 끊겼다.

"어쩐지 순조롭다 했더니만. 아무리 친분이 있다 해도 서릉부 직원인데."

현우의 얼굴에 짙은 아쉬움이 배어 있었다.

열한 시가 넘도록 시간을 죽이다가 조몬 카페를 빠져나왔다. 지하철로 이동해 요코하마에 닿는 동안 서로 말이 없었다. 푸르른 바다에 배들이 떠 있고 하늘에 구름이 하얗게 빛났다. 젊은 남녀들이 발랄한 색채의 옷차림들로 붐볐다.

"미치코가 태어나 자란 곳이라니 기분이 이상하네. 미치코는 이 도시에서 어떻게 지냈을까? 유년 시절, 초등학교, 중학교, 고교 시절….이곳에 아버지가 혼자 산다고 방송에 나왔지." 현우가 침묵을 털어내며 말했다.

"주변 수사 반경이 점점 커지는가 봐."

"서릉부의 존재가 보통이 아니고 그 중요 인물이 양심 고백을 하고 죽었으니."

"서릉부에 들어갈 정도면 수재였겠지."

"서릉부가 여러 사람 잡네. 너의 증조부. 미치코. 후후."

"어디 그들뿐이야? 우리나라 역사를 잡고 있지."

"그건 곧 자기네 나라의 멱살을 잡고 있다는 말도 돼. 미치코의 아들처럼 불행에 빠지진 않더라도 허위로 채워진 두뇌로 일본

시민들은 평생을 살아가야 하는데 말이 되냐? 인간이 로봇도 아니고 개돼지도 아니고."

"우리 생각이지."

"진실과 허위의 문제야." 현우가 강한 톤으로 말했다.

"세계관이 다르겠지."

"이 우주에 태어나 자신의 고유한 삶을 사느냐, 길들여진 삶을 사느냐, 그 문제라고."

"글쎄."

"미치코가 만약 일본 교육에서의 역사 왜곡만 호소했더라도 죽었을까?"

정민이 머리를 긁적였다. "죽지 않았을 확률이 크겠다. 서릉부의 문제를 건드린 건 아니니까."

"그럴지도."

"저기 찻집에서 커피 마시자."

유리를 통과하는 푸른빛의 바다가 그림처럼 아름다웠다. 저 멀리에서 흑선이 나타났단 말이지. 현우는 착잡한 눈빛으로 바라보다가 입을 열었다.

"페리 제독의 흑선이 나타났을 때 일본인 두 명이 태워달라고 미군들에게 매달렸대. 미국 본토에 가고 싶은 거지. 근데 실패해.

그러나 일본의 엘리트들은 결국 유럽과 미국의 중심부로 뚫고 들어가. 군사, 정치제도, 법, 산업, 기술을 샅샅이 연구하지. 적진의 심장에 들어가서 말이야."

"독한 놈들."

"사쓰에이 전쟁이란 게 있어. 다이묘의 행렬에 영국인이 경례하지 않았다고 해서 사무라이가 그 영국인을 베어버렸지. 그 일로 영국과 일본 사이에 전쟁이 일어나. 1863년의 일이야. 사쓰마번은 초토화가 되었지. 사쓰마의 지사들은 그 일로 일본이 우물 안의 개구리라는 것을 절감해. 힘을 기르기 위해선 서양을 배워야겠다고 여겨 바로 그 이듬해에 가이세이쇼를 설립해."

"가이세이쇼?"

"교육기관이야. 15명의 소년을 키워 밀항으로 영국으로 보내. 도고 헤이하치로는 영국 해군에 배치되지. 귀국해선 청일전쟁을 승리로 이끌지. 1894년 갑오동학 때 민비가 뻘짓을 해와서 청나라와 일본이 우리나라에 들어오잖아. 우라질! 그 청일전쟁 말이야. 도고 헤이하치로는 우리에겐 나쁜 사람이지만 일본에선 영웅이야. 대만도 점령하고 러일전쟁도 승리로 이끈 제독이야. 일본의 근대화엔 이런 독종들이 많아. 일본은 자기를 굴복시킨 적국으로 천재들을 보내 공부를 시켰어. 서구 문명의 뿌리까지 속속들이 익혀서 부국강병의 주역으로 삼는 거야. 조선의 쇄국정책과는 판이하지. 그 지독함. 적국의 심장에 들어가 뿌리를 파내어 이식한 것. 그 독종 근성이 지금의 일본을 만든 거지. 그 당시 조선은 일본에게 아무것도 아니었어. 일본은 세계를 잡아먹을 듯한 불길로 타올랐지. 류큐, 대만, 사할린을 식민지화했고 말과 글 모두 영어로 바꾸겠다는 안, 수도를 연해주로 옮기겠다는 안 등등 수많은 아이디어가 나왔지. 조선은 존재감이 없었어."

"대조되네."

"당시의 조선 엘리트들은 그런 면에선 안이하기 짝이 없지. 특히 수구 세력들은 나라의 패망에 길을 열어주고 그 대가를 일본으로부터 얻어 치부의 수단으로 삼지. 그 더러운 강물이 지금껏 한국 사회에 악취를 풍기며 흘러넘치는 거고."

"너무 단순한 시각 아냐?"

"물론 깊게 헤아릴 것들이 많지. 암튼 아시아로 쳐들어오는 서양 제국주의의 심장 속으로 일본이 들어간 것처럼 남당도 일본 제국주의의 심장 속으로 들어간 거지. 단신으로."

"그건 그렇고 그 얘기 해봐. 우리나라 사학이 크게 두 가지로 갈라진다는 얘기."

"제도 사학과 재야 사학으로 갈라지잖아. 제도권 사학은 이병도의 영향이 절대적이지. 이병도, 이기백에 이어 고재돈이 3대야. 제도권 사학에서 핵심적인 인물이지. 고재돈에 이어 지금은 4대까지 내려왔어. 하상배 교수도 4대에 속해."

"그렇구나."

"세대가 흐를수록 개방성도 있고 유연성도 생겨. 앞 세대와의 차별성도 있고. 하지만 전체의 패러다임은 크게 변하지 않아. 패러다임의 핵심으로 기자조선과 위만조선, 평양의 문제 등등이 있는데 그것은 곧 왕조들의 수도 비정과 직결돼. 미치코 사건이 터지자마자 내가 공주와 부여, 익산으로 내려갔잖아?"

"아. 그래서 그랬구나."

"응. 뒤늦은 바가 있어서 나 스스로 무안했어. 부여야 고향이지만 다시 보고 싶었어. 공주도, 익산도."

"우리 증조부가 공주가 백제의 수도 웅진이 아니라고 하는데 아무리 증조부 말씀이라 해도 안 믿어져."

"만약 공주가 웅진이 아니라면 전 국민이 속고 있는 거지. 제도권 사학자들은 국민에 대한 대대적 사기극을 벌이는 거고. 공주가 웅진이 아니라는 증거들도 나와. 고민해야 할 부분 중의 하나야."

"응."

"수도 비정은 강역과 직결돼. 이게 남당 선생의 문제의식이야."

"남당 할아버지는 유언에서 〈강역고〉를 최고로 치는데 그래서 수도 비정에 그렇게 목숨을 걸었구나.”

“그렇지. 수도 비정에서 이병도와 판이해. 공주, 부여뿐 아니라 평양, 환인 등 남당에 의해 다 부정돼. 근거가 제시되면서.”

“무시무시하네. 근데 남당 할아버지가 틀렸다면?”

“틀렸음을 인정하면 되지. 그런데 일괄적으로 그럴 성격이 아냐. 연구 분야가 워낙 넓다 보니 수도 비정만 하더라도….”

“그렇겠네.”

“남당은 제도권 사학의 패러다임을 깰 무기가 될 수 있어. 그럼에도 불구하고 우리나라에서 남당 연구는 전무한 편이야. 〈화랑세기〉 필사본은 위작으로 판명되었고 〈강역고〉는 연구의 시작조차 되지 않았어. 이게 말이 돼? 내가 남당을 파고들어야겠다고 다짐한 결정적인 계기가 바로 여기에 있어. 무령왕의 독살설에서 받은 필이 여기까지 왔네.”

현우가 웃는다.

“나를 만나지 않았다면 Q 복음에 대한 소설을 쓰고 있을 텐데.”

“잘못 엮였지.”

정민도 따라 웃는다.

“강역 연구는 단지 땅덩이가 크네 작네 하는 문제가 아니야. 팽창주의적 문제도 아니고. 다시 말하면 권력의 문제가 아니야.”
현우가 말했다.

"그러면?"

"나라의 정체성과 관련돼. 나라의 크기뿐 아니라 나라의 위상, 주변국들과의 관계도 밝혀지니."

"더 말해봐."

"가령 위만조선만 해도 그 지역을 어떻게 보느냐에 따라 고조선의 위상이 전혀 다르게 돼. 위만조선의 수도는 왕험성이야. 제도권 사학은 왕험성을 지금 북한의 평양이라고 봐. 그만큼 고조선은 쭈그러드는 거야."

"그게 사실이라면?"

"받아들이면 돼. 그러나 아니라는 증거들이 나오고 있어."

"그래?"

"응. 이런 큰 문제의식이 아니라면 우리가 남당의 업적을 굳이 추적할 필요도 없어. 남당을 소설적인 기획으로 작업하는 이 일도 하지 않을 테고."

"내가 잘 알지."

"이런 철학적 문제에 모순이 있다면 난 벌써 손을 뺐을 거야."

"넌 그럴 놈이지."

"재야 사학은 아주 다양해. 신채호파도 있고 다른 흐름도 많아. 〈환단고기〉 파도 목소리가 크고."

"〈환단고기〉는 빼. 말도 안 돼."

"니가 몰라서 그래. 〈환단고기〉에 대해 도가적이니 판타지라고 보기도 하지만 쉽게 무시할 책이 아냐. 나도 무시했었는데 몇 년 전에 그 부분에 해박한 학자를 만나게 되어 생각이 좀 바뀌었어. 〈환단고기〉까지 포함한다면 우리나라 사학이 크게 세 부류가 되겠네. 물론 그 외에도 무수한 계열들이 난립하지만 이렇게 대별해 두 개 내지 세 개로 분류될 수 있다고 봐. 남당의 위치가 과연 있을까? 만약 있다면 어떻게 잡아야 하나 그게 문제지."

"응."

"우리가 모색하는 것 중의 하나가 그거지. 하긴 신채호파도 정당성을 크게 부여받진 못한 상태야. 신채호에 대해서도 정밀 분석해서 학문적으로 정리되어야 할 거야. 그가 거의 단독으로 연구하고 글을 썼기에 내가 봐도 허술한 데가 있어. 그의 〈조선상고사〉도 치밀성이 떨어지고 조악한 면도 많아. 과학적이라고 말하긴 뭣해. 하지만 이병도파의 틀에서 벗어나는 광활함을 보여주고 날카로운 분석이 곳곳에 드러나기에 정식 사학으로 조명될 부분도 분명히 있어. 〈삼국사기〉와 〈삼국유사〉 역시 오류들이 있잖아. 그런 점들을 종합적으로 다루어야지. 그렇게 신채호를 정식으로 다루면서 남당 박창화도 다루어야 할 거야. 그 두 분은 닮은 점도 있고 전혀 다른 점도 있어. 그런 것들을 심층 비교 분석해서 정상화해야 해. 중요한 것은 우리나라 역사이고 그것을 사실과 진실에 근접해 재규정하는 거니까."

"니가 생각하는 남당 운운은 나나 공감하지 누가 공감할까. 강단 사학에 들지 못하는 힘없는 비주류에서나 박수 칠 뿐이겠지."

"너무 자학적인 이야기야. 지금은 비주류이나 주류와 비주류가 바뀌는 건 시간 문제야. 진실이라면 바뀌겠지. 아니라면 폐기될 거고."

"근데 신채호와 남당이 어떻게 달라?"

"잠깐 티브이에서 미치코 얘기 나온다. 보자."

"오케이. 근데 무슨 말인지 알 수가 있어야지."

현우는 미치코에 대한 보도가 끝나자 옆 테이블의 남자에게 영어로 물었다.

"The murder suspect of Michiko does not appear yet. The main topic of the show was that."

현우는 그 남자의 말을 정민에게 번역해주었다.

"진전이 없네. 일본에서도."

"냄새가 나."

"내 생각도 그래."

"신채호와 남당이 어떻게 달라지느냐 말하다가 흘렀네."

"그랬지."

"고조선에서 크게 달라져. 신채호와 남당. 이병도 류의 강단 사학과 환단고기 파 역시 고조선에서."

"그래? 많이 연구했네. 맨날 노는 줄 알았더니. 하하."

"하하. 이병도파는 고조선을 신화로 만들거나 기자와 위만을 통해 식민지로 만들었지. 그게 사실이라면 인정하면 돼. 문제는 과연 그런가이지. 〈환단고기〉 파는 고조선의 기원을 기원전 2333년으로 보는 이상으로 그 이전의 시대들에 대해서도 말하지. 환국과 배달국이 있다는 거지. 부도지도 아득한 상고 시대를 이야기하지. 마고니 뭐니 하는 이야기들이 나오는데 마고 할미는 민속에도 흐르니 참으로 알 수 없는 일이지. 그런 것들은 일단은 괄호로 묶어두고 신채호와 남당의 차이를 말해볼게."

"괄호?"

"에포케라고, 철학에서 중요한 개념이야. 잘 모르는 것에 대해선 함부로 판단하지 말고 판단을 중지하자는 뜻이야."

"좋은 태도네."

"우리나라 사학에도 절실한 태도지. 강단 사학, 재야 사학, 통틀어."

"그러네."

"신채호는 고조선을 둘로 나누어. 조선삼관경이라고 해서 반도로 축소되기 이전에 대륙에도 고조선이 있었다는 거지. 진조선, 막조선. 번조선으로 나누어진다 하고. 여기서 중요한 문제가 생기는데 기자조선이나 위만조선, 한사군 설치에 대해 강단 사학과 전혀 다른 이야기가 나오지."

현우는 일본 땅, 특히 개항의 도시 요코하마에 와 있어서 그런지 자기가 하는 뻔한 말 속에서도 색다른 감회를 느끼고 있었다.

"가령 위만이 멸망시킨 것은 고조선 전체가 아니고 그중의 일부인 번조선이라는 거야. 신채호의 설이지. 나머지 두 개의 조선은 살아 있다는 거지. 그 의미는 고조선이 중국의 식민지가 된 적이 없다는 거야. 다만 일부만 위만에게 빼앗겨 그가 통치했다는 거지. 식민 통치가 아니라 부분 점령이 되는 거지. 이 사실이 엄청 중요해."

"우리나라가 상고 시대에 중국의 식민지였냐 아니냐 이 얘기잖아. 기자조선 역시 고조선을 식민지화한 것이 아니고 다만 고조선의 한 지역에 봉해져 제후국이 되었다고 하는 거잖아. 너에게 들어서 익숙해. 그런 내용을 토대로 하면 우리나라가 중국의 식민지가 된 적이 없다는 거지. 그런데 그게 왜 중요하지? 알쏭달쏭하네."

"중요하냐 안 하냐를 떠나 일단은 사실 여부를 따지는 거지. 사실이라면 따르는 거고 사실이 아니라면 버려야지."

"맞아. 의미보다는 사실의 파악이 중요하지."

"학문과 과학을 위해선 선입견과 편견을 버려야 해."

"응."

"내가 남당을 소설화하는 데에 비중을 두는 것 중의 하나도 바로 그거야. 사실에 대한 접근. 유치원 아이들이 들어도 이해되도록. 뭔가를 주장하기보단 의심 가는 부분들을 말하기. 진영들에 매이지 않고. 근데 우리나라의 역사를 다룬다는 사학계 전체가 이 기초적인 것에 눈을 감고 있지. 제도권 사학도 그렇고 재야 사학도 상당수가 그래."

"날카롭네. 역시 너만의 펀치가 있어."

"재야 사학의 상당수가 죽어라고 제도권 사학에 대고 말하는 것이 그거잖아. 고조선이 넓다. 중국에 뺏긴 것은 일부다. 사실인지 아닌지 확인해봐라. 사실임에도 아니라고 몰아붙인다면 직무유기 아니냐. 이런 거잖아."

"맞아."

"제도권 사학이 재야 사학에 대고 말하는 것도 이거잖아. 사실을 봐라. 역사를 희망사항이나 팽창주의적 사고로 보지 말고. 역사는 실증적으로 봐야 한다. 그것이 아니면 미신이고 광신이고 쓰레기 담론 아니냐, 이런 거 맞지?"

"응. 그러네."

"양쪽 다 똑같은 거 아냐?"

"너 그러다가 재야 쪽에서 칼 맞아. 박쥐 신세가 되거나." 정민이 씩 웃었다.

"나는 그 부분이 가려워 견딜 수가 없어." 현우는 여종업원이 탁자에 놓고 간 커피를 마시며 정민을 바라보았다. "양쪽 다 똑같은 놀이에 절딴나는 것이 국민이고 역사야. 역사가 유실되고 있어. 소위 역사를 다룬다는 전문가들에 의해. 역사가 지들 소유물이야, 뭐야. 자기가 믿고 있는 바를 사실로 여기잖아. 사실과 믿음. 그 두 세계는 전혀 다른 거야. 그런데도 혼선을 일으키고 있어. 그 둘이 혼선되어 쓰이고 있어. 믿음을 사실로 오인하고 있지. 자기 테두리 안에서의 믿음. 그것이 사실인지 아닌지 파악하기를 외면한 채."

"너 또 어젯밤처럼 날 공격하려는 거 아냐?" 정민이 얄궂은 표정을 지었다.

"아무리 부수려 해도 안 되는 걸 뭐. 너니까 봐주는 거지." 현우가 웃으며 대꾸했다.

"내가 너에게 하고 싶은 말을 니가 나에게 하고 있어." 정민도 웃으며 대꾸했다.

"하하. 그러한 비과학적이고 비학문적인 믿음을 사실로 여기며 상대방에 대해선 그릇된 믿음 체계라며 맹공격을 퍼붓지. 어리석은 짓이지. 물론 다는 아냐. 정직한 학자들도 존재해. 비록 많진 않지만. 진실은 약하고 사이비 진실만 난무하지. 그게 벌써 몇 년이야?"

현우가 갑자기 버럭 지르는 소리에 정민은 대답할 수 없었다.

"해방 후만 따져도 몇 십 년. 이덕일에 의하면 삼백 년. 남당은 뭐라는 줄 알아?"

"뭐래?"

"오백 년 이전부터."

"그런 말을 했어?"

"조선 초부터라고 주장하니 그 말이 그 말 아냐?"

"더 해봐."

"우리가 알고 있기론 고려의 강역은 대동강 이남, 조선의 강역은 그보다 위쪽인 압록강과 두만강 이남이잖아"

"그렇지."

"고려 예종 때 윤관에 의해 동북 9성이 세워져. 지금 북한의 함흥 부근에 비정되어 있어."

"와이프에게 들은 적 있어."

"근데 동북 9성에 대해선 세 가지 설이 있어. 길주 이남설, 함흥 평야설, 두만강 이북설. 함흥 평야설은 그중 하나야. 두만강 이북설은 지금 역사학계의 비주류 특히 〈I대 고조선 연구소〉에서 주장하고 있는데 점점 힘을 얻어가. 그 연구소장도 만난 적 있어."

"그래?"

"응. 강남희 박사라고 훌륭한 분이야. 강단 사학자들에게 공격을 무수히 받아도 굳건해. 공부도 엄청 하시고."

"그렇구나."

"앞으로 큰 쟁점이 될 거야. 근데 남당 선생이 이미 그걸 말해."

"동북 9성이 두만강 북쪽에 있다고? 내 와이프 말하곤 안 맞아. 와이프가 그래도 학교 선생인데."

"그러니 문제지. 남당은 철저한 논증 속에 동북 9성이 두만강 너머 북쪽에 있다고 밝혀. 그것은 곧 기존의 역사의식을 붕괴시키는 일이며 역사를 전혀 다르게 보는 일이야."

"남당 할아버지가 틀렸다면?"

"틀렸다면 당연히 폐기해야지. 근데 옳다는 증거가 점점 나오고 있어."

"어떻게 돌아가는 거야. 대체!"

"남당의 〈강역고〉는 동북 9성에서 시작돼."

"그래?"

"응. 그 이유가 있어."

"뭔데?"

"조선조의 허구를 치기 위해서야. 특히 태조 이성계의 허구를.

그러기 위해 조선조가 작게 구겨놓은 고려를 반듯하게 펴서 조선의 허구를 치는 무기로 삼는 거지."

"무슨 말인지 모르겠네."

"귀국하면 〈강역고〉를 읽어봐. 나중에 알려줄게."

"진작 읽어볼걸."

"실은 〈강역고〉를 읽을 사람은 너나 내가 아니야. 역사학자들이야. 이것 봐. 책의 구조 자체가 허구의 해체를 위한 무기이며 계보학적 아냐? 이런 보검이 빚어진 게 언젠데 아직도 묻혀 있으니 말이 돼?"

"씨발. 눈물 나네. 그래서 남당이 오백 년 이전부터라고 했구나."

"응."

"알았어. 근데 신채호와 남당이 뭐가 다르다고? 그 말 하다가 샌 것 같은데."

"그렇지. 그 말 하려고 했지. 역사 문제는 하도 복잡해서 얼개가 수두룩하다 보니."

"허. 인정."

"남당은 고조선 얘긴 많이 안 해. 나도 이해가 잘 안 가는 대목이야. 하긴 남당에게서 이해가 어려운 것이 한둘이 아니지. 암튼 신채호는 고조선을 깊이 있게 들여다본 반면에 남당은 그렇진 않은 것 같아. 대신 부여를 깊게 인식해."

"부여? 부여는 신채호도 중시하지 않나?"

"그렇긴 하지. 그러나 남당이 더 깊어. 주몽의 뿌리에 대한 견딜 수 없는 갈증이 부여에 관한 연구로 나온 것 같아. 〈추모경〉. 남당이 쓴 그 책에서도 〈고구려사초략〉처럼 황당무계한 말들이 많이 나와."

"갈수록 밀림이군."

"밀림이라. 맞아. 밀림이야. 근데 역사 자체가 밀림 성격이 강한데 당연한 거 아냐?"

"짜식. 또 물고 늘어지긴."

"속이 안 보일 정도로 빽빽한 밀림을 가지고 저건 소나무야, 소나무 외엔 다 도려내, 이런 개 같은 말이 문제지. 안 그러냐?"

"후후."

"부여에 대한 이 놀라운 책도 미스터리야. 〈삼국사기〉와 〈삼국유사〉, 중국 역사서들에도 나오지 않는 기괴한 이야기들을 남당은 대체 어떻게 구했을까? 원본들이 있었던 것일까? 창작일까? 도무지 알 수가 없어. 더욱이 이런 책들도 당신의 유언에 따르면 있으나 마나 한 책에 포함돼. 늪에 빠지는 기분이야."

"그렇구나."

"나 혼잔 무리야. 역사 전문가들이 진작에 달려들었어야 할 일이야. 젠장, 속이 또 터지네."

"답답하네."

"그건 그렇고 암튼 고조선과 부여에서 신채호와 남당이 어떤 차별성을 보이느냐, 이런 게 중요한 문제인데 제도권 사학자들은 쳐다볼 생각도 안 해. 근데 이런 생각 해봤어?"

"무슨?"

"일본이 왜 죽이지 않았을까? 남당을."

"으응? 무슨 말이야?"

"남당이 일본에서 들어온 해가 1942년이야. 해방 삼 년 전이지."

"들어올 때 궤짝에 책을 잔뜩 넣어 오셨지."

"응. 남당은 우리나라로 볼 때나 일본으로 볼 때 아주 특이한 존재잖아?"

"그렇겠지."

"우리나라로 볼 땐 식민지 시절에 일본에 간 사람들은 유학파든 광부, 노무자든 꽤 되지. 자발적으로 가든 징용으로 끌려가든 말야. 그런데 서릉부에 들어간 사람은 남당이 유일하잖아. 식민지 출신의 지식인이 제국주의 국가의 왕실도서관에 들어간 거지. 특이한 경우지. 어떤 경로를 통해 그곳에 들어갔는지 안개에 싸여 있지만 말야."

"맞아."

"일본에서 볼 때도 마찬가지야. 남당을 조사하지 않았겠어? 이력이 특이하잖아. 조선에서 교사를 하다가 느닷없이 만주에 가서 상고사를 파헤친다고 돌아다녔지. 그러다가 일본에 와 왕실도서관에 근무한다는 게."

"그렇지."

"왜 한국인을 뽑았을까? 한국의 상고사에 밝은 사람이라면 위험한 존재일 텐데. 근데 매력적인 인물이기도 하지. 이용 가치가 있다고 할까? 니네 증조부라 이런 말 하긴 뭣하지만 말야."

"상관없어. 이용 가치가 있었겠지."

"당시 식민지 시절에 일본 경찰에선 남당을 요주의 인물로 보지 않았을까? 한국과 만주와 일본을 다 알잖아. 서릉부 안의 비밀스런 것들을 포함해서 말이야. 그런 정보가 독립군에게 들어간다거나 하면 일본으로선 편치 않았을 텐데."

"그러겠네."

"혹시 집안에서 너희 증조부께 일본 형사들이 따라다녔단 말 들은 적 있어?"

"듣지 못했는데?"

"그게 무슨 뜻일까? 일본 검사들이 요주의 인물에 따라붙지 않았다는 이야기는?"

"너 설마 우리 증조부가 일본의 스파이라는 말 하려는 거 아냐?"

"난 작가야."

"그래서?"

"모든 가능성을 다 상상해야 해."

"우리 증조부가 일본의 스파이일 수도 있다?"

"왜 안 죽였지? 일본이. 죽이지 않는 것보다 죽이는 것이 유리할 텐데. 맘만 먹으면 죽이는 건 식은 죽 먹기잖아. 안중근 의사의 아들도 독살시켰잖아."

"음. 이 자식이 머리 아프게 하네."

"내가 남당에 대해 소설을 쓰겠다고 말할 때부터 이 점을 분명히 말했어. 소설의 방향이나 주제, 모든 것에 대해서 자유롭게 쓰겠다고. 남당의 증손자인 너를 일절 고려하지 않고 니 생각을 참조는 하되 전적으로 작가로서의 직분에 충실하겠다고."

"암. 그래야지. 그런데 일본까지 와서 생각해낸 게 그거야? 〈화랑세기〉 필사본의 저자가 일본의 스파이였다? 〈화랑세기〉가 위작이라고 낙인찍힌 것도 억울한데 일본 제국주의의 스파이였다, 이 말이야?"

"그렇다고는 하지 않았어. 내 의문 중의 하나는 일본으로선 남당을 죽이는 것이 유리했고 얼마든지 죽일 수 있었는데 죽일 생각조차 없었다는 거야."

"이 자식, 정말 어지럽게 하네. 그러면 우리 집안의 유업을 새롭게 펼치려는 뜻이 결국은 나의 증조부를 엿 먹이는 작업이란 말이야? 돌아버리겠네."

"화내지 말고 들어봐. 일본이 너의 증조부를 죽이지 않고 살려둘 경우 유리한 것이 있을까? 일본은 원자폭탄에 의한 패망은 생각지도 못했을 거야. 대일본제국이 아시아를 경영하고 세계 경영까지 하리라고 꿈을 꾸었겠지. 조선은 일본의 영원한 식민지이자 곧 일본 자체라고 해보자. 남당이 우리나라의 찬란한 상고사를 떠들어대고 책으로도 낸다고 해보자. 남당이 아무리 그런들 일본으로선 조선의 찬란한 상고사도 자기네 것이 되잖아. 지금 중국의 동북 공정 논리하고 똑같은 거지. 남당이 주장하는 조선의 상고사가 화려할수록 일본은 그런 것을 자기 강역 안에 둔 것이라 더불어 빛나는 거지. 오랜 질곡과 콤플렉스를 벗고 광대한 영토와 역사, 문화를 다 갖는 거지. 그게 제국 아니냐?"

"더 해봐."

"그리스 문명이 서구 문명 것이냐? 따지고 보면 아니잖아. 근데도 서구 문명의 제국들은 그리스 문명을 자기네 것이라고 하잖아. 제국의 눈으로 보면 남당이 뭐라고 떠들든 말든 제국의 하수인일 뿐이야."

"나, 지금 참으며 듣고 있는 거 알지?"

"실제로는 일본이 패망하잖아. 남당이 귀국한 지 얼마 안 되어서. 만약 일본이 패전의 예감이 어느 정도라도 있었다고 친다면 일본에게 남당이 살아 있는 것이 유리할까?"

"짜슥, 진짜 헷갈리게 하네."

"남당이 떠들어댈수록 조선엔 혼란이 가중되겠지. 조선을 내내 분탕질해버린 당쟁질. 거기서 벗어나지 못한 민족이라고 일본이 우습게 여길 수도 있겠지. 제국이 되어보지 못한 나라. 정점에서는 찬란함을 경험하지 못한 민족. 아시아를 떠나 세계 최고가 되고자 이카로스의 날개로 날아간 도전정신을 꿈도 꾸지 못하는 쪼그만 웅덩이라고 여기겠지. 그 웅덩이 속에 상고사의 빛 몇 줌 뿌려져도 단합은커녕 분열만 일어나는 민족. 분열과 혼란을 밥 먹듯 하는 민족이라고 여길 수도 있겠지. 두려움이 없으니 봐주는 거지. 남당아, 맘대로 떠들어라. 니가 떠들수록 우리에겐 기회다. 나 아베 노부유키는 다시 돌아온다. 일본은 이런 심보 속에 남당을 굳이 죽일 필요가 없었을지도 모르지."

"듣다 보니 기분이 점점 엿 같아지네."

"후후. 여기 맥주도 파네. 저거 한 병 까자."

"소설가의 머릿속은 그런 거냐? 젠장. 술이나 실컷 마셔라."

"그 잘난 학자들의 대갈빡 속을 헤집고 해체하려면 이보다 훨씬 더 지랄 같아야지. 안 그러냐?"

"지랄하네. 하하."

"자. 술이 왔네. 건배. 지랄을 부수기 위해 더 지랄로 나가야지. 지랄을 위하여!"

"하하. 지랄을 위하여!"

"남당은 불쏘시개야. 우리나라 역사학계는 지금 질식 상태야. 사회가 지랄같이 돌아가고 젊은 애들이 기성세대의 잘못으로 개고생하는데 역사마저 엉망이야. 그러면 현재도 없고 미래도 없어. 니 아들을 위한 미래도 없단 말야."

"젠장."

"역사학자들이 해야 하는데 어떻게 할 줄들을 몰라서 내가 이 개지랄을 떠는 거잖아. 남당은 그런 면에서 훌륭한 불쏘시개야."

"불쏘시개란 말 좋다."

"신채호는 실컷 우려먹었잖아."

"이 자식이 맥주 한 잔에 취했나. 말을 함부로 막 하네."

"물론 나 신채호 존경해. 훌륭한 분이시지. 그러나 허다한 재야 사학자들이 신채호를 우려먹은 면도 있다고 봐. 그만큼 우리나라 역사의 자료가 미천하다고, 이 짜슥아. 그리고 많은 사람이 자기들은 그렇게 살지도 못하면서 신채호 운운하면서 신채호와 자신을 은근히 동일시하는 면들도 많을 거야. 그러면서 괜히 으스대고. 역사에 대해 깊고 객관적으로 파고들지도 않는 채. 제도권 사학을 마치 어린애 다루거나 마녀사냥처럼 다루는 면도 흔하지. 형편없는 놈들. 신채호를 제대로 알고 제대로 바라보자는 이야기야."

"맞는 말이야."

"신채호 외엔 별다른 역사학자가 없었다는 것도 비극이야. 이병도와 신채호, 그 두 갈래로 역사학이 대강 갈라진다고 말했잖아. 박은식, 문일평, 최남선. 정인보, 윤내현, 이기백, 고재돈 등등 많지만 큰 봉우리로 보면 그 둘이라고 해도 크게 틀리진 않을 거야. 훌륭한 사학자들이 그 후에 생겨나고 있지만 말이야. 여기에 남당의 존재 의미가 있을 수 있어."

"진짜 그럴까?"

"남당이 해방 후에 일본에 다시 가려 했지. 서릉부의 우리나라 상고사 책들을 가져오려고. 그때 국사편찬위원회에 신석호라는 사무국장이 있었어. 그의 도움을 받아서 말이야."

"그런 일이 있었구나."

"신석호가 무시해서 불발되었지. 작년의 워크숍에 참석한 전직 문화부 장관은 그 일을 엄청 애석해하더라고. 그때 서릉부의 도서를 가져올 기회가 될 수 있었다며. 근데 알 수 없지. 설령 남당이 국사편찬위원회의 협조로 일본에 갔다고 하더라도 상고사 서적들을 가져올 수 있을지는 아무도 몰라. 하긴 그땐 일본이 패망 후라 힘이 없을 때니 반환이 가능했을 수도 있겠다. 암튼 그때 신석호의 무사안일로 금 같은 기회가 날아가고 한반도는 전쟁에 휩싸인 거지. 그즈음을 생각하면 궁금한 게 있어. 남당이 가져오겠다던 상고사 서적들에 〈화랑세기〉 원본이나 〈고구려사초략〉, 〈추모경〉의 원본도 포함되어 있나 하는 문제야."

"재밌는 말이네. 그때 우리나라 역사학의 급진전이 일어날 수 있었겠네."

"패러다임이 완전히 바뀌는 거지. 지금의 패러다임과 전혀 다르게."

"그럼 어떻게 될까?"

"전혀 다른 차원의 삶을 우리가 사는 거지. 역사는 정치, 경제, 문화 그 모든 것의 바탕이잖아. 바탕이 지금과 전혀 다르다면 그 위에 서는 것도 당연히 달라지지."

"상상이 잘 안 되네."

"매몰되어 있으면 그 바깥을 보기가 거의 불가능해."

"…."

"그리고 늘 미심쩍은 건데 〈고구려사초략〉에 원본들의 이름이 적혀 있지 않아."

“무슨 말이야?”

“가령 〈강역고〉엔 사마천의 〈사기〉, 〈동사강목〉, 〈동국여지승람〉, 〈한서〉, 〈위서〉, 〈당서〉, 〈요사〉, 〈고려사〉, 〈이아〉, 〈명일통지〉 등 원본들이 정확히 기술돼. 그에 반해 〈고구려사초략〉은 전혀 안 그래.”

“정말이야?”

“응. 그게 난 늘 궁금해. 왜 그랬을까?”

“….”

“자기 정체성을 역사학자로 삼는 사람으로서 어떤 원본들을 보고 썼다면 그 제목과 저자를 밝히는 게 당연한 태도인데 왜 깡그리 무시했을까?”

정민은 현우의 눈을 똑바로 쳐다보았다. “만약 밝혔다면?”

“고대사 연구가 한결 수월해지겠지.” 현우의 눈빛이 매섭게 빛났다. “하지만 밝혔다면 그 서책들이 우리 손에 들어올 수 있을까? 한국에서 존재할 수 있냐 이 말이야.”

“그건 또 무슨 뜻이야?”

“원본들이 서릉부의 고급 비밀 사항들이 되는데 그것들이 기록되면 일본이 그냥 두겠어? 더욱이 너의 증조부는 필사본들을 궤짝에 넣어 당나귀에 싣고 왔다며? 그렇게 허술한데 검열을 피할 수 있었겠어?”

"그런 점도 있었구나."

"너의 증조부의 역사 연구서들, 소설이라고 강단 사학에서 떠들어대는데 소설 맞아."

"뭐라고 하는 거야? 이제 와서 소설이라고?"

"소설이야."

"이게 갑자기 미쳤나."

"소설이 아니면 통과될 수 있었겠냐고? 소설로 치장하지 않으면, 소설의 모양으로 꼭꼭 숨지 않으면 방법이 있었겠냐고? 칼자루를 일본 놈들이 쥐고 있는데."

"눈물 나네."

"안 그러면 그토록 치열하고 처절하게 쓴 필사본들을 다 뺏겨 불에 태워질 거고 너의 증조부도 쥐도 새도 모르게 죽을 수 있는데."

"엿 같네."

"소설이라고 짖으려면 이 정도의 심연까지 내려가서 짖으라고 해. 강단 사학자 개새끼들!"

"쉿. 소리 낮춰."

"소설로 갈 수밖에 없는 지랄 같은 서러움으로 칭칭 감긴 게 너의 증조부의 책들이야. 그걸 소설이라고 개 짖는 소리 하는 강단 사학자들은 그 덫에 걸려 놀고 있는 거라고. 그러면서 마치 판관이나 된다는 듯이 나무망치를 땅땅 두드리며 소설입니다, 창작입니다, 네, 소설 맞고 말구요, 박창화 개인의 한국사입니다, 판타지라구요, 이런 개자식들 아가리를 좌악 찢어발길까 보다."

"이 새끼, 욕할 땐 지랄 같은 나보다 훨씬 더 지랄 같단 말야. 후후."

"그래. 나도 고추장이다. 흐흐."

"알았어. 근데 해방 후에도 왜 원본 인용을 달지 않았을까? 나의 증조부가."

"나도 그 점이 이해가 어려웠지."

"풀었단 말야?"

"너의 증조부는 일본 생활이 근 이십 년이야."

"그래서?"

"그 세월을 생각해봐. 낮이건 밤이건 편했겠어? 낮엔 맡은 일들을 처리하며 몰래 몰래 읽으며 외웠을 거고, 집에 와선 문 다 걸어 잠그고 한 글자 한 글자 적었을 거 아냐? 그 작업이 하루이틀이냐고. 7세기의 신라에서 쓰인 한자도 있고 고려 때 쓰인 한자도 있을 거고. 낮이건 밤이건 검열을 의식해 그 고독한 작업을 이십 년이나 했어봐. 술도 입에 한 방울 안대고 말이야. 강박과 공포가 무의식의 바닥까지 지배했을지도 모르지. 그런 속에 터득된 글쓰기 방식이 습관이 되었을 수도 있고."

"그래서 그 후유증이 해방 후 세월이 흘러도?"

"〈강역고〉는 참고 서적들도 풍부할뿐더러 논문식이야. 논리적으로 이론을 세워 고증하고 그 서적들에서 인용을 따 논리 구조를 만들거든."

"응. 그래서?"

"그런 거 보면 학문이 뭐고 학문 방법론을 아시는 양반이야. 그런 양반이 〈고구려사초략〉 같은 데선 해방 후에도 왜 원본을 언급하지 않았을까? 원본이 너무 많고 중구난방으로 봤던 것을 정리하는 차원이라서 그런 걸까? 그럴 수도 있을 것 같아. 그렇더라도 원재료가 들어갔기에 사료적 가치는 있지. 그 원본들만 밝혔더라도 보다 가치의 조명을 받을 텐데. 해방 후에 일본에 가서 그 서적들을 가져올 마음도 있었나 싶고. 일본에 계실 때 서릉부에서 본 책들의 제목이 기억이 안 나나 싶기도 하고. 암튼 난 그 부분이 이해가 안 될뿐더러 영 아쉬워."

"복잡하네."

"미치코가 양심 고백할 때 오늘은 여기까지만 밝히겠다고 했잖아?"

"응."

"난 그 말이 가슴에 가시처럼 걸려 있어."

"그래?"

"미치코가 죽은 게 꼭 그 말 때문인 거 같아."

"하긴 그 말이 마지막이 될지 미치코도 상상조차 못 했겠지."

"그 내용을 짐작할 수 있는 사람은 미치코를 살해하지 않으면 치명적인 일이 터지리라는 것을 알았을 거야. 남당이 어쩌면 〈고구려사초략〉 원본에 인용하기도 두려운 내용과' 연결되는 건 아닐까 싶어."

"그럴 수도."

"아참, 〈남당유고〉를 남당 선생의 제자가 빌려 갔다가 돌려주지 않아서 너의 아버지와 어머니, 니가 백방으로 찾으려 애썼다고 했잖아."

"그랬지."

"그때 수거가 다 안 되었잖아. 〈고구려사초략〉 뒷부분이 누락되어 있어. 혹시 그 누락된 부분에 참고 서적들이…."

현우의 눈빛이 표범의 눈빛처럼 이글이글 타올랐다.

10

드러나는 일기

"전화를 다섯 번이나 했는데도 받지를 않네. 메일도 열지 않고. 도저히 연락할 길이 없네."

유동욱 교수가 안타까움이 짙게 밴 목소리로 말했다.

"요시모토 박사가 복잡하게 엮일까 봐 피하는 거 같아요."

정민의 목소리도 그늘져 있었다.

"방법이 없을까요? 서릉부의 내부가 지금 무슨 움직임이 있는지 파악조차 되지 않으니 답답합니다."

현우도 안타까움을 실었다.

"고재돈 교수가 혹시 방해 공작을 한 게 아닐까요?"

정민이 머리를 긁으며 말했다.

"설마, 거기까지야."

유동욱 교수가 쓴웃음을 토했다. 벽면 책장엔 책들이 가득했다. 〈신라 국가 형성사 연구〉, 〈향가 연구〉, 〈부체제설에 대하여〉가 현우의 눈길을 특별히 끌었다.

"그런데 교수님, 신라는 과연 〈화랑세기〉에 나오는 풍경 그대로일까요?"

현우는 평소의 의문이 문득 가려워 여쭸다.

"7세기 신라의 왕실과 화랑계 즉 당시의 최고급 상류층의 내부를 이처럼 솔직하게 들여다본 문헌을 우리는 갖고 있지 못하네. 〈화랑세기〉 필사본엔 포석사가 등장한다네. 지금 경주에 있는 포석정으로 내겐 해석되네. 왕과 신하들이 술과 풍류를 즐길 수 있도록 마련된 별궁으로 우리는 포석정을 알고 있지. 근데 그 근처에서 제사에 쓰는 그릇과 제기가 발견되었지. 그로 인해 포석정이 제사를 올리는 신성한 곳이라는 말도 나왔네. 포석정이 과연 무엇인지 미궁에 빠진 셈이지. 견훤의 군대가 신라의 도읍으로 쳐들어왔지. 경애왕 땐데 왕은 왕비, 궁녀들과 함께 포석정에서 잔치를 벌이느라 적이 오는지도 몰랐다고 〈삼국사기〉에 기록되어 있지. 근데 술판을 벌이는 별궁이 아니라 제사를 올리는 포석사가 있었다고 하면 이야기가 전혀 달라지지. 경애왕이 나라의 위기 시에 그곳에서 술을 마시며 흥청망청한 것이 아니라 사당에 있었던 것으로 해석이 전혀 달라지지."

현우는 유동욱 교수의 저서를 통해 알았을 때의 떨림이 더 커졌다.

"네. 경애왕에 대한 해석이 긍정적으로 바뀜과 동시에 통일신라의 마지막 이미지도 변하겠지요. 김부식도 포석사에 대해 알았다면 〈삼국사기〉의 그 대목이 달리 쓰여질 수도 있겠지요."

"〈화랑세기〉 필사본만 하더라도 이처럼 우리나라 역사의 재해석에 훌륭한 도구가 되지. 물론 그 책의 가치 평가가 사전에 정확히 이루어져야 하지만 말일세."

"무령왕이 독살되었다는 말도 〈고구려사초략〉에 나옵니다. 그 말 역시 포석사처럼 제 가슴에 지진을 일으켰습니다."

"아. 그런 내용도 있나? 〈고구려사초략〉을 깊게는 안 읽어서."

"네. 〈안장대제기〉에 나옵니다. 저희는 이런 질문들이 공론장에 올려져야 한다고 생각합니다. 〈남당유고〉엔 이설이라면 이설, 파격이라면 파격, 진실에 대한 문제 제기가 숱하게 나옵니다. 〈강역고〉에 특히 그렇구요. 남당 선생이 한 일이 과연 가치 평가를 받을 수 있는 것인지 고민을 계속해왔습니다. 작년에 워크숍을 연 것도 그 일환이고 〈남당연구소〉라고 소박하게 만든 것도 그 때문입니다. 정민과 저, 선호라는 기자가 참여자의 전부지만요. 그러다가 미치코 사건으로 인해 사태가 극화되어 당황스러움을 겪는 중입니다. 이런저런 이유로 교수님께 조언을 받고 싶어 찾아 뵈었습니다."

현우의 목소리에 힘이 배여 있었다.

"허허. 문제일세. 우리나라 학계가 너무도 준비가 안 되어있어. 이런 중차대한 선물이 흐지부지될까 봐 두렵네."

"학계에서 〈남당유고〉를 방치하고 있었죠."

"개탄스런 일일세. 제도권 사학계가 자기네 울타리 안쪽만 바라보고 바깥엔 시선조차 주지 않으니."

"그런데요, 선생님."

현우가 몸을 기울이며 말했다.

"평소에 이해가 도저히 가지 않는 것인데요. 남당 선생은 유언으로 이런 말씀을 남겼습니다. 〈화랑세기〉 필사본은 소중한 것이니 잘 간직할 것이며, 〈강역고〉는 자신이 직접 쓴 것이며, 나머지는 있으나 마나 한 책이라고 말입니다. 저는 아무리 곱씹어도 그 문장이 풀리지 않습니다. 특히 마지막 문장요. 그에 따르면 〈고구려사초략〉이나 〈추모경〉 같은 저서들이 있으나 마나 한 책이 되죠. 근데 남당 선생은 그 책들에 어마어마한 정성을 쏟아붓거든요. 〈고구려사초략〉의 표지에 '유조군탄(柔兆 灘)'이라고 적혀 있습니다. 하상배 교수라고 계십니다. 작년 워크숍에 모셨었구요."

"나도 아는 학자네."

"그렇군요. 그분을 정민의 집에 모셔 〈남당유고〉를 함께 보며 자문한 적이 있습니다. 그분 말씀이 '유조'는 병신년이라는 뜻이고 '군탄'은 하지라고 하더군요. 2016년이 병신년이었기에 60갑자를 돌리면 1956년이 되죠. 남당 선생이 돌아가시기 6년 전이지요. 이처럼 죽음을 앞둔 얼마 전까지 최선을 다해 마감 연도까지 쓴 것을 보면 의미 있는 작업으로 보이거든요."

"정작 중요한 일을 했음에도 있느나 마나 한 일을 했다고 하는 것은 나로서도 도저히 이해가 어렵네. 성격이 대쪽 같고 사리가 분명한 분이 유언을 모호하게 할 분이 아닌데. 있으나 마나라는 표현은 자기 부정인데. 진짜 부정적으로 해석되어야 하는지. 다시 말해 그냥 허드레 책이니 역사서로 채택할 필요가 없다는 것인지. 아니면 겸손의 뜻인지. 〈고구려사초략〉과 〈추모경〉 말일세."

"그 책들에 원본 인용이 안 된 것도 난감합니다. 〈강역고〉가 무수한 참고 서적들로 논증 구조를 삼은 것과 대조되어 혼란스럽습니다."

"나도 〈고구려사초략〉과 〈추모경〉을 대략이나마 봤지만 그 점이 납득이 안 가네. 역사서인지 창작물인지 남당 선생 자신이 흐릿하게 만들고 있지. 역사학자라는 분이기에 이해가 안 되는 점 중의 하나일세."

"실은 〈고구려사초략〉의 후반부가 상실되어 있습니다. 양원왕에서부터 고구려의 마지막 왕인 보장왕까지인데요, 남당 유고가 한때 표류한 적이 있었잖습니까? 남당 박창화의 제자가 찾아와 〈남당유고〉를 빌려 간 적이 있었죠. 정민의 아버지와 정민이가 뒤늦게나마 되찾으려 고생고생했지만 전부가 돌아온 게 아니거든요. 혹시 그 상실된 부분에 참고도서 목록이 있지 않았을까, 그런 생각이 얼마 전에 불쑥 들었습니다."

"알 순 없지만 진짜 그랬다면 역사서에 편입될 학문적 근거가 생기는 거지. 〈삼국사기〉와 〈삼국유사〉와 더불어 역사서가 될 개연성이 있는 거지. 우리나라 역사에 큰 진전이겠고."

"그럼 있으나 마나라는 문장과 모순되네요."

"생각할수록 늪에 빠뜨리는 문장이야. 〈추모경〉은 참고문헌이 없으니 그것과도 모순되고. 근데 또 모르지. 그 두 책은 또 별개이니. 혹시 말야, 그 유언을 들은 사람이 잘못 들은 것은 아닐까? 정민 군, 혹시 그 유언이 남당의 친필로 된 것이 있나?"

"없습니다."

"정말 알 수 없는 일일세. 그 한 문장으로 인해 우리나라 역사가 휘청휘청하네. 허허."

유동욱 교수의 웃음소리엔 공허한 비애가 깔렸다.

"앞으로가 문제일세. 〈남당유고〉가 타당한 역사서로 공인되면 사학계에서 할 일들이 어마어마하지. 서릉부건 일본의 또 다른 도서관들이건 중국의 도서관들이건 샅샅이 뒤져야 할 텐데 가능할 수 있을는지. 그래도 해야지. 제도권 사학자들, 간담이 서늘해지며 머리가 쭈뼛 설 거야. 지금 사태에 제대로 눈만 뜬다면. 그것이 두려워 눈을 감고 있을 것이 뻔하지."

유동욱 교수는 혀를 끌끌 차는 표정이었다. "남당 유고는 역사에 대한 파괴력과 상상력이 엄청난 책일세. 쓰나미 같다고나 할까. 이병도에 의해 구축된 판에서 놀고 있는 우리나라 사학 자체가 실험대에 오르는 거지."

"교수님 말씀을 들으니 가슴이 열립니다."

"정석화된 담론의 바깥에 있는 이야기들이라 검증이 쉽진 않을 거야. 하지만 상고사를 들여다보는 창이 그동안은 편협한 몇 개가 고작이었지. 그것을 뒤흔드는 면에선 일단 고무적이지. 〈화랑세기〉 필사본만 하더라도 신라사를 바라보는 창이 기존의 담론과 전혀 다르니까. 남당 선생 덕에 상고사가 풍성해질 것은 사실이지만 검증할 것도 많고 험난한 과정이 남아 있지. 비존재의 영역에서 존재의 영역으로 들어선 것만 해도 일단은 큰 수확일세."

찌르르. 현우는 주머니에서 진동이 느껴졌다. 스마트폰을 꺼냈다. 문자가 떠 있었다. 선호였다.

—미치코의 일기가 발견되었다네요. 요코하마의 아버지 집 지하실에서

쿵, 현우는 또다시 얻어맞는 느낌이었다.

—그래?

급히 문자를 띄웠다.

—티브이에 나왔어요. 조대기(朝代記). 조대기도 미치코가 서릉부에서 봤다고. 조대기가 뭐지. 사학 전공인데도 금시초문이네.

현우는 급히 검색했다.

—조대기도 서릉부에 있음을 안다면 한국인들의 반응이 어떠할까? 이 아이러니의 중심에 내가 있음이 문득 기이하고 무섭다. 나는 조대기도 두 눈으로 보았다.

미치코의 일기 원문 자체가 일본어와 번역체로 소개되어 있었다. 현우는 유동욱 교수께 다급히 보여드렸다.

“교수님, 미치코의 일기가 발견되었다는데요? 미치코가 〈조대기〉를 보았다고 하네요. 〈조대기〉에 대해 아시나요?”

“미치코의 일기가? 이럴 수가. 〈조대기〉, 〈조대기〉라. 글쎄.”

현우는 답답함이 몰려왔다. 〈조대기〉, 알 듯 말 듯해서 머릿속이 간질간질했다. 스마트폰에 ‘조대기’를 치고 터치했다.

―서릉부에 조대기도 있다고? 미치고 환장할 노릇이네. 세조 때 수거되어 사라진 사서가 서릉부에 있을 수 있나. 말도 안 돼.

누군가의 경악 조의 글을 읽자 퍼뜩 떠올랐다. 맞아, 세조의 사서 수거령에 기록된 책 중 하나지. 근데 저것이 일본에 가 있단 말인가? 만약 그렇다면 어떻게? 현우는 궁금증을 참을 수 없어 화장실에 가는 척하며 빠져나왔다.

―조대기가 뭐죠?

―발해 사람이 쓴 우리나라 상고 시대 역사서입니다. 환단고기에 그 내용이 조금 실려 있어요. 논란거리인 석유환인과 석유환국이 둘 다 나옵니다.

—제가 무식해서 그러는데요. 석유환인과 석유환국의 차이가 뭐죠?

—석유환인(昔有桓人)에서 석유는 옛날에 있었다는 뜻이에요. 그래서 석유환인 하면 옛날에 환인이 있었다, 즉 환인 한 사람만 인정하는 거예요. 석유환국(昔有桓國)이라고 하면 환국이라는 나라가 있었다가 되죠. 그러면 환국의 기간인 3301년이 우리나라 역사에 포함되는 겁니다. 어마어마하게 중요한 일이지요. 3000년 정도가 왔다 갔다 합니다. 미국 역사의 150배 정도예요. 유럽 역사를 그리스로부터 친다면 그 통째가 다 들어가는 정도구요.

—이마니시류가 석유환국에서 '국'을 '인'으로 조작했다고 해서 논란이 심했잖아요. 삼국유사엔 판본에 따라 환국으로 나오기도 하고 환인으로 나오기도 하구요. 이번 조대기의 발견으로 인해 석유환국이란 말이 밝혀지면 일본의 조작이 만천하에 드러나고 환국의 실체가 입증될 길이 열리는 거지요.

—남당 박창화의 진실뿐 아니라 환단고기의 진실성도 밝혀질 가능성이 열리다. 우리나라 사학계에 이런 기적이 일어나다니. 조

대기가 서릉부에 있다는 사실은 그동안 사학에서 위서 취급받았던 환단고기가 진서임을 입증하는 증거가 될 것이다. 제도 사학은 이제 붕괴될 일만 남았다. 우리나라의 역사학은 이제야 비로소 진정한 항해를 시작할 것이다.

—진서들을 위서로 낙인찍어온 강단 사학은 갈 곳이 없다. 해체해라. 우리나라 강단 사학. 공황에 처하다. 뿌리부터 뒤흔들리고 무너질 일만 남았다.

—들뜨면 안 된다. 미치코에 관한 이야기들이 진짜인지 일본의 사악한 계략인지 모른다. 섣부른 판단은 금지하라.

또 줄줄이 이어지고 있었다. 현우는 더 읽으려다가 멈췄다. 유동욱 교수와 정민이 앉아 있는 거실로 되돌아왔다.

"교수님, 중국에 다녀와야겠어요. 상황이 급박하네요. 남당 박창화 선생이 두 발로 다닌 곳들을 대강이라도 훑고 와야겠어요. 박창화 선생이 생각하는 강역이 진짜인지 아닌지 제 가슴으로 느껴봐야겠어요. 물론 알기는 쉽지 않지만 말예요. 혼돈이라면 혼돈 자체와 질펀한 끌탕을 해야겠어요."

현우는 흥분을 채 누르지 못하고 있었다.

"바람직한 일일세."

"얼마 전에 정민과 다녀온 일본 여행이 〈화랑세기〉 필사본과 매치된다고 본다면 중국 여행은 〈강역고〉와 매치가 되겠네요."

"〈고구려사초략〉도 끼워 넣지 그러나. 고구려의 강역과도 연관되니."

유동욱 교수가 미소를 머금으며 말했다.

"더 나은데요? 교수님."

"남당 어른이 걸어가신 길과 순서는 정반대군. 허허."

"그러네요. 남당 어른은 중국에 이어 일본에 들어가셨지만 저희는 일본에 이어 중국으로 들어가네요. 역방향도 의미가 있어 보입니다."

"뭐든 뒤집어보거나 순서를 바꾸어보면 의외의 선물이 주어지기도 하지. 더 나가도록 하게. 무섭도록."

"네. 그러겠습니다. 그리고 교수님, 요시모토 박사와 연결이 되면 연락을 주세요. 또 다른 루트들도 알아봐주시구요."

"그렇게 함세."

"감사합니다, 교수님. 저희는 저희대로 최선을 다하겠습니다."

유동욱 교수와 헤어진 후에 현우는 정민과도 헤어졌다. 서둘러 걸어 안국역 지하철에 올랐다. 이번엔 역사 전문 밴드를 클릭했다.

—세조는 그런 책들을 왜 수거했을까요?

〈조대기〉에 대해 이미 논쟁이 붙었기에 댓글을 적어 올렸다.

—어린 조카를 죽이고 왕이 된 놈. 구린 게 있으니까 그랬겠지. 딱 보면 몰라요?

—하나만 알고 둘은 모르는 사람일세. 그 사안은 조선의 건국까지 거슬러 올라가야 합니다. 이성계의 위화도 회군. 당시 고려 조정의 혼란. 명나라와 조선의 건국. 거기까지 가야 할 사안이오.

—MBC의 요구에 서릉부가 보유한 조선 상고사의 리스트를 보여준 적이 있죠. 거기엔 화랑세기 말고도 조대기도 빠져 있어요. 미치코의 일기가 사실이라면 서릉부가 보여준 리스트는 고의적인 누락인 거죠.

—저는 미치코가 거짓말을 한다고 생각하지 않습니다. 일본의 잘못된 역사 교육으로 아들이 불행해졌고 일본의 역사 왜곡과 한국의 역사 부진 모두를 용기 있게 비판하고 희생당한 사람이 미치코입니다. 그녀는 진실합니다. 서릉부가 그때 거짓말을 한

것이 틀림없습니다.

—이건 중차대한 문제입니다. 서릉부의 내부 반란이자 일본의 모순 선언입니다. 그것들이 만천하에 드러난 사건입니다.

—맞습니다. 일본은 역사 교육과 역사 정책에 치명타를 맞은 것입니다. 서릉부의 리스트에 빠진 책이 조대기뿐이겠습니까? 고구려사초략의 원본들도 있을 가능성도 있습니다. 어디 그뿐입니까? 남당조차 보지 못한 별의별 사서들도 있을 수 있습니다. 그 전체 리스트를 받아야 함은 물론이고 모조리 반환해야 합니다. 배상도 받아야 하고 사죄받는 것도 물론이구요.

오늘따라 시답잖았다. 현우는 밴드를 빠져나왔다. 눈을 감았다. 지하철이 덜컹거린다. 〈조대기〉의 존재는 그 와중에도 꿈틀거렸다.

전혀 다른 판도로 들어설 수도 있다. 〈조대기〉의 파괴력은 〈화랑세기〉 필사본이 지닌 파괴력과 차원을 달리할 수 있다. 〈조대기〉는 〈환단고기〉가 진서라고 판명 번복시킬 힘이 있는 책이다. 〈환단고기〉엔 고조선만 해도 47명의 단군의 이름이 기록되어 있으며 고조선이 우리나라 역사의 시작도 아니다. 그 이전의 배달,

환국까지 확장된다. 그런 것들이 역사학의 대상이 될 수도 있다는 것이다. 그것으로 끝나는 것도 아니다. 〈부도지〉 같은 책들의 진위 여부도 도마 위에 오를 것이다. 현우는 눈을 떠 다시금 스마트폰을 클릭했다.

—국가란 무엇인가. 국민을 위한다고 하지만 거짓부렁일 뿐. 국가는 국민의 대변자가 아니다. 그런 레토릭의 옷을 입고 소수 권력자를 위한 핑계일 뿐이다.

—일본만 그렇겠는가. 한국도 마찬가지다. 박근혜 잡당이 무너진 이후에도 장엄한 촛불집회의 열기는 국가라는 형태 속에서 미온적으로만 작동되었다. 미치코 사건에 대해 정부는 왜 일본 정부에게 근원적인 추궁을 하지 않는가. 서릉부에 보관된 우리나라 상고사 서적뿐만 아니라 의궤, 보물 등등을 낱낱이 밝히라. 우리나라뿐 아니라 전 세계의 전문가들이 직접 확인하게 하라. 그동안의 기회비용을 죗값으로 철저히 계산해서 지불하게 하라.

—그래야지. 한국의 제도권 사학자들도 이참에 역사와 국민과 양심 앞에 석고대죄하라. 일본이 한국의 빛나는 상고사를 장물로 삼았다면 너희들은 사유물로 삼았다. 역사가 당신들의 장물이

나 사유물이냐?

—박근혜 대통령에게 하야할 만한 죄가 밝혀진 것이 무엇이냐? 없다. 편향된 좌파들이 나라를 혼란스럽게 만들고 엄연한 민주주의와 자유시장 경제를 망친 사건이다. 사태를 호도하지 말고 똑똑히 보라.

—나라를 망친 것은 문재인 정권이다. 부동산 폭동에 무능. 중국과의 내통, 빨갱이 집단이 나라를 절단냈다.

—저는 문재인 정권을 지지했다가 철회했습니다. 이 정권은 적폐 청산 의지가 없습니다. 기득권과 한통속입니다. 똑같이 썩었습니다. 인사 참패로 인해 검찰 쿠데타에 국기 문란 사태가 발생해도 아무런 대책 없이 질질 끌려다니다가 지금 이 꼴이 뭡니까? 이게 나라입니까?

—우리나라엔 진보 정당이 없는 거나 마찬가지입니다. 국민의힘당은 개보수이고 더불어민주당은 진보가 아닙니다. 정당들이 가면을 쓰고 속이며 군림하는 거지요. 정당 정치, 언론 다 사기입니다. 가당찮은 페르소나가 우리나라를 삼켜 먹었습니다.

—이번 일로 식민지 국가들의 보물이 반환된다면 세계적으로 엄청난 반향을 일으킬 것이다. 루브르와 대영박물관은 파산할 것이다. 약소국들이 그런 보물들을 보관할 능력이나 있겠는가. 루브르와 대영박물관에 보관되면 전 세계 사람들의 알 권리도 충족되며 좋을 텐데 그 좋은 시스템을 굳이 파괴할 필요가 있을까.

—시대착오적인 발상이군요, 역사를 잘못 알고 있구요. 그런 생각이라면 지구를 떠나세요. 당연히 반환시켜야죠. 루브르와 대영박물관은 사라져야 합니다.

—제국주의와 식민지 관계를 단순하게 이분법으로 보면 안 됩니다.

SNS 담론이란 참 재미있어. 순간순간 얼굴이 바뀌며 다른 옷을 입고 나오지. 어떤 때는 뿌리도 없이 날아다니는 글 같다가 어떤 때는 머리를 훅 날리는 상쾌함도 준다. 쓰레기 같은 글도 많고 웬만한 책 이상의 깊이를 지닌 채 종횡무진 오지로 내달리는 글도 보인다. 울적할 때 읽으면 더 울적해질 때도 있고 실실 웃다가 마음이 위로를 받기도 한다. SNS 담론 자체를 소설의 캐릭터로 삼을 수 있겠다는 생각. 공주, 부여, 익산 여행에서 돌아온 다음

날 무릎이 '탁' 쳐지도록 떠오른 그 아이디어가 새삼 멋져 보였다.

역사가 밀림이라면 밀림답게 다루어야 한다. 뻔한 소설 방식처럼 캐릭터 몇 명에 새끼 치는 것 가지고 밀림을 어떻게 다루겠는가. 밀림을 밀림답게 다루기 위해선 SNS 담론이나 집단지성 자체를 캐릭터화하는 수밖에 없다. 현우는 흡족한 미소를 지으며 쏟아져나오는 SNS 담론에 이름을 맘대로 붙여나갔다.

—SNS 담론 A: 인공지능, 빅 데이터, 사물인터넷, 전기차에서 뒤진 우리나라는 비트코인에 과감히 뛰어들어 승부를 걸어야 한다. 지금 비록 추락했지만 눈여겨봐야 합니다.

—SNS 담론 B: 대한민국을 더 투기판으로 만들자는 말이오? 그러잖아도 주식과 부동산, ETF니 온갖 파생상품들로 머리가 지끈거리는데 아예 대한민국을 롤러코스터로 만들라고 주장하라.

—SNS 담론 F: 꽉 막힌 소리. 그러니 대한민국이 매일 뒤처지고 선진국의 꽁무니만 따라다니지. 샌드위치라고 불리던 시절도 호랑이 담배 피우던 시절. 여차하면 지옥의 낭떠러지로 떨어지는 세상인 거 모르냐?

—SNS 담론 P: 신자유주의는 갈 데까지 갔다.

—SNS 담론 K: 코로나 팬데믹은 문명의 구조를 완전히 바꿔 놓을 것이다.

—SNS 담론 P: 기후 변화는 기후 위기, 아니 기후 재앙으로 이름을 바꿔야 한다.

—SNS 담론 K: 이런 세계적 재앙이 오고 있는데도 정치가들은 울에 갇혀 국민을 인질 삼아 아수라장을 만들고 있다. 우리나라는 왜 대체 이 모양 이 꼴인가.

—SNS 담론 Q: 비트코인을 만든 사람. 비트코인을 먼저 산 사람, 나중에 산 사람. 그렇게 셋으로 분류되지.

신선했다. 현우는 잠시 머뭇거리다가 그의 트위터에 댓글을 달았다.

—최현우: 창의적인 말씀입니다. 반갑습니다.

—SNS 담론 Q: 신문이란 신문, 방송이란 방송, 논객들 이야기 들어봐도 이런 말 하는 사람이 없어서 답답해서요. 누구는 시퍼런 상류에서 놀 때 누구는 거기에서 흘러 흘러 내려온 하류에서 발버둥치며 최고라도 되는 듯 떠드는 모양이 꼴값스럽소.

—최현우: 맞습니다. 사람들이 착각하며 살죠. 착각인 줄도 모른 채.

—SNS 담론 Q: 착각은 행복과 나르시시즘을 주죠. 그러나 나르시시즘은 위험해요. 폭력이 되기도 하고 자칫 자살에 이르기도 하지요. 그리스 신화에서도 나르시소스는 자살하죠. 지식인들은 착각하면 안 되죠. 국민이 불행해지니까요. 물론 인간이라 그런 위험에 빠지곤 하기에 늘 거울이 필요하지요. 거울은 안에도 있고 밖에도 있지요

현우는 마음이 더욱 끌렸다.

—최현우: 페친합시다. 제가 요청할게요

—SNS 담론 Q: 댁이 누군지도 모르는데. 마시던 술이나 마시겠소.

그는 문을 닫듯 저 멀리 사라진 듯했다. 현우는 아쉬웠지만 가슴에 환한 빛이 돌았다.

역사의식도 이럴 것이다. 역사든 철학이든 문학이든 저 초록빛 상류를 보여줘야 한다. 그러기 위해선 자신이 그 상류에서 놀아야 한다. 살아야 한다.

지성사라는 것은 결국 그 상류를 찾기 위한 몸부림 아닌가.

해체주의라는 것도 그 노력의 일환 아닌가.

플라톤이 그 상류로 여겨진 시대가 있었다. 플라톤 자신도 그렇게 생각했고 그 이후의 장구한 세월이 그 패러다임 속에 있었다. 그에 대한 철학적 반기들이 나타났다. 익숙한 껍질들을 벗겨내 그 이상의 새로운 상류를 보여준다. 니체와 화이트헤드가 그런 역할을 해왔다. 괄호 즉 에포케를 중시한 후설도 계보학의 푸코도, 또 누구누구도. 그러나 그렇게 한 그들 역시 상류가 아닐 수 있다. 그 이상으로 나아가야 한다.

현우는 가슴 깊게 담긴 마그마가 부글거렸다. 그 누구와 만나도 그 상류까지 시원하게 가닿는 느낌의 사람은 없었다. 방금 전의 저 사람이라면. 저런 사람들이라면 혼란스러운 SNS 담론을 집단지성의 차원도 넘어 창발성으로 함께 끌어올릴 것 같았다. 현우는 눈부신 상류로 함께 떠날 벗을 만난 듯 기쁨에 잠겼다.

11

점입가경

—미치코의 또 다른 일기가 발견되었습니다.

현우는 꾸리던 배낭에서 손을 뗐다.

—〈삼성밀기(三聖密記)〉도 서릉부에 있다는 내용이 적혀 있습니다. 〈조대기〉와 〈삼성밀기〉, 두 책 모두 세조 때 수거된 것이어서 세조의 사서 수거령에도 관심이 더욱 깊어지고 있습니다. 요코하마에 있는 미치코의 아버지 집 창고에서 나왔습니다. 긴급 속보로 전해드립니다.

배낭을 밀어놓고 '삼성밀기'를 검색했다.

—일본 정국이 아수라장이 되겠군. 삼성밀기마저.

—점입가경이네. 미치코 사태가 대체 어디까지 끌고 가는 거야.

—이제 빙산의 일각일지도 모르지.

—미치코가 죽음을 염두에 둔 행동 아닐까. 일기를 여기저기 흩어지게 남긴 걸로 보면 수색을 지연시키려 한 것 같아.

—미치코가 살해당할 이유가 충분하네. 그녀를 가만두면 뭔가를 계속 밝혀나갈 조짐이잖아.

어지럽게 흘러가는 글 홍수 속에 '삼성밀기'도 나오고 '표훈삼성밀기'도 나온다. 그 둘이 같은 것인지 다른 것인지 헷갈렸다. 머리를 갸웃거리다가 책상으로 걸어가 앉았다. 노트북에서 '조선왕조실록'을 클릭했다. 세조의 사서 수거령을 찾아 다시 읽었다.

팔도 관찰사에게 유시하시길

〈고조선 비사〉, 〈대변설〉, 〈조대기〉, 〈주남일사기〉, 〈지공기〉, 〈표훈삼성밀기〉, 〈안함 노원 동중 삼성기〉, 〈도증기 지리산성모하사량훈〉, 문태산, 왕거인, 설업 등 〈삼인기록〉, 〈수찬기소〉의 백 여권과 〈동천록〉, 〈마슬록〉, 〈통천록〉, 〈호중록〉, 〈지화록〉, 〈도선 한도참기〉 등의 문서는 마땅히 사처(私處)에 간직해서는 안 되니, 만약 간직한 사람이 있으면 진상하도록 허가하고, 자원하는 서책을 가지고 회사할 것이니, 그것을 관청, 민간 및 사사(寺社)에 널리 효유하라

하였다. (세조 3년 5월 26일)

'표훈삼성밀기'라고 되어 있다.
답답한 가슴이 풀리지 않아 한문 원본을 읽어나갔다.

조대기주남일사기지공기표훈삼성밀기(朝代記周南逸士記誌公記表訓三聖密記)

몇 번이나 읽었다.
조대기(朝代記), 주남일사기(周南逸士記), 지공기(誌公記)까지

읽다가 표훈삼성밀기(表訓三聖密記)로 읽었다. 표훈(表訓)까지 읽고는 떼어서 삼성밀기(三聖密記)로 읽었다. 도저히 알 수 없었다.

멍하니 앉아 있다가 강남희 박사가 떠올랐다. 스마트폰에서 그의 이름을 찾아 눌렀다.

"강남희 박사님. 안녕하세요?"

"최현우 작가님이군요. 잘 지내시나요?"

"네. 〈I대 고조선 연구소〉에서 나오는 책들을 잘 읽고 있습니다. 〈압록과 고려의 북계〉도 훌륭하구요."

"그 책을 읽었군요. 저희 연구소의 야심작입니다. 이참에 역사 논쟁이 붙었으면 좋겠어요."

"저도 그런 생각을 합니다. 그러구요, 세조 때 수거된 책 중에 '표훈삼성밀기'가 맞나요? '표훈'이란 책하고 '삼성밀기'라는 책이 별개인가요?"

"별개입니다. '표훈'이 있고 '삼성밀기'가 있지요."

현우는 머릿속의 거미줄이 사라지는 기분이었다.

"아, 그래요? 감사합니다, 박사님. 그럼 이번에 미치코의 일기에서 나온 〈삼성밀기〉라는 책 역시 세조 때 수거된 〈삼성밀기〉 그 책이네요?"

"네, 맞습니다. 저도 조금 전에 소식을 듣고 어안이 벙벙하던 참입니다."

"그렇군요. 사태를 더 주시해봐야겠네요."

"네, 작가님. 저의 연구소도 촉각을 곤두세우고 있습니다."

전화를 끊고 나자 착착 정리되는 기분이었다.

〈삼성밀기〉 역시 세조의 수거령에 들어 있는 책이 맞다. 세조에 이어 예종, 성종 때도 수거령이 있는데 그 수거령 명단에도 나온다. 환인 씨의 나라가 있다고 해서 환국을 인정한다. 〈조대기〉를 보강해줌으로써 환국에 대한 입증이 두툼해진다.

그리고 〈환단고기〉에도 〈삼성밀기〉가 인용된다. 미치코가 본 〈삼성밀기〉의 내용과 〈환단고기〉에 인용된 〈삼성밀기〉의 내용이 일치한다면 〈환단고기〉 역시 진서로 재평가될 수 있는 길이 열릴 것이다.

세조는 어린 조카를 죽이고 왕위를 찬탈했기에 왕위 계승의 정통성 문제에 하자가 있었다. 수거한 책들을 보면 고조선과 고구려 등의 시대와 천문, 지리, 음양에 관한 책들이다. 조선은 유교 국가이기에 유교에 대립한 것들을 제거할 필요를 느꼈을 수 있다. 또한 명나라에 사대를 하다 보니 눈치를 보지 않을 수 없고 수거한 책들을 명나라에 바쳤을 수도 있다. 국가 체제에 위험 요소인 책들이 민가에서 사라져 좋고 명나라에 점수를 따서 좋지. 세조는 위기의식이 있어 수거령을 취했을 것이다. 그런데 그때 수거된 〈조대기〉와 〈삼성밀기〉가 어떻게 일본에 있는 것일까? 세조와 성종이 수거해 불태웠든 명나라에 바쳤든 우리나라에선 없어진 책인데. 수거령에 반하는 사람들은 엄벌에 처해졌다고 하니 그 책들이 민가에도 남아 있긴 어려울 것이다. 현우는 궁금증이 풀리지 않았다.

—미치코의 일기대로 삼성밀기마저 서릉부에 있다면 진짜 판이 달라집니다. 위서로 찍힌 환단고기 역시 진서로 밝혀진다면 동아시아 전체에 영향력을 미칩니다. 환단고기가 고대사에 대해 중국의 역사서나 삼국유사, 삼국사기와는 전혀 다른 내용을 말하니까요. 일본뿐 아니라 중국도 그냥 지나칠 순 없을 겁니다. 근데 용의자를 아직도 찾지 못했잖아요. 일본 검찰이 수사를 회피하는 건지 알면서도 체포하지 못하는 건지. 일본 정부가 진짜 범인일까요?

—명약관화한 일이오. 사태가 돌아가는 꼴이 딱 그렇지 않소.

—일본 정부는 자살이라고 확언하지도 않네요. 그렇다면 타살일 수도 있다는 이야기인데 용의자를 아직도 찾지 못하다니 이상한 일이오.

—용의자를 내세울 수 없는 성격인가 보죠? 개인적인 원한 관계라면 용의자 색출은 쉬울 텐데요.

—용의자가 나타날 수 없죠. 용의자를 만들어내지 않는다면.

—일본 정부가 미치코를 제거하지 않을 수 없었겠지요. 미치코를 그냥 두면 서릉부의 비밀이 판도라의 상자처럼 다 터져 나올 거 아녜요. 그러면 상자 바닥에 있는 희망마저 없지요. 혼란 자체. 일본이 파놓은 함정이지요. 자충수에 걸린 거예요. 자기 발에 자기가 넘어간 거지요. 미치코의 양심 고백 자체가 일본 무덤의 시작이죠.

—뭘 모르시네. 일본이 어떤 나라인데 그깟 구닥다리 책들 가지고 흔들린다구요? 현실감각 없는 사람들. 일본은 우리나라보다 인구가 2.5배, GDP가 3배인 나라예요. 그런 강국을 그렇게 보다니! 초딩생 말 같아서 웃음이 나옵니다. 현실을 움직이는 것은

힘, 곧 권력이란 것도 모르나?

—사태가 간단하진 않습니다. 만약 조대기에 석유환국은 빠져 있고 석유환인이라고 적혀 있다면 어떻게 되겠습니까? 삼성밀기에도 환인씨의 나라가 있었다는 내용이 빠진 채 뻔한 내용만 나온다면요.

—그럴 리가요? 환단고기에 조대기와 삼성밀기 두 책이 인용되면서 그런 내용이 실려 있는데요

—정치를 모르시는군요.

—아, 일본이 조대기와 삼성밀기의 내용을 미리 조작해놓고 미치코를 통해 양심 고백 형식을 취하게 했다, 이 말씀인가 보군요. 소름이 돋네요. 근데 설마요. 미치코가 응할 리가 없지요.

—정치를 모르시는군요.

—아, 미치코도 이용당했다고 보는 거군요. 일본은 그 일이 성공하면 한국의 고대사를 단칼에 잡는 거구요.

—정치를 모른다고 하는 분의 말씀은 일견 그럴듯해 보입니다. 파괴력이 있는 생각의 소유자입니다. 그러나 이 경우는 대상을 잘못 잡았습니다. 댁의 그 혜안이 통할 대상들은 따로 있을 겁니다. 이 경우는 손바닥으로 해를 가리는 일입니다. 진실이란 그 어떤 공작도 뚫고 나오는 법이지요. 조대기와 삼성밀기의 내용이 허접하다면 세조가 수거령을 내렸겠습니까? 그리고 일본이 서릉부에서 극비로 보관하겠습니까? 이분의 말씀에 흔들리신 분은 속지 마세요. 저런 그럴듯한 생각마저 꿰뚫는 눈을 가져야 진실에 접근할 수 있습니다.

Q! 현우는 소리 지를 뻔했다. SNS 담론 Q. 마치 그일 것 같았다. 그러나 벌써 사라졌다.

12

깨어진 거울 조각

—신지비사도 발견되면 좋겠네요.

별의별 썰들이 나부낀다. SNS 담론은 수시로 삐죽빼죽 솟아오른다. 밀물처럼 밀려왔다가 썰물처럼 빠져나간다. 액체 같다.

—제발 희망 사항을 투사하지 마쇼. 진절머리가 납니다. 고조선 때의 비기인데 그것까지 바랄 수야.

—모르죠. 서릉부 말고도 엄청 많대요. 일본에서 우리나라 역사서 보관한 곳들이. 다 합치면 오만 권 정도 된다고 하니 뭐가 더

짱박혀 있는지.

—신지비사 말이 나왔는데 신채호의 조선상고사와 환단고기 둘 다에 그 책이 인용됩니다. 말하자면 신지비사는 신채호와 환단고기를 연결할 고리지요.

현우는 머릿속이 시려 왔다. 책장으로 걸어가 〈조선상고사〉를 꺼내는 손끝이 떨렸다.

> 마치 저울 몸, 저울 달림, 저울 머리와 같은데, 저울대는 부소량, 저울추는 오덕지, 저울판은 백아강에 해당한다. 찾아오고 항복해 온 나라가 70개국이니, 그 덕에 의지하여 단군의 정신을 지켜나갔다. 우두머리와 말미가 같은 위치에서 균형을 이루니, 나라가 흥성하여 태평을 누렸다. 그러나 만약 이들 삼경 중 하나라도 폐한다면 왕업은 쇠하여 기울어질 것이다.

고조선이 저울대, 저울추, 저울판 세 개를 중심으로 움직였다는 것이다. 신채호의 삼한관경제가 비롯되는 토대이다. 그 아이디어를 신채호는 신지비사에서 얻는다. 현우는 두근거리는 심장을 다독이며 〈환단고기〉를 꺼냈다. 신지비사의 내용을 찾으려 뒤졌다.

6세 단군 달문 재위 35년(기원전 2049)에 여러 왕을 상춘에 모아 구월산에서 삼신께 제사 지내실 때 신지 발리로 하여금 〈서효사〉를 짓게 하시니 그 가사는 이러하다.

서효사? 신지비사를 서효사라고도 부른다. 검색하길 잘했다.

(전략)

삼한형세 저울대, 저울추, 저울판 같으니 저울판은 백아강이요 저울대는 소밀랑이요, 저울추는 안덕향이라. 머리와 꼬리가 서로 균형 이루니 그 덕에 힘입어 삼신정기 보호하옵니다. 나라를 흥성케 하여 태평세월 보전하니 일흔 나라 조공하며 복종하였사옵니다. 길이 삼환관경제 보전해야 왕업이 흥망하고 번성할 것이옵니다. 나라의 흥망을 말하지 말지니 천신님 섬기는데 정성을 다하겠습니다.

현우는 그 두 책을 방바닥에 나란히 펼쳤다. 내용이 비슷하면서도 다른 점이 있다. 세 개의 수도 중에 백아강은 같은데 나머지 두 개는 이름이 다르다. 〈조선상고사〉에선 부소량, 오덕지이며 〈환단고기〉에선 소밀랑, 안덕향이다. 서로 같은 건지 다른 건지 현우는 알 길이 없다.

그러는 사이 뇌가 촉촉해졌다.

신채호의 〈조선상고사〉에 나오는 신지비사 내용은 〈고려사〉의 '김위제전'에 나오는 것이다. 그러니까 신채호가 〈고려사〉를 읽고 인용한 것이다. 김위제는 고려 숙종 때의 도술사이다.

신채호는 1914년에 윤세복의 초청으로 봉천성 회인현에 간다. 윤세복은 대종교의 3 대 교주다. 대종교인들은 〈환단고기〉의 내용들을 제법 알고 있었다. 〈환단고기〉는 계연수에 의해 1911년에 편집되고 인쇄되어 세상에 나온 것은 1980년대 초반이다.

신채호는 회인현에서 학교 경영에 참여하는 한편 독립군 양성소를 시찰할 겸 윤세복과 백두산에도 오른다. 그 무렵 〈환단고기〉 내용을 전해 받았다면 신채호는 〈환단고기〉를 접한 경우가 된다. 그랬는지 아닌지는 모르지만 신채호는 〈고려사〉에 나오는 신지비사를 인용하는 것이다.

〈환단고기〉에 나오는 '서효사', 즉 신지비사는 정확하게 말하면 〈환단고기〉의 한 부분인 〈단군세기〉에 나온다. 〈단군세기〉는 이암에 의해 쓰여졌다. 이암은 고려 사람이다. 〈고려사〉는 조선 초기에 편찬되었다. 따라서 고려 때의 이암은 조선 때 쓰여진 〈고려사〉를 읽을 수 없었다.

그렇다면 〈고려사〉가 혹시 이암의 〈단군세기〉를 참고했을까?

현우는 머리가 지끈거렸다. 숨을 고르는데 섬광처럼 지나가는 것이 있었다. 책장으로 얼른 걸어가 〈삼국유사〉를 꺼내왔다.

저는 하백의 딸인데 이름은 유화라고 합니다. 여러 아우들과 나와 놀고 있을 때, 한 남자가 자기는 천제의 아들 해모수라 하면서 저를 웅심산 밑 압록강 가에 있는 집 안으로 유인해 가서, 몰래 정을 통해놓고 가서는 되돌아오지 않았습니다. 부모님은 제가 중매 없이 혼인한 것을 꾸짖어, 마침내 이곳으로 귀양 보냈습니다-〈단군기〉에는 "단군이 서하 하백의 딸과 관계하여 아들을 낳아 이름을 부루라고 하였다"고 하는데, 지금 이 기사를 살펴보면 해모수가 하백의 딸을 통하여 주몽을 낳았다고 한다.(〈삼국유사〉)

〈삼국유사〉에선 〈단군기〉를 인용하고 있다. 그러니까 〈삼국유사〉가 쓰여지던 고려 시대엔 이암의 〈단군세기〉 외에 〈단군기〉도 존재한다는 말이 된다.

조선 초기에 왕들에 의해 수거되어 사라진 책 중엔 〈고조선비사〉도, 〈삼성기〉도 있다.

고대에 대한 지식이 고려 시대에 지금보다 풍성했을 수 있다. 그런 사실을 〈삼국유사〉와 〈조선왕조실록〉이 머금고 있다.

현우는 아득한 세계로 향하는 길이 열리는 기분이었다. 까마득한 저 너머에서 비밀스러운 손짓을 하고 있었다. 깨어진 거울 조각에 얼굴을 비추는 느낌이었다.

13

슬픈 추적

현우는 까무룩 잠이 들었다. 달고 깊은 잠이었다. 깨어나자 뇌가 근질근질했다. 아까 꺼내둔 〈환단고기〉에서 잠들기 전에 본 〈삼국유사〉 내용과 연관된 페이지를 펼쳤다.

> 단군 왕검께서 비서갑에 사는 하백의 따님을 맞이하여 황후로 삼고 누에치기를 맡게 하시니, 백성을 사랑하시는 어질고 후덕한 정치가 사방에 미치어 천하가 태평하였다.... 태자 부루를 보내어....(〈환단고기〉 중 〈단군세기〉)

〈삼국유사〉의 저자 일연의 생몰 기간을 검색했다.

일연 1206-1289

〈단군세기〉의 저자 이암의 생몰 기간도 검색했다.

이암 1297-1364

일연은 이암이 태어나기 전에 죽었다. 당연히 〈삼국유사〉를 쓸 때는 이암의 〈단군세기〉를 볼 수 없었다. 그런데도 하백 운운하는 글을 쓰며 〈단군기〉를 인용하고 있다. 〈단군세기〉가 나오기 전에 〈단군기〉가 있었다는 뜻이다.

이암도 〈단군세기〉를 쓸 때 사료를 보고 썼을 것이다.

〈단군기〉와 〈삼국유사〉를 보았을까? 알 수 없지만 〈단군기〉에 나오는 내용과 달리 쓴 것을 보면 〈단군기〉 말고도 다른 서책이 있었다는 말이 된다. 혹 이암의 〈단군세기〉가 근세의 조작이라고 쳐도 〈단군기〉는 그 당시에 존재하고 있었다.

그리고 일연이 살던 13세기의 고려엔 혼선이 있음을 알 수 있다. 부루가 살던 시기가 고주몽과 같은 시기로 보는 사람도 있고, 부루는 주몽보다 훨씬 이전의 다른 존재라고 말하는 텍스트도 있을 가능성이 크다는 것이다.

아무리 보수적으로 잡아도 이암의 〈단군세기〉는 그 준거 텍스트가 있다는 것이다. 그 사실을 놀랍게도 〈삼국유사〉가 밝히고 있다.

존재란 이렇게 아슬아슬하게 드러난다.

〈삼국유사〉와 〈환단고기〉 둘 다에 나오는 하백과 부루. 하백은 한자도 똑같고 부루는 '부'자의 한자가 다르다. 그 두 개의 부루는 같은 걸까? 다른 걸까? 서하와 비서갑은 같은 걸까? 다른 걸까?

현우는 절망감을 느끼면서도 가슴이 쿵광쿵광 뛰었다. 신채호와 〈환단고기〉가 신지비사를 통해 연결된 데 이어 〈삼국유사〉와 〈환단고기〉 사이에도 연결 고리가 있어 보였다. 고대사의 비밀을 풀 열쇠가 또 하나 빛나고 있다.

이 모두가 우리나라에서 따로따로 놀 뿐이다. 〈환단고기〉는 대개 쳐주지도 않는다.

설렘이 분노로 뒤바뀌는 사이에 하상배 교수가 스쳤다.

'쓸데없는 일 하고 있군요. 위서들과 무슨 연결을 시킵니까. 말도 되지 않는 일이에요.'

환청인 듯 들려왔다.

그러나 이처럼 연결 고리인 듯 정밀하게 드러남을 어찌한단 말인가. 일본이 우리나라 상고사 서적들을 남산에서 불태운 것도 모자라 가져가고 조선 초에 왕들이 사서를 수거하는 못된 짓을 했고 역사를 짊어진다는 소위 사학계가 악행을 되풀이하는 복판에서 장엄하게 솟아오르는 벌건 빛을!

14

눈강

북경 공항에서 외곽으로 빠져 버스는 달려나갔다.

광활한 대지가 펼쳐진다. 현우는 창밖을 부푼 가슴으로 바라보면서도 등 쪽이 가렵곤 했다. 저 뒤쪽에 그녀가 앉아 있는 것이다.

"난하가 나올 겁니다. 상고사를 연구할 때 중요한 강이지요."

김한경 박사가 앞에 서서 마이크를 입에 대고 말했다. "고조선과 한족의 경계를 난하로 보는 연구도 있어요."

김한경 박사는 실력이 있어 보였고 믿음직스러웠다. 이목구비가 뚜렷하며 눈빛이 깊고 진지해 보였다.

"우리나라의 역사 왜곡은 언제 시작되었나요?"

누군가가 질문을 던졌다. 답사팀의 수준이 제법 높아 보였다.

"조선입니다."

현우는 뜨끔했다.

"〈아방강역고〉라는 책이 있어요." 김한경 박사가 말을 이었다. "정약용이 쓴 책인데 내용이 이렇습니다. 대륙의 한국사를 한반도에 다 집어넣었어요. 광대하고 뿌리 깊은 한국사를 반도 안에 집어넣어서 질식하듯 만들었죠. 정약용이 이런 짓을 했어요. 물론 정약용은 훌륭한 일을 많이 했죠. 정조 시대에 주도적 엘리트였으며 유배되어선 부패한 목민관들을 책망하고 백성들을 잘 다스리기 위해 〈목민심서〉를 지었죠. 그 밖에도 훌륭한 저서들을 깊은 고독 속에 썼죠. 그런 건 다 좋아요. 그런데 우리나라 강역에 대해선 역적 짓을 했어요. 이런 것을 잘 봐야 합니다. 역사적 인물들에 대한 종합적인 통찰이 필요합니다."

현우는 멀미가 느껴졌다. 남당 역시 〈강역고〉에서 정약용을 질타하지 않는가.

"우리나라 강역 왜곡의 시작은 조선 초부터 시작됩니다. 정도전의 〈조선경국전〉에도 나옵니다. 정도전이 조선이라고 할 때의 그것은 고조선이 아닙니다. 기자조선이에요. 명나라가 기자조선에서 따준 그 조선을 조선은 자기의 이름으로 삼고 명에게 열렬히 사대합니다. 정도전의 〈조선경국전〉은 그런 사대주의로 시작됩니다. 정약용은 〈아방강역고〉를 통해 그것을 지리적으로 확정합니다."

김한경 박사가 목소리를 좀더 높였다.

"일본이 한국을 삼키려 할 때 한국의 정신을 말살할 필요가 있었지요. 역사의 뿌리를 잘라낼 필요가 있는 거죠. 그때 일본의 눈에 뜨인 것이 〈아방강역고〉입니다. 굳이 새롭게 역사 왜곡을 하지 않아도 되는 거죠. 조선 스스로가 자신의 역사를 왜곡하는 책을 남겼으니 그것을 조금만 각색하면 되는 거죠. 이처럼 쉬운 일이 어디 있습니까? 이처럼 애석한 일이 어디 있습니까?"

현우는 가슴이 쓰라려 오는데

"저게 난하입니다." 김한경 박사가 돌연 창밖을 보며 말했다. "자 내립시다. 강물에 손이라도 담그고 갑시다."

현우는 일행을 따라 내려서 강가로 걸었다. 흐르는 강물에 손을 담갔다. 바닥 모를 아늑함에 잠겨갔다. 저만치에 그녀도 강물을 향해 손을 내밀고 있었다.

"사마천의 〈사기〉에도 난하는 나오지 않아요. 중국은 당시에 여기까지 오지도 않아요."

김한경 박사는 남당으로 인해 알게 모르게 갇혀 있는 틀에서 벗어나게 해주고 있었다.

"이 난하 하류에 갈석산이 있습니다. 갈석산 역시 우리나라 상고사를 연구할 때 아주 중요한 산입니다."

김한경 박사는 툭툭 질러나갔다.

"〈사기색은〉이란 책이 있습니다. 사마천의 〈사기〉의 주석서이죠. 그 책에 낙랑군의 수성현에 갈석산이 있다고 되어 있습니다."

일행들과 더불어 현우는 잠자코 듣고 있었다.

"〈한서지리지〉엔 왕험성이 낙랑군에 있다고 적혀 있습니다. 왕험성은 위만조선의 수도이죠. 그것이 낙랑군에 있다는 거죠."

현우는 침이 꿀꺽 넘어갔다.

"〈사기색은〉에 따르면 낙랑군에 갈석산이 있죠. 갈석산이 있는 곳에 왕험성이 있다는 애기가 되죠. 위만조선의 강역도 당연히 그곳이 되겠구요."

일행들의 표정이 한결같이 진지했다.

"이 난하 하류에 갈석산이 있습니다. 무슨 뜻일까요?"

김한경 박사는 일행을 둘러보았다. 침묵에 잠겼다가 입을 열었다.

"위만조선의 수도 왕험성이 저 강물 하류 부근에 있다는 거죠."

현우는 아까 일었던 멀미가 또 일었다. 남당은 왕험성을 중국의 영평(永平)으로 비정한다. 그러나 이 문제는 김한경 박사의 말이 보다 설득력 있게 다가왔다.

“이병도는 뭐라고 하는지 아실 거예요. 갈석산을 황해도에 있는 산으로 봅니다. 그래서 북한의 평양이 왕험성으로 비정되는 거예요. 위만조선이 한반도에 있었다는 얘기가 되는 거구요. 그렇게 정해진 것이 아직도 역사 교과서에 실려 있습니다. 어떤 생각이 드나요?”

현우는 가슴이 쪼그라드는 기분이었다.

“그런데 갈석산이 이곳에만 있는 것이 아닙니다. 저 서쪽 발해 연안에도 갈석산이 또 있습니다. 무슨 뜻일까요?”

먹먹해졌다.

“그 얘긴 다음에 다시 하기로 하고 버스에 오릅시다. 갈 길이 멀어서요”

버스는 또 달리고 달려나갔다. 내몽고에 접어든 지도 한참 지났다. 적봉에 들어설 땐 어둠이 짙었다.

“이곳 적봉은 홍산 문화의 중심지입니다. 서북 방향으로 먼저 갑시다.”

다음 날 아침 호텔을 떠난 버스는 달리고 달려 구릉 너머에 섰다.

버스에서 내려 비탈길을 오르자 돌로 성을 쌓은 흔적이 여기저기 보였다. 불그레한 바위 앞에 김한경 박사가 멈춰 섰다.

"여길 보세요. 문양이 새겨 있어요."

현우는 잘 보이지 않았다. 김한경 박사가 들고 있던 생수통의 물을 부었더니 선명하게 드러나는 것이 있었다.

"보이죠? 이 석성은 삼좌점 석성이라고 불립니다. 기원전 2500년에서 기원전 2000년 사이에 시작되어 기원전 1500년까지 이어지죠. 고조선이 있던 시기입니다. 그래서 이곳을 고조선과 연결하는 학자가 많습니다. 의미가 뭘까요?"

김한경 박사는 또 여운을 남기고 앞서 걸었다. 현우는 문양을 자세히 보느라 일행과 거리가 멀어졌다. 달팽이 모양으로 둥글게 말린 원이 알 수 없는 비밀을 품고 있었다. 돌담 사이를 뒤따라 걸으려니 뭔가 모를 느낌으로 가슴이 벅차올랐다.

"이건 뭘까요?"

김한경 박사는 석성에서 바깥으로 삐죽 나온 곳에 올라 딛고 선 곳을 가리키며 물었다. 일행들이 얼른 답을 못하자 "치입니다. 들어봤죠? 고구려 성의 특징입니다. 이런 치가 있으면 적을 공격하기가 쉽죠. 입체적으로 할 수 있으니. 고구려가 강대국이 된 이유 중의 하나가 성에 치를 만들어서입니다. 고구려의 창의성이지요. 치는 고구려의 성밖에 없습니다. 그런데 이건 분명히 치입니다. 무슨 의미일까요?"

김한경 박사는 잠시 뜸을 들였다.

"이 삼좌점 석성이 고조선의 유적이라는 증거일 수 있는 거죠. 내몽고 깊숙한 이 적봉에 고조선의 유적이 있는 거죠. 앞으로도 말하겠지만 홍산 문화는 고조선과도 관계있습니다. 그뿐만 아니지만요. 왜냐하면 고조선의 건국 시기보다 더 올라가기도 하거든요. 그것은 과연 무엇일까요? 그런 것들을 음미하고 상상하는 시간이 되면 좋겠습니다. 하던 이야기로 돌아가면 이 치는 소박해 보이죠. 고구려 성의 치의 원형으로 보면 될 겁니다. 여러분은 고구려가 태어나기 이전, 그 원형을 보고 있는 겁니다."

현우는 후끈해졌다. 알 수 없는 감동이 밀려오는데 그녀가 김한경 박사가 서 있는 치로 걸어가는 게 보였다. 현우는 주춤하다가 그리로 발걸음을 옮겼다. 가슴에 붉은 물이 들고 있었다. 고구려 성의 원형 위에 서 있다는 기분에 향가를 좋아하는 여자가 곁에 있으니.

"이제 내려갑시다. 적봉 박물관에도 볼 것이 많고 우하량 유적지까지 가려면 또 한참이나 가야 합니다."

버스로 온 길 이상을 되돌려 달리자 적봉 박물관이 나타났다.

토기, 그물, 당시를 재현한 구조물 등등이 유리함 속에서 기묘한 빛을 토해내고 있었다. 비파형 동검도 있었다. 이 먼 내몽고에서 고조선의 유물을 보자 감격스러웠다.

옥저룡 앞에선 걸음이 멈춰졌다. 사진으로 봤던 것을 직접 보니 느낌이 달랐다. 질박하고 은밀한 향기가 전해왔다.

"이 지역은 세계적으로 주목받고 있는 곳입니다."

버스에 오르자 김한경 박사가 마이크를 쥐었다.

"박물관에서도 보았다시피 이 지역엔 다양한 문화들이 겹쳐 있습니다. 아까 본 삼좌점 석성은 하가점 하층 문화라고 해서 이 곳이 층층의 문화에서 하단에 속합니다. 지금 가고 있는 우하량은 그보다 이른 시기의 문화입니다. 홍산 문화라고 불리는 문화의 말기에 속하지요. 제가 만들어드린 자료 20페이지를 펴보세요."

현우는 앞 좌석 주머니에 꽂아둔 자료를 꺼내 그 페이지를 펼쳤다.

소하서 문화: BC 7000~BC 6500년

흥륭와 문화: BC 6200~BC 5200년

사해 문화: BC 5600~ ?

부하 문화: BC 5200~BC5000년

조보구 문화: BC5000~ BC 4400년

홍산 문화: BC4700~ BC 2900년

소하연 문화: BC 3000~ BC 2000년

하가점하층 문화: BC 2000~BC1500년

"앞에서부터 보죠. 소하서 문화는 기원전 7000년까지 올라갑니다. 엄청나지요. 물론 그 시절에 이곳에만 사람들이 살았던 것은 아닙니다. 메소포타미아의 여리고에도 사람들이 살았죠. 아니, 사람들은 구석기 시대부터만 따지더라도 지구 곳곳에서 살아왔죠. 지금부터 대략 만 년 전에 소빙하기가 있었고 그것을 거치면서 구석기 시대가 끝나고 신석기 시대가 시작된다고 보통 말하지요. 수렵 시대가 지나고 농업 시대가 시작된다고도 하구요."

"괴페클리 테페로 인해 그 통설이 깨질 수도 있지요."

누군가 말했다.

"맞습니다. 터키에서 발견된 그 유적지가 세워진 시기가 지금부터 1만 1700년 전 무렵으로 농사를 지은 흔적이 있죠. 그쪽의 연구가 깊어지면 기존의 통설이 깨질 수 있습니다. 좋은 말씀입니다."

김한경 박사는 간단하게 답을 하고는 말을 이었다.

"세계 4대 문명이 메소포타미아 문명, 이집트 문명, 인더스 문명, 황하 문명이란 걸 다 아실 거예요. 그런데 이곳의 문화들이 발견되면서 그 통념이 깨질 가능성이 생겼습니다. 지금까지의 지식은 4대 문명 이전에 대해 이렇다 할 모멘텀을 제시하지 않지요. 마치 공백인 양 취급됩니다. 그러나 이 지역에 일어난 문화들을 보세요. 그런 통념을 뒤집을 수 있죠. 아직은 기존 담론이 우세하지만요. 4대 문명은 대략 기원전 삼천 년 전부터 시작되니까요."

김한경 박사는 가볍게 숨을 골랐다.

"소하서 문화 다음에 흥륭와, 사해, 부하, 조보구 문화가 흘러오지요. 그 각각의 유물들을 아까 적봉 박물관에서도 봤고 이따 우하량에서도 볼 것입니다. 대단한 문화들을 당시에 이루고 있었습니다. 가령 흥륭와 문화에서 만든 옥은 정교하기 이를 데 없어요. 홍산 문화는 그러한 바탕 위에서 꽃피어납니다. 표를 다시 보세요. 홍산문화도 기원전 4700년까지 올라갑니다. 세계 4대 문명이 시작된 시기보다 한참이나 더 올라가지요. 세계사가 다시 쓰여져야 할 겁니다."

일행들은 귀를 기울이고 있었다.

"황하문명보다도 천 년 이상 빠릅니다. 여기에 중국의 고민이 있는 것입니다. 중국으로선 딜레마에 빠진 거죠. 이런 맥락 속에서 동북 공정을 생각해보시기 바랍니다. 심각한 문제이지요."

김한경 박사는 말을 끊고 자리에 앉았다. 현우는 평소에 느껴지곤 하던 아이러니가 새삼 스멀거렸다. 태평양 서안의 작은 반도 한국에서는 세계가 뒤집힐 만한 놀라운 일들이 넘쳐난다. 무엇보다도 우리처럼 오랜 역사를 가진 나라가 지구상에 또 있을까.

미국? 인디언 몰살 후의 미국 역사는 이백 년 정도밖에 되지 않는다. 유럽? 점수를 후하게 주어 그리스의 미케네 문명을 기점으로 한다면 기원전 1600년경밖에 이르지 않는다. 동북아에서 중국은 황하문명이 소하연 문화 시기까지 이르지 못한다.

또한 많은 한국인들이 상고사를 뒤지며 신화, 종교, 철학을 섭렵하며 탐사를 계속하고 있다. 뜨겁게 끓어오르는 용광로 같다. 그러나 정작 그 분야를 책임져야 할 역사학자들은 꽉 막혀 있다.

답사를 떠나오기 전에도 그 사실만 떠오르면 가슴이 답답했었다. 그러나 지금은 홍산 문화가 꽃핀 장소 안에 들어와 있다. 고구려 성의 원형에 속하는 삼좌점 석성에도 올라서 보았다. 적봉 박물관에서 비파형 동검도 보고 옥저룡도 보았다. 그간 책으로 보고 이야기로나 듣던 현장 속에서 호흡하고 있다.

중국으로서도 인정하지 않을 수 없는 것. 실증적인 사실을 어쩔 수 없기에 궤변을 만들어 아전인수식으로 자기화시킴. 콤플렉스의 외면화. 이 엄연한 사실에 대해 한국의 제도권 사학자들은 이렇다 할 논리 없이 외면하고 있지 않은가.

하상배 박사를 포함한 그들과도 더 깊은 이야기를 나누고 싶다. 그 워크숍에서 "이거 사기입니다. 제도권 사학자들이 자기들의 잣대로 역사를 재단하고 있습니다. 남당의 후손이 돈을 댔기에 말만 번드르르하게 할 뿐 진전이 전혀 없습니다. 낡은 패러다임 그대로입니다." 카랑카랑한 목소리로 외치던 재야 사학자와도.

"저는 들뜬 역사는 하지 않습니다."

어젯밤 저녁 술자리에서 김한경 박사는 말했다. 술에 취해도 깊은 눈빛은 일 점 흔들림이 없었다.

"한국의 재야 사학엔 들뜬 역사도 상당합니다. 상고 시대 나라들의 수도가 별 근거 없이 비정되고 기원이나 국경이 비약되는 경우가 허다하죠. 저는 꽉 막힌 제도권 사학도 싫고 들뜬 역사학도 싫습니다. 철저한 공부와 고증 위주로 실제로서의 역사학 탐구가 중요하죠. 저는 그 길을 걸어왔고 앞으로도 그 길을 갈 겁니다."

재야 사학. 제도권 사학. 크게 보면 양분된 그 테두리들 안에서 또 갈라져 각자의 목소리를 내는 학자들. 그 전체가 진실의 직물을 짜나가면 좋을 텐데. 창밖으로 눈길을 돌려 광활하고 평온하게 흐르는 평야를 감상하다가 잠이 오기에 맡겼다.

"다 왔습니다. 우하량 유적지입니다. 내립시다."

김한경 박사의 굵직한 음성이 잠을 깨웠다.

우하량 박물관이 바로 앞에 있었다. 들어서자마자 김한경 박사는 홀에 일행들을 모이게 했다.

"제 등 뒤에 서 있는 게 삼황오제의 오제예요. 그 오른쪽 위를 보세요. 뭐라고 쓰여 있을 거예요. 문명탐원이라고 적혀 있을 겁니다. 이런 것을 잘 봐야 해요. 특히 중국의 박물관들에서는."

긴장감이 살포시 돌았다. 김한경 박사가 말을 이었다.

"문명의 근원을 탐구한다는 뜻이지요. 그것을 교묘하게 저 오제와 섞어놓았어요. 문명탐원의 근본 자리에 중국을 상징하는 오제를 놓음으로써 중국이 문명의 근원에 있다고 은근히 암시하고 세뇌하는 전략입니다. 오제 역시 따지고 들면 우리 민족과 관계 깊지만 그에 대한 공작도 이미 해놓았지요."

김한경 박사를 따라서 안으로 들어섰다. 유리함 속에 진열된 유물들을 감상하며 걷다 보니 여신상이 있었다. 가슴이 뛰었다. 사진으로나 보던 것을 실물로 마주하고 있다. 그 자리에 붙박듯 서서 요모조모 뜯어보는데,

"저거 보세요."

김한경 박사가 큰 소리로 말했다. 그가 손으로 가리키는 곳엔 여신상의 주인공 여자가 기도하는 상이 놓여 있었다. 그 곁엔 그녀를 향해 수많은 사람이 무릎을 꿇고 경배를 드리는 상들이 있었다.

"이 조각상엔 모순이 숨어 있어요. 그런 것을 보지 못하면 이 박물관 답사가 의미가 없어요. 저 여신의 모습을 잘 보세요. 양손을 아랫배에 모으고 반가부좌상을 취하고 있지요. 책상다리 모습입니다. 한자로는 반퇴(盤腿)라고 불러요. 동이족들이 앉는 자세예요. 그런데 그 앞 신도들의 모습을 보세요. 다른 자세로 앉아

있죠. 무릎을 꿇고 앉아 있습니다. 한자로는 궤좌(跪坐)라고 불러요. 중국 사람들이 앉는 자세예요. 저 여신이 책상다리 자세를 취했다는 것은 우리 민족과 관계 깊다는 것을 말합니다. 저 여신은 발굴된 여신상의 실제 모습을 재현한 거예요. 사실인 거지요. 그런데도 신도들의 조각상들은 중국인들이 앉는 자세로 되어 있지요. 잘못 만든 거예요. 여신상이 앉는 모습이 사실이기에 신도들의 조각상들은 잘못 만든 거죠. 아니면 중국인들의 문화에 맞게 변형시켰거나. 실제로 만든다면 저 모습들 모두 책상다리 자세로 해야 합니다."

현우는 아찔해졌다. 박물관의 허구가 한결 속 시원하게 드러나고 있었다.

"또 볼 게 많으니 나머지들도 보고 나오세요."

김한경 박사의 인솔에 따라 버스에 실려 더 달려간 곳 역시 사진으로는 봤다. 그러나 규모에서 압도감이 왔다. 잠실운동장만 할까 싶었다. 돌무더기들이 쌓이고 흙엔 구멍들이 파여 있었다.

"제단과 무덤이지요." 김한경 박사가 말했다.

"천원지방예요." 누군가 퍼런빛이 실린 듯한 목소리로 끼어들었다. 목소리가 익숙해 현우가 뒤돌아보니 룸메이트였다. "저 제단은 원 모양이지요. 세 개의 원으로 되어 있어요. 하늘의 형상에다가 3수의 원리로 되어 있는 거예요. 저 무덤은 사각형으로 땅의 형상이지요. 그 둘 사이에 신이 있는 거지요. 그것도 여신이. 하늘과 땅을 매개하는 거지요. 무당이에요."

"자 저것 보세요. 저것도 중요합니다." 김한경 박사가 그의 말을 이어받았다. 무덤 주변에 놓인 도기들을 가리키며 말했다. "도통형기(陶筒形器)입니다. 아까 적봉 박물관에도 있었죠. 도기로 된 통형기라는 뜻입니다. 그런데 흥미롭게 아래가 뚫려 있습니다. 바닥이 없는 거지요. 위와 아래가 뚫려 있는 모양이에요."

김한경 박사가 힘주어 말했다.

"전혀 실용적이지 않은 것입니다. 생각해보세요. 기원전 3500년에서 3000년 사이의 시절입니다. 저 시기에 전혀 실용적이지 않은 도기가 무덤가에 있었던 것입니다. 과연 무엇일까요?"

주변 사람들은 김한경 박사의 입만 쳐다보고 있었다.

"하늘과 땅을 잇는 도기입니다. 위아래를 뚫어놓아 하늘과 땅의 소통을 꾀하고 있습니다. 물론 이견도 있습니다. 장구의 원형이라는 말도 있죠. 위아래에 가죽을 씌워 제례 악기로 삼았다구요."

현우는 아련해졌다.

"하늘과 땅을 잇는 제례용인지 악기인지 정확히 알긴 어렵지요. 그 어떤 것이든 간에 저런 물건이 당대에 만들어졌다는 것입니다. 이집트에서 피라미드를 만들기 이전 시기예요. 대체 이들은 누구일까요? 이들의 문명은 어디까지 간 것일까요? 세계 4대 문명이 일어나기 전입니다. 아까 책상다리 수행 보았지요? 우리 민족과 밀접한 관계를 갖는 겁니다. 아침에 본 삼좌성 석성의 치는 고구려의 성으로 이어가구요. 뭘 느끼시나요?"

문명탐원.

그 글자가 현우의 미간을 아프게 찔러 왔다. 문명탐원이라는 그 뜻은 맞다. 그 주체가 과연 누구인가가 문제다.

콤플렉스라는 말이 또 스멀거렸다.

주인이 자기 입으로 주인이라고 하는가. 그런 일은 좀처럼 없다. 진정한 주인은 말하지 않는다.

중국이 이처럼 초대형 박물관을 지어놓고 오제도 자기네 것인 양 거대한 동상을 세우고 문명탐원이라고 써놓았다. 더욱이 이곳은 만리장성에서 훨씬 북쪽에 떨어져 있다. 중국 한족이 오랑캐 지역이라고 천시했던 곳이다. 중원지역도 아닌 곳에서 발굴된 유적들을 자기 것이라고 주장하고 있다. 그 자체가 주인이 아님을 말하는 것이며 콤플렉스가 아닌가.

후끈한 술 파티 후에 단잠에 빠지고 난 다음 날 아침, 조양의 북탑 주변에서 여유로운 산책을 즐긴 일행은 봉황산으로 향했다. 아침의 태양이란 뜻의 조양과 봉황산. 둘 다 그 이름으로 인해 한국의 고대사와도 연결 짓는 사람들이 꽤 되는 곳이다. 봉황산 정상 즈음에 오색 띠를 두른 나무가 있었다.

"저런 것도 있네요."

현우가 그녀에게 다가가 말했다.

"저도 보고 있었어요. 올라가요."

가까이 다가가자 서낭당 나무를 휘감는 오색의 띠들이 더욱 아름다웠다.

"이 답사 여행은 어떻게?"

"저. 이 모임 멤버예요."

"아, 그러셨구나. 몰랐어요."

"댁은요?"

"지난번에 함께 있던 후배가 소개해줬어요. 남당 선생의 증손자 말고 또 한 명 있었잖아요. 기자라 발이 넓어요. 제게 딱 맞는 답사 여행이 있다구요. 남당의 증손자는 같이 오려 했다가 며칠 전에 병원에 실려 갔어요."

"어머, 저런."

"성함은요?"

"이지은이라고 해요."

"인천공항에서 봤을 때 깜짝 놀랐어요."

"저는 알고 있었어요, 최현우 씨. 명함을 주셨잖아요. 남당연구소. 처음엔 동명이인인 줄 알았어요."

그녀의 수려한 얼굴이 오색 띠의 배경과 잘 어우러졌다. 현우는 가슴이 왠지 시려 왔다.

"〈조대기〉가 실제로 존재한다면 발해의 역사도 확연히 밝혀지겠죠. 발해인이 쓴 책을 우리나라는 한 권도 가지고 있지 않으니 그 자체만으로도 신선한데요."

"우리는 교과서에서 배운 대로 통일신라, 통일신라 하는데 문제예요. 남북국 시대라고 불러야 맞죠. 발해가 엄연히 있었으니."

일행과 다시 합류하자 진지한 대화들이 들려왔다.

"김부식이 신라 위주로 〈삼국사기〉를 지었고 우리는 아직도 그 굴레에 갇혀 있는 거지요. 〈조대기〉를 통해 발해인이 본 상고사의 숨결이 드러났으면 합니다."

"저는 발해 지역을 탐사한 적이 있어요."

현우가 끼어들었다.

"2003년에요. 고구려 공정이 한참 진행 중일 땐데 알고 지내는 소설가가 발해 답사를 해야 한다, 발해도 공정에 들어갔을지 몰라, 긴박하게 말하기에 맞다 싶어서 함께 나섰죠. 흑룡강성 위주로 돌아다녔는데 맞았어요. 벌써 공정에 들어가 있더라구요."

"발해 공정이란 말은 처음 들어봐요. 고구려 공정, 동북 공정은 많이 들었지만."

"그럴 거예요. 발해의 유물들이 중국의 것으로 표기된 것을 그때 두 눈으로 봤어요."

"거참 기분이 더럽네요. 그나저나 〈삼성밀기〉의 존재도 드러났으니 사태가 점점 더 흥미로워집니다."

"그러게요"

"제가 알기론 〈조대기〉는 세조 때의 수거령에만 나오고 성종 때엔 나오지 않는데 〈삼성밀기〉는 두 군데 다 나오거든요. 〈삼성밀기〉의 수거가 더 어려웠다고 볼 수 있는 거죠. 밀(密)이라는 글자에서 보이듯 비밀스러운 내용들이 있었을 듯해요. 그러기에 민가에 더 깊게 숨었을 것이며 성종은 그것을 기어코 빼앗아 없애려 하는 거죠. 그만큼 두려워했던 걸까요? 그 안에 대체 무슨 내용이 들어 있기에. 수거해서는 어떻게 했을까요? 없앴을까요? 명나라에 보냈을까요?"

"알 수 없는 일이죠. 그러고 보면 미치코의 양심 고백에서도 이상한 점이 발견됩니다. 보도에 나왔듯이 〈조대기〉와 〈삼성밀기〉도 있고 또 다른 서책들이 앞으로 더 드러날지도 모르는데 〈화랑세기〉만을 말했잖아요. 〈삼성밀기〉에 어린 공포가 그녀에게도 있었을까요? 그렇다면 그것은 곧 일본의 공포라고 볼 수 있겠죠."

"훌륭한 분석입니다. 근데 미치코는 여지를 두었지요. 오늘은 여기까지만 밝히겠다고."

"용의자는 나타날 조짐조차 없네요. 그에 대한 의구심이 점점 커지고 있어요."

"그만큼 깊은 수면 속에서 사태가 진행되는 것 같습니다. 그렇지 않을 수 있을까요? 한 중 일 삼국의 근현대사에서 이처럼 뜨거운 감자가 어디 있습니까? 사태가 간단해 보이면서도 한 중 일 고대사에서 근현대사까지, 아니 바로 지금의 정치까지 통시적 공시적으로 아우르고 있는 사건인데요."

"공감합니다. 그런 중차대한 사건의 핵심 인물인 미치코를 과연 누가 죽였을까요? 저는 일본 정계의 최고 리더라고 생각합니다."

"미치코는 실제로 무엇을 본 사람일 거예요. 그녀가 말한 것이 사실일 겁니다. 그렇다면 그녀를 죽인 사람 내지 조직은 그녀가 알고 있는 사실에 의해 피해를 가장 크게 보는 사람 내지 조직이겠죠. 그녀를 제거하는 것이 유리하겠죠."

역사에 나름대로 조예가 깊어서인지 크게 흥분하진 않고 있었다. 버스는 또 출발했다.

"아까 발해에 관해 이야기하는 것을 들었습니다."

김한경 박사가 마이크를 잡았다. "발해의 어원이 어디서 비롯되는지 아시면 재밌을 겁니다. 요동 반도와 산동 반도를 끼고 있는 바다가 발해입니다. 서해의 북서쪽에 있죠. 그 발해가 고구려를 이은 발해의 어원이 됩니다. 732년에 발해의 무왕은 장문휴를 보내 바다 발해를 건너 등주를 공격합니다. 등주는 산동 반도에 있는 도시로 당시 당나라로서도 중요한 거점입니다. 등주는 그때 발해의 군사에 의해 초토화되지요. 그 후에 당나라는 발해를 동북에 있는 강대국으로 대하고 활발한 문화 교류하는 조치를 취하죠. 해동성국이라는 발해의 명칭은 이처럼 발해의 막강한 군사력에 의해 탄생하는 것이지요. 고구려를 이은 발해가 이처럼 대륙과 해양에 걸쳐 강대했음에도 통일신라 위주로만 다루는 것은 우리나라 강역의 축소이자 역사의 왜곡이죠. 통일신라 시대 아닌 남북국 시대로 해석해야 올바른 역사 이해가 될 것입니다.

자, 창밖을 보세요. 대릉하를 보게 될 겁니다. 내려서 강물에 손을 담가봅시다. 제가 준비한 자료를 또 보겠습니다. 10페이지. 강들이 나와 있지요?"

현우는 그쪽 페이지를 다시 펼쳤다.

"가장 왼쪽에 조하가 있습니다. 그 오른쪽으로 난하, 시라무렌강, 대릉하가 있습니다. 대릉하 지역 또한 중국의 고대사엔 거의 나오지 않습니다. 우리나라 고대의 강역과 관계 깊은 곳이에요."

현우는 강들을 찬찬히 헤아려봤다. 대릉하 오른쪽으로 요하, 압록강, 청천강, 대동강 순으로 그려져 있었다. 압록강이 주는 선입견이 지워지고 있었다. 대륙과 반도라는 고정관념도 지워졌다.

그저 하나의 땅에 여러 개의 강이 있는 것이다.

존재. 그렇다. 존재한다. 사람도 존재하고 땅과 강도 존재하다. 동식물도 존재한다.

'압록강은 송화강여.'

남당이 했다는 말이 떠올랐다. 송화강은 자료엔 그려져 있지 않다. 요동 반도 일대를 흐르는 이 강들보다 훨씬 위쪽에 있어서일 것이다. 송화강을 포함한 강의 지도가 눈앞에 있다면… 그런 욕심이 생겨나는데,

"내립시다."

김한경 박사의 굵직한 음성이 들렸다. 일행들에 섞여 내리자 흙탕물 빛깔의 강물이 원시적으로 흐르고 있었다.

"저 대릉하 건너편에 거란족과 관련된 유원지가 만들어지고 있어요. 이곳이 거란족 즉 요나라의 땅이었으니까요. 그러나 그 이전엔 발해의 땅이었죠. 그 이전엔 고구려의 땅이었고, 더 거슬러 올라가면 고조선의 땅이었지요."

난하, 대릉하… 남당의 〈강역고〉에서 읽을 땐 감이 없던 단어들이 한강이나 섬진강, 영산강, 낙동강처럼 편하게 와닿았다. 대릉하를 따라 주욱 걸었다. 마냥 걷고 싶었다.

"이쯤에서 되돌아가 버스에 오릅시다. 갈 길이 멀어서요."

한참을 걸어 나간 후에 귓전을 때린 김한경 박사의 말이 현우

는 야속했다. 대릉하. 저 강물에서 물고기를 잡아 강가에서 불을 지펴 구워 먹었을 발해 사람들, 고구려 사람들, 그 이전의 고조선 사람들에 대한 아련한 상상이 싹둑 잘린 기분이었다.

"의무려산을 볼 겁니다. 이번 답사의 백미죠. 하얀 바위들이 장엄하게 수놓인 명산입니다. 〈삼국사기〉에는 이 부근을 졸본이라고 비정하죠."

김한경 박사의 뒤이은 말에 마음이 다소 풀리며 귀가 솔깃했다.

홀본이라고도 불리는 졸본은 고구려의 첫 수도의 의미 말고도 그 어감으로 인해 경이로웠다. 교과서엔 졸본이 환인이라고 규정되어 있었다. 현우도 믿어 마지않았었다. 그러다가 남당의 〈강역고〉를 읽다가 멍해졌다. 남당은 졸본이 수분하라고 주장한다. 현우는 혼란스럽고 답답했다. 졸본은 고구려의 첫 수도이다. 어찌되었길래 첫 수도가 하나로 딱 부러지게 되어 있지 않은가. 화가 나서 지도를 꺼내 찾아보았었다.

환인은 압록강에서 그리 멀지 않았다. 이름에서 뭔가 고구려 냄새가 나는데 광대한 고구려의 느낌이 들지 않았다. 물론 그것은 지도상의 문제이고 실제의 영토는 그렇게 비정해도 상당할 것이다. 그러나 졸본에서 느껴지는 뭔지 모를 경이로움이 지도에 표시된 환인에서는 느껴지지 않았다. 수분하도 찾아보았다. 환인에서 서쪽으로 꽤 떨어진 곳에 있었다.

현우는 알 수 없는 시원함이 밀려 왔다. 뭔가 헷갈림 속에 이 시원함은 무엇일까, 자문해보았다. 팽창주의적이라서 그런 걸까. 그렇다면 아무런 의미가 없을 것이었다. 팽창주의는 본능적으로도 맞지 않고 살아오면서 한 공부와도 맞지 않는다. 힘 있는 나라들의 팽창주의에 의해 우리나라가 시달리고 식민지까지 되었다. 그런데도 고구려가 팽창주의가 되어 기분이 좋다는 것은 어불성설이며 자기모순이 된다. 그런 것으로 기분이 좋다면 모멸적일 뿐이다.

현우는 자문자답 속에 팽창주의적인 이유는 아닌 것 같았다. 그러면 왜 가슴이 시원했을까. 억지로 붙어 있는 껍데기가 떼어져서 그런 것 같았다. 누군가 어떤 이유로 억지로 붙여놓은 허구가 떨어져 나갈 때의 상쾌함!

그렇지만 졸본이 환인인지 수분하인지 알 길이 없었다. 검색을 해봐도 수분하라고 하는 주장은 드물었다. 정인보 선생이 남당과 똑같이 말하는데 그것을 타당하게 여기는 학자들이 많지 않았다. 의무려산 부근이 졸본이라고 비정하는 것은 꽤 있었다. 〈삼국사기〉의 잡지 지리4편에 그렇게 나온다고 증거를 대고 있었다.

현우는 생각에서 빠져나와 서둘러 그 부분을 또다시 검색했다.

한서의 지리지에서는 "요동군은 낙양에서 3천6백 리나 떨어졌다. 소속되는 현에 무려 현이 있는데, 곧 주례의 이른바 북진의 의무려 산이다. 요가 그 아래에 의주를 설치했다. 현도군은 낙양에서 동북쪽으로 4천 리나 떨어졌다. 소속되는 3현에 고구려가 그 하나이다."라고 했다. 그러면 이른바 주몽이 도읍한 홀승골성과 졸본은 대개 한나라 현도군의 경계이며, 대요국 동경의 서쪽으로서 한서 지리지에서 말한 현도군의 소속 현인 고구려 현이 이것일까?

과연 무슨 뜻일까 새삼 곰곰이 생각하는데,

"환인도 제가 가보았어요."

김한경 박사의 말이 들려왔다. 현우는 귀를 기울였다.

"환인의 오녀산성도 올라가봤어요. 그런데 졸본이라는 느낌이 들지 않아요. 〈삼국사기〉에 분명히 졸본이 의무려산 부근이라고 되어 있는데 제도권 사학자들은 왜 그 부분을 무시하는지 이해가 되지 않아요. 왜 굳이 환인을 고집하는지."

기원전 108년에 한무제는 위만조선을 평정하고 그해에 낙랑, 진번, 임둔 3군을 설치한다. 그 이듬해엔 현도군을 설치한다. 이른바 한사군이다. 그 후 진번과 임둔은 폐지되고 낙랑군과 현도군만 남는다. 위만조선과 한사군의 위치가 강단 사학과 재야 사학 간에 화해 불가능한 전쟁 중에 있다. 강단 사학에선 위만조선이 고조선을 대체했으며 그 수도인 왕험성의 위치가 평양이라는 것이다. 이에 반해 재야 사학에서는 위만조선은 고조선을 부분 점령했을 뿐이며 그 위치는 반도의 평양 아닌 중국 대륙에 있었다는 것이다. 한사군의 위치에 대해서도 대립하고 있다. 고조선은 부여로 계승되고 부여 출신의 주몽은 고구려를 건국해 졸본에 첫 수도를 정한다. 그 졸본은 대체 어디인가? 환인인가? 수분하인가? 의무려산 부근인가? 또 다른 어느 곳인가?

"저 앞을 보세요. 광활한 산이 보이죠. 하얀 바위투성이죠. 의무려산입니다."

김한경 박사의 말에 따라 현우는 창밖의 풍경에 눈을 꽂았다. 어마어마한 위용의 산이 광대한 대지에 우뚝 솟아 있었다. 너무도 광대하고 장엄해서 어찌 말할지 모를 정도였다.

짝, 갑자기 박수 소리가 났다.

뒷자리에서 일어서는 부산함이 일더니 룸메이트가 앞으로 나가 마이크를 쥐었다.

"박수를 쳐 소란스럽게 해서 죄송합니다. 저는 기를 공부하는 사람입니다. 의무려산을 보면서 저도 모르는 사이에 박수를 치고 말았습니다. 의무려산엔 의사할 때의 의(醫), 무당 무(巫)가 들어갑니다. 저는 저 산의 이름에도 뜻이 있다고 봅니다.

저는 우리 민족을 왜 백의민족이라고 부르는지 오래도록 생각해왔습니다. 몽고에선 우리나라를 솔롱고스라고 부르지요. 무지개라는 뜻입니다. 무지개의 일곱 색깔도 결국 하얀 빛으로 수렴됩니다. 저 하얀 빛의 무당산. 저는 저 산을 보면서 확신하게 되었습니다. 저곳이 졸본이구나. 저는 기를 찾아 시베리아, 몽고, 남미 등 여러 나라를 돌아다녔습니다. 그곳의 샤먼들도 만나보았습니다. 우리나라의 상고사에도 관심이 많습니다. 〈삼국사기〉에 졸본이라고 쓰여 있는 의무려산에도 진짜 와보고 싶었습니다. 그래서 이 답사 팀에 자원해서 들어왔지요. 지금 눈앞에 펼쳐지는 꿈같은 의무려산에 너무도 감동하고 느낌이 커서 이렇게 나와서 마이크를 잡은 것입니다. 외람되게 박수를 쳐서 죄송하다는 말씀을 다시 드리며 저 신령스러운 샤먼의 산을 직접 보기 위해 잠시 버스를 멈추고 내려서 봤으면 합니다."

실은 자리에서도 그는 버스를 멈춰 달라고 몇 번 말했었다. 차도가 2차선이라 차를 정차하기엔 위험했는지 버스 기사는 멈추질 않았다. 룸메이트의 간곡한 말과 일행들의 간절한 바람에 버스는 멈췄다. 일행과 함께 현우도 밖으로 나섰다.

룸메이트가 의무려산을 지극한 눈빛으로 바라보고 있었다. 현우 역시 눈앞에 펼쳐진 장엄함과 마주했다. 뭐라고 형용할 수 없는 감정이 들끓는다.

이곳이 졸본일까 아닐까.

그러나 좀 지나자 의문들이 스멀스멀 솟기 시작했다.

남당은 이곳에 와봤을까? 난하, 대릉하가 〈강역고〉에 나오는 것을 보면 이곳 역시 왔을 것 같았다. 그런데도 그는 이곳을 졸본으로 비정하지 않는다. 왜 그럴까?

"수분하가 졸본이라는 말도 있던데요?"

현우는 갑갑증을 못 이겨 김한경 박사께 물었다. 김한경 박사는 고개를 갸웃거렸다.

"저도 수분하를 가봤어요. 그러나 수분하가 졸본이라고는 생각되지 않더군요."

"남당의 〈강역고〉를 읽지 않으셨나요?"

"남당이 누구죠?"

"남당 박창화 선생이요. 〈화랑세기〉 필사본을 남긴."

"아, 이름은 들어봤어요."

현우는 아찔했다. 누구나 자기 패만 보는 것인가. 실망감마저 돌았다.

"정인보 선생도 졸본을 수분하라고 비정하던데요?"

"그런가요?"

의무려산을 뒤로하고 버스는 다시 출발했다. 두어 시간 달리자 낯선 곳에 닿았다.

"북진묘입니다. 북진 역시 〈삼국사기〉에 나오죠. 북진의 의무려산이다. 그렇게 명시되어 있죠. 북진묘는 그 북진에 있는 묘입니다."

현우는 귀를 바짝 기울였다.

"고대 중국에서 대대적으로 제사를 이곳에서 지냈습니다. 중국의 황제들이 직접 온 곳예요. 그런데 더 중요한 것은 이곳이 고구려의 강역이었다는 거죠."

발해가 요에 의해 멸망했으니 요의 강역 이전엔 발해의 영역이었다. 고구려의 영역 또한 당연하다. 논리를 조금 진전시키자 현우는 납득이 쉬웠다.

"저쪽을 보세요. 시야가 확 트이죠? 그 뒤의 산이 의무려산이에요."

김한경 박사의 말에 따라 돌계단 위에서 앞을 보니 그야말로 탁 트인 광야였다. 의무려산이 병풍처럼 두르는 풍경이 장관이었다.

"다섯 묘가 있지요. 그중에 북쪽이 음양오행으로 따져도 기본에 속해요. 이곳 북진묘가 가장 중요한 곳이죠. 요나라의 왕들도 이곳에 왔어요. 그들은 고구려에 대한 존중이 대단했지요. 고구려의 왕들도 이곳에서 제사를 지냈죠."

현우는 안장왕도 이곳에 와서 제사를 지냈을까 문득 궁금해졌다.

"그런데 비석들이 하나도 없어요. 저길 보세요. 요, 금, 원, 명, 청 시대의 왕들에 대한 비석들예요. 저것들이 있던 자리에 고구려 왕들의 비석이 있었을 거예요."

현우는 누구에게도 들어본 적 없는 말을 듣고 있었다. 중국에서 장기간 공부해 박사까지 받고 사학자로서 실력이 이미 알려진 김한경 박사의 말엔 장엄한 톤과 함께 바닥 모를 비애마저 배어 있었다.

이곳이 고구려의 제사터였다면 지하 어디에든 유물이 있을 성싶었다. 지표면 위로는 중국인들이 다 거두어냈다고 치자. 하나라도 나오면 이곳의 역사성이 바로 드러날 것이다.

"한국의 제도권 사학자들은 이곳에 오지도 않아요. 관심조차 없어요."

김한경 박사가 말했다.

일본에서는 발굴하지 않는 무덤들도 많다고 한다. 일본에 불리한 유물이 나올까 봐 겁나서일 것이다. 한국의 제도권 사학자들은 고구려의 유적지라는 주장이 나오는 곳을 방문조차 하지 않는다는 것이다. 자기네 논리에 불리한 것이 나올까 봐 겁나서일 것 같았다.

"창밖을 보세요. 요하입니다."

잠에 빠져 있던 현우는 얼른 깨어 창밖을 바라보았다. 긴 폭의 강이 끝부분만 보여 안타까웠다.

"요하는 보통의 강하고 다릅니다. 강이 몇 줄기로 계속 나타납니다. 저기 보세요. 또 나타나지요. 저것도 요하입니다."

현우는 이번엔 처음부터 볼 수 있었다. 요하. 창에서 눈을 떼지 못하고 있었다.

요동은 남당의 〈강역고〉에서도 중요하게 다루어진다. 〈요동변〉이라고 해서 남당은 요동의 뿌리까지 파헤치려 한다. '요동변천설'이라고 명명해 요동의 시대적 변천까지 심도 있게 다룬다.

요동은 어디인가?

—요동은 시대를 따라 변천하였다. 한대(漢代)의 요동을 묻는가? 수, 당 시대의 요동을 묻는가? 명대의 요동을 묻는가?

한대의 요동은?

—한대의 요동은 지금 장가구와 북경 사이이다

당대의 요동은?

—한대의 현토 지역을 넘어서 요하 상류의 동쪽으로 옮겨졌다.

명대의 요동은?

—지금 요동 반도이다. 그러나 〈요동지〉를 보면 명나라는 만주 전체를 요동이라 하였다.

남당의 〈강역고〉 안의 '강역문답'에 나오는 내용이다.

요동은 신채호도 중요시했다. 당대의 그 두 명 외에 요동에 대한 뚜렷한 글을 남긴 사람이 또 누가 있을까. 있다 하더라도 그 둘이 독보적일 것이다.

조선 오백 년 내내 요동은 선비들의 관심 사항이 아니었다. 정조 무렵에 북학이 일어날 때도 요동에 관한 치밀한 연구까진 되지 않았다. 안정복의 〈동사강목〉이나 정약용의 〈아방강약고〉 정도의 폐쇄적 강역의 책 수준이었다.

근세에 들어서 요동은 일본, 중국, 러시아 사이에서 서로 뺏고 빼앗기는 관계 속에 있었다. 조선은 끼어들지도 못했다. 낯선 얼굴들이 주인 행세를 했다.

이토 히로부미는 청의 리홍장을 만나 요동을 할양받는 도장을 받아낸다. 1895년의 일이다. 독일, 러시아, 프랑스 삼국동맹의 간섭으로 요동의 대련과 여순이 러시아에 귀속되기도 한다. 이런 중차대한 요동에 대해 남당은 신채호보다 더 강렬하게 파고든다. 〈강역고〉는 일종의 논문이다. 〈요동변〉에 이어 〈요동론〉도 써서 확연한 논리와 의지를 다진다. 그 둘을 〈요동변천설〉이라는 이름으로 다시 묶는다. 현우가 가슴이 타들어가는 동안 버스는 또 달려나갔다.

"자, 이제 연주성을 오릅니다. 고구려의 성이죠. 저곳에 올라 고구려를 가슴으로 느끼는 시간을 가져봅시다."

김한경 박사의 인솔하에 오른 연주성은 과연 장관이었다. 말로만 듣던 고구려의 성에 처음 오른 것이다.

"저것을 보세요. 치입니다. 치는 고구려성의 특징이라고 말했죠? 중국 사람들은 저렇게 성을 짓지 않아요. 이 연주성이 고구려성이라는 증거가 되죠."

현우는 김한경 박사가 서 있는 치로 자리를 옮겼다. 이지은이 힐끔 보며 미소를 짓더니 건너왔다.

현우는 가슴이 뛰었다. 오랜만에 생기는 감정이라 자못 당혹스럽기도 하고 면구스럽기도 했다. 삼좌점 석성에서 본 치도 어른거렸다. 치의 원형과 그것의 실제물이 이어지고 있었다. 두 개의 치 사이에 오색 띠가 펄럭이는 것 같았다.

"저 지도를 잘 봐요. 저게 고구려예요. 저렇게 작게 그려놨어요."

다음 날 아침 요양 박물관에 들어서자 김한경 박사가 말했다.

과연 벽 지도에 고구려는 중국의 왕국들에 비해 턱없이 작았다.

"고대 중국의 강역은 그리 넓지 않았어요. 공자가 천하를 주유했다고 하는데 그 천하가 별거 아니에요. 공자는 바다를 보지 못했어요. 난하는커녕 대륙 저 안쪽에서 빙빙 돌았어요. 제가 공자가 주유했다는 곳들을 다 돌아다녔어요. 진시황의 진나라도 그리 넓지 않아요."

일행들이 숙연한 표정으로 듣고 있었다.

"윤내현 교수는 난하가 고조선과 중국 한족의 경계라고 보지요. 근데 더 서쪽일 수도 있어요. 그게 사실이라면 어떻게 되겠어요?"

침묵이 흘렀다.

"고조선의 강역이 그만큼 더 넓어지는 거죠."

일행들은 뜨악한 표정이었다.

"갈석산이 난하의 하류에 말고도 또 있다고 말한 거 기억나세요? 발해 연안에 무체라는 마을이 있어요. 그 무체에도 갈석산이 있어요."

현우는 김한경 박사의 말을 놓칠세라 귀를 바짝 기울였다.

"한무제도 무체의 갈석산에 오릅니다. 사마천의 〈사기〉에 나와요. 북지갈석(北至碣石)이라고 나오죠. 북쪽으로 갈석에 이르렀다는 뜻예요. 그곳이 바로 무체 마을의 갈석산이에요. 갈석산이 있는 곳에 왕험성이 있다고 했죠. 위만조선의 수도인 왕험성요. 왕험성이 무체 마을 부근에 있었다고 볼 수도 있는 거죠. 그게 사실이라면 위만조선의 강역이 그곳으로 되는 거구요. 수도의 비정이 왜 중요한지도 이것을 통해 알 수 있지요."

김한경 박사는 더욱 상기된 목소리로 이어나갔다.

"왕험성의 위치에 척도가 되는 갈석산이 과연 어느 것일까요? 난하 하류에 있는 갈석산일까요? 무체 마을의 갈석산일까요? 그 둘 중 어디로 비정되어도 왕험성이 북한의 평양이라는 관념은 부서지는 거지요."

현우는 간담이 서늘해졌다.

"〈관자〉라는 책이 있어요. 춘추전국 시대의 제나라 때 쓰인 거예요. 거기에도 무체라는 지명까지만 나옵니다. 고대 한족의 동쪽 경계라고 해석될 수 있는 거죠. 말을 바꾸면 고대 우리나라의 서쪽 경계가 될 테구요."

일행 중엔 가슴을 손으로 쓸어내리는 사람도 있었다.

"여불위가 엮은 〈여씨춘추〉라는 책에서도 마찬가지예요. 난하보다 더 서쪽으로 고조선과 고대 중국의 경계가 옮겨질지도 몰라요. 난하 하류에 있는 갈석산이 경계라고 하는 학설도 우리나라 사학에서 파괴력 있는 주장인데 더 강한 거죠. 우리나라는 대체 어떤 나라였을까요? 양파처럼 까면 깔수록 경이로움이 계속 드러나죠.”

일행들은 침묵 속에 있었다.

“상고사를 다룰 때 양평도 상당히 중요해요.”

김한경 박사가 더 힘을 주어 말했다.

“요동의 중심지가 양평이에요. 그런데 이 지도를 보면 이곳 요양이 양평이라고 되어있지요. 이게 사실일까요?”

일행들이 지도 쪽으로 좀 더 다가왔다.

“이곳 요양이 양평으로 비정되면 이 요동 전체가 중국의 강역이 됩니다. 그런데 사실이 아니에요.”

현우는 바짝 긴장되었다.

“요동의 양평. 그곳은 여기 요양이 아닙니다. 한참이나 서쪽에 있어요. 실증적인 근거가 다 있어요. 자 여기 지도를 보지요. 이 정도 될 겁니다.”

김한경 박사는 지도에서 북경 부근에 위치를 시켰다. 현우는 침이 꿀꺽 넘어갔다. 남당의 ‘요동변천설’이 입증되는 순간이었다.

“분명히 말하지만 여기는 양평이 아닙니다. 그러면 여기가 어디일까요?”

김한경 박사는 입을 다물었다. 침묵의 시간이 흘렀다. 길고 진했다. 강한 톤의 말이 흘러나왔다. “평양입니다. 장수왕이 천도한 곳. 이곳이 바로 장수왕이 천도한 평양입니다.”

현우는 속이 뚫리는 기분 속에 머리가 지끈거렸다. 세 개의 장소가 충돌하고 있었다.

장수왕이 천도한 평양이 교과서에선 북한의 평양이라고 되어 있다. 남당은 목단강 근처의 동경성이라고 주장한다. 김 박사는 이곳 요양이라고 한다.

장수왕은 남진 정책을 썼으며 그에 따라 지금 북한의 평양으로 옮겼다는 것이 정설로 되어 있다. 그러나 그것은 하나의 해석일뿐이다. 장수왕의 선왕인 광개토대왕은 고구려의 영토를 최대로 확장시켰다. 장수왕 시절에도 국력이 왕성했기에 반도의 평양으로 천도할 이유가 없다는 말이 있다. 장수왕이 천도한 평양이 지금보다 서쪽일 수 있다는 논리가 나오는 근거로 쓰인다. 목단강 부근의 동경성이나 이곳 요양이나 평양에서 먼 곳이라는 점에서 공통점을 지닌다. 현우는 그 정도에서 일단 마음을 가라앉히고 정리를 해나갔다.

중국에서 요양을 양평이라고 고집하는 이유는 그만큼 한족의 강역이 넓어지기 때문이다. 그만큼 우리나라의 상고시대 강역은 좁아진다. 이 박물관에 걸린 지도에서 고구려가 형편없이 쭈그려져 있는 것은 그에 따른 것이다. 김한경 박사의 말대로 양평을 원래의 위치로 돌려놓으면 저 지도에 박아놓은 의미가 거짓이 된다. 중국의 위선이 폭로되는 것이다. 요양은 고대 중국의 강역이 아니게 된다. 조하, 난하, 대릉하, 요하와 함께 요양도 우리나라 상고사의 강역이 되는 것이다.

"박창화 선생은 목단강 근처의 동경성을 장수왕이 천도한 평양이라고 비정하던데요. 〈요사〉를 참조하라고 하면서요."

현우는 저만치 걷는 김한경 박사를 얼른 뒤따라가 궁금증을 내던졌다.

"아녜요. 요양이에요."

김한경 박사가 말하며 그 자리에 섰다. 일행들도 걸음을 멈추었다. 김한경 박사는 잠시 생각하는 표정을 짓더니 말을 이었다.

"저번에 어느 분이 의무려산을 의사 의(醫)자에 무당 무(巫)자로 해석했잖아요. 재미있는 해석이긴 한데 사실과는 맞지 않아요. 역사학이라는 것은 철저한 고증으로 이루어져야 해요. 재야사학에선 이 부분이 가장 큰 취약점입니다. 자, 들어보세요."

"…"

"고구려와 수나라는 598년에 전쟁에 돌입합니다. 수나라가 패하죠. 전쟁 무렵인 599년 이전에는 저번에 본 북진이나 의무려산 일대가 옥려(沃黎)로 불렸습니다. 옥려는 '아리'에서 온 거예요. 고구려 말로 '크다'라는 뜻입니다."

이지은의 눈빛이 빛나고 있었다.

"무슨 뜻일까요? 고구려의 강역이란 뜻이지요. 수나라는 당시에 그 땅을 점령도 못 했어요. 그럼에도 북진이나 의무려산이란 명칭을 자의로 설정한 거죠. 그 이후 문헌에 의무려산이라 불리게 되었구요. 이제 북진묘가 중국의 왕들이 제사 지내기 이전에 고구려의 왕들이 제사를 지냈던 곳이라는 게 납득이 되겠죠. 599년 무렵까지 중국 측에서 옥려라고 부르던 고구려의 땅이었지요. 의무려산이 바로 근처에 있고, 졸본이 그 부근이라고 〈삼국사기〉에서도 말하고 있죠."

졸본이라는 말에 현우는 심장이 더욱 뛰었다.

"그처럼 북진, 의무려산과 이어진 이곳 요양도 고구려에서 중요한 도시예요. 이따가 벽화를 관람할 거예요. 고구려의 것들입니다. 벽화가 대량으로 나오면 그 나라에서 가장 큰 도시, 즉 수도가 있었다는 뜻이에요. 이곳 역시 고구려의 수도였다는 뜻이죠. 장수왕이 천도한 평양이 이곳이라고 저는 봅니다."

남당 선생의 목단강 부근 동경성 비정이 왜 틀리죠? 질문이 속에서 맴돌았지만 현우는 내뱉진 않았다. 남당에 대한 사전 설명이 필요했고 어디서부터 어떻게 말해야 할지 막막했다. 미치코 사건이 터졌음에도 남당에 대해선 김한경 박사를 포함한 답사자들도 잘은 모르고 있었다. 현우는 떨떠름했다. 그러나 시야는 확연히 넓어졌다. 이곳은 중국에서 주장하는 양평이 아니다. 고구려의 영토였다. 이 말로 위안을 삼았다. 그러면 장수왕 때 천도한 평양은 대체 어디란 말인가.

“한국의 사학자들은 이곳에 오지도 않습니다. 더러 오더라도 저 벽화들에 대해 의심조차 없습니다. 중국의 벽화들이라고 입을 모으지요. 그런데 잘 보세요.”

요양 한위 벽화관이란 곳에 들어서서 벽화를 앞에 두고 김한경 박사는 열을 뿜었다.

“1918년 여름에 요양 일대에 폭우가 쏟아집니다. 전답과 가옥이 물에 잠기죠. 이 지역이 영수사촌이라고 불렸는데 여기도 큰 피해를 입었죠. 1919년 5월 이후에 제방을 복구하기 위해 땅을 파 내려갑니다. 그러다가 벽화가 그려진 고분이 발견됩니다.”

일행들은 숨을 죽여 듣고 있었다.

“벽화에 대해 일본의 야기 쇼자부로, 쓰카모토 야스시, 하마다 고사쿠가 1921년에 논문을 통해 그 벽화들이 고구려의 것일 가능성을 언급했습니다.”

김한경 박사는 잠시 멈췄다가 말을 이었다.

“그 사실이 무엇을 말할까요? 이곳 요양이 중국의 양평이 아니라는 것과 같은 맥락에 있지요. 요양은 고구려의 강역이라는 것이지요. 중국에서도 그 사실을 무시할 순 없어서 부분적으로 인정은 합니다. 저기 연표에서도 고구려가 점령한 내용을 간단히 적어놓았죠. 그런데 저것도 왜곡예요. 축소 조작입니다. 이곳은 실제 고구려의 영토였습니다. 저 지도들은 모두 가짜예요. 아까 요양 박물관의 지도들처럼. 자, 마지막으로 볼 게 있어요."

버스에 실려 얼마간 가서 내리자 거대한 성문이 나타났다.

"동경성입니다."

김한경 박사가 카랑카랑한 목소리로 말했다.

"저 아래를 보세요."

김한경 박사는 동경성의 석벽 아래쪽 부분을 가리켰다.

"다르지요? 석벽 위쪽과?"

과연 달랐다. 위의 돌판들은 가지런한데 아래의 것들은 모양새가 전혀 다르다.

"청나라가 누르하치 때 이 성을 짓습니다. 그때 고구려의 성을 부수고 그 돌판들을 빼 이 성의 밑부분으로 삼지요."

현우는 역사의 현장에 와 있는 느낌이 진하게 들었다.

"저 석벽 아래쪽은 고구려의 돌판들예요, 돌판을 빼낸 고구려 성은 평양성일 겁니다. 장수왕의 평양성이요."

현우는 갈증이 삭여지지 않았다.

동경성을 떠난 버스 안에서도 동경석 석벽 아래쪽의 돌판들이 어른거렸다. 고구려를 더 깊숙이 들여다보고 싶었다.

어제부터 더욱 꿈틀거린 충동을 가늠질하며 비자를 체크했다. 시일은 충분했다. 내친김에 지르고도 싶었다. 호텔에 도착한 후 근처의 식당에서 마지막 술자리가 펼쳐질 때였다. 현우는 한번 더 생각했다. 이지은 곁으로 다가갔다.

"지은 씨, 아무래도…."

"무슨 일 있으세요?"

"함께 귀국하고 싶지만 혼자 남아 며칠 더 답사를 해야 할까 봐요."

이지은은 술로 인해 불그스레해진 얼굴이 살짝 더 붉어졌다.

"열정의 강을 건너야겠죠."

현우는 지은의 강인한 말에 뭉클해졌다. 손을 내밀었다. 이지은도 손을 내밀었다. 악수를 풀곤 김한경 박사에게 다가갔다.

"박사님, 드릴 말씀이 있어서요."

"아, 최현우 작가님. 말씀하시죠."

현우는 가슴속의 충동질을 다스리며 말했다.

"졸본이 저를 놔두질 않네요. 중국에 며칠 더 머물며 크게 흔들려보고 싶네요."

"이해 갑니다. 저도 그랬으니까요."

"그럼 한국에서 다시 또 뵙죠."

일행들도 둘의 대화를 들었는지 대부분 의아한 표정이었다.

다음 날 일행에서 떨어져나온 현우는 비행기 표 문제를 해결해야 했다. 그러곤 심양행 버스를 탔다. 심양에서 통화행 버스로 갈아탔다. 통화에서 하룻밤을 자고 장거리 버스에 또 몸을 실었다.

환인에 도착하자 하늘의 구름이 이색적이었다. 졸본의 하늘인가. 현우는 빈 마음으로 보려 해도 개운치 않았다. 하얀 바위의 의무려산의 풍경이 뒷덜미를 당겼다. 택시를 잡아탔다. '오녀산성'이라고 적은 메모지를 기사에게 보여주었다. 기사는 택시를 몰았다.

사진으로 보던 오녀산이 멀리에 모습을 드러내기 시작했다. 이름에서조차도 신비감이 어려 있는 산. 잡념이 없다면 경이로운 빛으로만 가슴이 찰랑거렸을 것이다. 주몽과 소서노, 마리, 협보 … 친근한 이름들이 벅차게 와닿았을 것이다.

택시는 더 달려 허름한 마을을 지나간다. 도살된 돼지에서 내장을 손으로 끄집어내는 풍경이 눈에 들어왔다. 섬뜩한 야성을 뒤로하고 더 지나자 산길이 구불구불 이어졌다. 이삼십 분 더 달리자 오녀산 입구라는 표시가 있었다.

그 너머론 가파른 돌계단이 펼쳐져 있었다. 현우는 간단한 절차를 마치고 오르기 시작했다. 숨이 찰 정도가 되자 대문짝만 한 바위가 서 있었다. 붉은 글씨로 천창문(天昌門)이라고 새겨져 있었다. 한글로 된 간단한 설명글도 곁에 있었다. 고구려 군사가 말과 수레를 몰고 가기 위해 만든 길이라고 적혀 있었다.

천창문을 통과해 한참을 올랐다. 평지가 나타났다. 표지판이 꽂혀 있었다. 현우는 그 왼쪽으로 걸었다. 벼랑이 나타났고 그 너머에 성이 보인다. 오녀산성이리라. 가슴이 환희의 빛에 젖어간다. 홀본서성 산상이건도언(忽本西城 山上而建都焉). 홀본 즉 졸본의 서성, 산 위에 성을 지어 도읍으로 삼았다. 광개토대왕비문에 새겨진 문장이 떠올랐다. 저 산이 과연 고구려가 첫 성을 지은 곳일까. 환희의 빛은 얼마 가지 않아 회색빛으로 바뀐다. 남당 덕에 생긴 병 탓이다. 그러나 보이는 풍경은 압도적으로 멋졌다.

더 걸어 오르자 강이 보였다. 혼강이다. 유려하게 흐른다. 엄리수일까.

이곳이 졸본이라면 저 강은 엄리수라야 한다. 이미 검색한 글들에선 대부분 그렇게 적혀 있었다. 의심 자체가 없이 당연시했다. 현우는 답답증이 또 도졌다. 겨우 진정시키곤 오른쪽으로 발길을 뗐다. 이삼십 분 지나자 강이 여러 줄기로 갈라져 굽이굽이 흐른다. 용의 모습 같다. 이곳이 졸본일 수 있겠다는 생각이 스쳤다.

오른쪽으로 꺾어 더 가자 터가 나타났다. 표지판에 쓰여 있던 왕궁터일 것이었다. 왕궁터치곤 너무 좁았다. 초등학교 교실 두어

개를 펼쳐놓은 정도였다. 공주의 공산성에 있는 추정 왕궁터보다 훨씬 작았다.

하긴 최초의 수도로서 크고 작음은 기준이 아닐 것이었다. 그런데 과연 주몽이 도읍을 정한 그곳일까. 석연치 않은 마음이 거둬지진 않았다. 한글 푯말이 곁에 있었다.

1호 대형 건축 기지

이 기지는 길이 13.5미터, 너비 5미터로 원래 주춧돌 일곱 개(주춧돌 여섯 개와 기둥 구멍 하나)가 있던 것으로 보아 여섯 칸짜리 건축물이었던 것으로 추정된다. 고구려 초기의 수이 오지동이 등 전형적 기물이 출토되기도 하였다.

그 아래쪽이 흙에 덮여 있었다. 현우는 신발 끝으로 가볍게 톡톡 찼다. 글자가 점점 드러났다. 쭈그려 앉아 손으로 털어냈다.

건축 규모와 등급으로 보아 왕궁 유적지로 추정된다.

추정. 여기도 추정이다.

어쩌면 이 확인을 위해 고집을 부린 여행일 수도 있었다. 김한경 박사는 조선 시대에 졸본을 환인으로 비정하는 연구들이 나왔다고 말해주었다. 기자조선, 위만조선, 한사군 중 낙랑군을 현재의 북한 평양에 위치시키다 보니 현도군을 압록강 중류에 위치시킨다. 현도군이 고구려와 관계된 곳이기에 환인에 고구려의 첫 도읍을 비정하게 된다. 현도군보다 21년 전에 같은 자리에 창해군이 설치된다. 일제강점기의 식민 사학자들은 그 위치를 압록강 중하류 일대에 비정한다. 그러다 보니 환인이 졸본이 된다. 그런 바탕에서 이병도의 연구가 뒤따랐다는 것이다.

현우는 씁쓸하게 바라보다가 그곳을 떠났다. 좀더 큰 터도 있었다. 3호는 길이가 22미터 너비가 16미터라고 적혀 있었다. 현우는 그것도 미덥지 않았다.

환인이 졸본이 아니라 그 이후의 수도였다는 점은 재야 사학자들도 인정하는 편이다. 올라오면서 본 오녀산성이나 그 주변 지형, 산세, 강은 수도로서의 면모를 제법 보여준다. 문제는 이곳이 과연 졸본인가 아닌가이다.

여기저기 설치물들이 눈에 띄었다. 포크레인이 뒹굴고 철제물들이 깔려 있다. 중국이 이곳을 재건하고 있어 보인다. 한국에서 이곳을 졸본이라고 하면 중국엔 나쁠 게 없다. 중국이 유리한 대로 한국이 추인하는 꼴이다. 그것을 동북 공정 프로그램에 맞도록 또 한번 말뚝을 박을 것이었다.

한쪽은 벽이고 다른 쪽은 말뚝이다. 동경의 황궁 성벽. 그것을 깨고 나갈 전대미문의 사건이 터졌음에도 여전히 벽이고 말뚝도 여전히 말뚝이다. 벽과 말뚝이 우리나라를 양쪽에서 조여대고 있다. 벽은 어디 두드려봐라, 냉소적인 표정으로 약 올리고 말뚝은 우리의 심장에 줄곧 쐐기를 박으며 가증스럽게 조롱한다.

다음 날 집안까지의 긴 노정. 현우는 설핏 잠에 빠졌다. 깨어나자 버스 창밖으로 너무도 친근한 풍경이 펼쳐지고 있었다. 푸르른 들판이 펼쳐지는가 하면 듬성듬성 놓인 집들의 굴뚝에서 하얀 연기가 오르고 있었다.

까마득히 잊고 있던 풍경이었다. 넓은 호수도 보였고 그 위로 새들이 날았다. 졸다 깨다 하다 보니 목적지가 가까워지고 있었다.

터미널에 도착해 현우는 곧장 택시를 잡았다. 기사는 지도를 펼쳐 보이며 환도산성을 우선 추천했다. 현우는 고개를 끄덕였다.

택시는 달려나가 주황빛 성이 보이는 곳에 멈췄다. 현우는 택시에서 내려 안으로 걸었다. 오르막길을 오붓한 마음으로 올랐다. 멀리 보이던 주황빛 성벽이 바로 눈앞에 있었다.

고구려는 10대 상산왕 때 천도해 환도산성을 짓는다. 눈에 보이는 이 성은 원래 고산자산성이라고 되어 있었다고 한다. 한국의 제도권 사학자들이 환도산성으로 비정하는 바람에 그 둘이 하나가 되었다. 그 비정이 맞나 틀리나 갈증이 새삼 도졌다.

알 길이 없었다. 사학자도 아니기에 해결할 방법도 능력도 없었다. 그러나 길을 내야 했다. 의심스러운 것을 말하는 것이다. 믿어지지 않는 것을 과학적이고 철학적으로 말하는 것이다. 현우는 가슴속의 그 길을 잘 따라왔는지 자문해보았다.

자기도 모르게 치우친 적도 있어 보였다. 정민의 말마따나 매몰된 적도 있을 것이었다. 그러나 그런 질곡과 껍질들, 우리나라를 근본적으로 썩어 문드러지게 하는 그것들에서 벗어나려 발버둥쳐온 것은 사실이었다. 가급적 어느 편에도 섣불리 서지 않으려 했다. 김한경 박사를 따라 의무려산을 보았지만 그곳이 졸본이라는 주장에 동의한 것은 아니다. 그럴 수 있겠다는 마음을 준 것뿐이다.

현우는 성 위를 걸었다. 사방이 환히 보였다. 왼편 아래론 고분군들이 기이하게 늘어서 있다. 사진에서 본 대로 진짜 피라미드군 같았다. 산성하고분군으로 4~5세기경 고구려의 귀족이나 상류층 무덤들로 추정되는 것들이다.

이곳에 뭔가가 있었던 것은 틀림없어 보였다. 재야 사학자들도 집안 역시 고구려의 수도로 비정하기도 한다. 다만 제도권 사학자들이 말하는 것처럼 유리왕 때의 국내성인지가 문제이며 환도산성에 덧칠된 의미가 진짜냐 하는 것이다.

현우는 성을 빠져나와 대기 중인 택시에 몸을 실었다. 택시는 되돌아 달려나가 경주의 대능원 같은 곳 앞에서 멈췄다. 현우는 내려 입장권을 끊었다. 군인 복장을 한 청년이 플래시를 들고 앞장섰다. 큼직한 봉분들 사이로 걸어 자그마한 봉분 앞에 섰다. 청년이 먼저 들어가고 현우가 뒤를 따랐다.

오호분 오호묘임을 알고 있었다. 이 너른 능원에 오직 그것만 공개한다는 사실도. 플래시 불빛을 따라 안으로 깊게 들어가 마지막에 있는 석실 안에 섰다. 청년이 플래시를 건네주었다. 구석구석 비추며 감상했다.

아름다웠다. 사방의 벽과 천장에 연연히 이어지는 문양들이 탄복스러웠다.

광대한 고분묘에서 무덤 하나의 속만 들여다보고 떠나는 마음. 현우는 다소 심드렁해져 대기하고 있는 택시에 올랐다.

얼마쯤 달리자 표시판에 광개토대왕비라고 적혀 있었다. 유적지 입구에서 내려 안으로 걸어 들어가자 사방 유리로 벽을 만든 우진각 지붕이 나타났다. 광개토대왕의 비각이었다.

별 감흥이 일지 않았다. 장엄하게 느껴지지도 않았다. 유리 벽

때문만은 아닐 것이다. 저 거추장스러운 껍데기를 벗겨내 창공 아래 석비만 번쩍이더라도 후끈함은 느껴지지 않을 것 같았다. 그간에 습득된 지식이 가슴을 건조하게 만들었나.

그래서 뭐 어쨌단 말이냐. 의미는 언제라도 생겨날 수 있는 것이다. 저 석비를 저기에 세우게 한 장수왕의 마음에만 정확히 이를 수 있다면 고구려에 대한 무수한 오해들도 사라질 것이다. 저 돌덩이에 새겨진 글자들의 조작과 진실을 가려내 원래의 의미에 다다를 수만 있다면 고구려는 그 자체로 빛날 것이다.

아니, 그래도 미지는 남을 것이다. 장수왕만 하더라도 주몽으로부터 몇백 년 후의 왕이다. 장수왕 시대에 세워진 광개토대왕비가 완벽하게 해석될지라도 고구려의 베일은 벗겨지지 않는다. 역사학이건 고고학이건 인류학이건 아무리 발전한다 해도 그 미지의 베일을 완벽히 벗겨낼 수 없다.

현우는 유리 벽에 갇힌 광개토대왕비를 떠나 걸었다. 저 멀리에 거대한 능이 모습을 드러내고 있었다.

걷다가 멈춰 서곤 했다. 시간은 마치 이런 풍경 속에서 스스로를 가장 잘 드러내 비치는 것 같다. 영원한 미스터리인 시간이 그 외모를 살짝 엿보인다고나 할까. 그 무위의 마음은 어느새 슬그머니 작위로 바뀌어 현우의 발을 잡아끈다. 광개토대왕릉. 바로 앞까지 다가가 현우는 왼쪽으로부터 빙 돌았다. 그다지 큰 감흥은 역시 일지 않았다. 신채호가 윤세복과 백두산을 향했을 때 고구려의 옛땅들과 광개토대왕릉을 답사했다는 기억이 스쳤어도 그랬다. 이 능 역시 추정이라는 말도 있다. 그러나 광개토대왕비에 천취산릉 어시입비(遷就山陵 於是立碑)라고 새겨져 있다. 산릉을 완성해 옮기게 되고 이에 비석을 세웠다는 뜻이다. 왕릉은 비석에서 이삼백 미터쯤 떨어진 곳에 있다. 주변에 다른 왕릉이 없으니 비석에 새겨진 대로 광개토대왕릉이 맞는 것인가.

현우는 능에서 꽤 오랜 시간을 보낸 후 밖으로 나와서 대기 중의 택시에 올라탔다. 택시는 또 달려 장군총 앞에 내려주었다.

광개토대왕릉과 장군총은 왜 이리 다를까. 아버지와 아들의 무덤인데. 장수왕이 오래 살았다지만 그래봤자 몇십 년 차이가 있을 뿐인데. 더욱이 광개토대왕릉은 봉분이고 장군총은 석묘이다. 이런 생각이 떠올랐는데 심각한 것은 아니었다. 장군총 역시 추정이라는 사실을 알고 있었기에.

그러고 보니 집안에서도 확실한 것은 별로 없었다. 오호분 오호묘 벽화. 그것은 사실이다. 그것은 귀족 능이라고 되어있다. 환도산성도 추정이고 산성하고분군, 장군총도 추정이다. 광개토대왕비는 사실이며 광개토대왕릉은 사실일 가능성이 있다. 그렇다면 이 도시를 끼고 도는 압록강과 광개토대왕비 관련 유적지 외에 사실인 것은 별로 되지 않는다. 현우는 얼른 국내성 터를 보고 싶었다.

택시는 시내 한복판에 현우를 내려주었다. 기사가 내려준 곳에서 바라보며 현우는 적이 실망스러운 기분이었다. 선입견 때문인지도 몰랐다.

국내성, 정확하게 위나암은 유리왕 때 졸본에서 천도가 된 곳이다. 그러니까 시간상으로 이천 년 정도의 역사를 지닌다. 그런데 눈앞의 국내성 터에선 그런 역사적 내음이 별로 맡아지지 않았다.

강단 사학에 의해 정석화된 바로는, 이곳 집안이 졸본으로부터 천도한 국내성이며 장수왕 때 지금 북한의 평양으로 다시 천도가 되기까지 장장 몇백 년간 고구려의 두 번째 수도였다는 것. 현우는 합리적 의심을 다시 진행해나갔다.

졸본이 환인이 아니라 훨씬 서쪽에 있다면 이곳 집안이 국내성이 아닐 가능성이 커진다. 〈삼국사기〉에도 국내성은 졸본에서 그리 먼 곳이 아니라는 느낌으로 읽힌다. 이곳 집안이 국내성이라는 증거도 확실한 것은 없다. 저 앞의 성터가 국내성 터라고 규명된 기록은 그 어디에도 없다. 저것 역시 추정인 것이다.

광개토대왕비는 광개토대왕의 아들인 장수왕이 세웠을 것이다. 그렇다면 집안은 광개토대왕 때의 고구려 수도일 확률이 커진다. 국내성은 아닐지라도 말이다. 그러면 장수왕이 천도한 평양은 이곳에서 과연 어디로?

고구려 역사에서 강역을 가장 넓힌 광개토대왕의 아들인 장수왕 때도 고구려는 국제정세나 내치에서 큰 문제가 없었다. 장수왕은 475년에 3만의 군사를 동원해 백제의 한성을 공략한다. 한성은 함락되며 백제의 개로왕은 죽임을 당한다.

개로왕이 죽기 전에 곤지는 개로왕의 명에 따라 백제를 떠나 일본에 닿는다. 후에 25대 백제의 무령왕이 될 사마가 일본의 섬에서 태어난다. 사마는 그곳에서 후손을 두어 그중 하나가 간무천황의 생모가 된다. 475년 10월, 개로왕의 아들 문주왕은 웅진으로 천도한다. 그 웅진이 공주이고 장수왕이 천도한 평양은 지금 북한의 평양이 정설로 되어 있다. 그런데 과연 그 담론이 진실일까 하는 것이 문제이다.

세 개의 도시가 현우에게 충돌하고 있었다. 요양과 목단강 부근의 동경성, 북한의 평양. 장수왕이 천도한 곳은 과연 어디일까? 혹시 저 셋 아닌 다른 곳일 수도 있을까?

김한경 박사는 요양에 있는 동경성을 쌓은 돌이 위와 아래가 다름을 역설했다. 현우가 보기에도 달랐다. 그 성의 아래쪽 돌들이 장수왕 때 천도해 쌓은 고구려성의 돌일 것이라고 했다. 한위 벽화관의 벽화도 북진묘도, 거기서 멀지 않은 곳에 치가 있는 연주성도 모두 그 증거라고 말했다.

현우는 택시 기사와 헤어져 압록강 변에서 서성였다. 북한 땅이 강 너머 바로 앞에 있었다. 저 어디쯤 평양이 있다. 장수왕이 천도한 곳이 저 평양인지 요양인지 목단강 부근의 동경성인지 알 순 없지만 그 혼란이 가치 있어 보였다.

압록강을 떠나 숙소 부근에서 술을 마실 때도 마음이 어수선했다. 그렇다. 이 혼란은 생산적인 혼란이다. 열린 혼란이다. 상상이 맘껏 동원될 수 있는 마당이다. 학자든 시민이든 대대적으로 연구하고 토론할 수 있는 광장이다.

이 신나는 잔치를 왜 놓치는가.

그 잔치에 북한의 평양도 가능성으로 넣자. 환인이 졸본일 가능성, 공주가 웅진일 가능성도 넣자. 무엇이 문제인가. 졸본이 천진일 거라고 하는 또 다른 주장, 장수왕이 천도한 평양이 북경일 거라는 주장, 갈석산이 황해도 수안에 있다는 견해 등등 죄다 갖다놓고 열린 토론도 하고 연구도 하고 답사도 하면서 진짜를 찾아보자.

술에 취해 발길 닿는 대로 걷는다. 닭 장수, 국수를 파는 상인, 허름한 집들이 눈길을 낚아챘다.

오녀산이 빛나고 마을엔 연기가 오르고 석양빛에 젖어가던 환인. 그리고 여기 집안.

고구려 시절의 이 두 도시도 아름다웠을 것이다. 수도로서 손색이 없었을 것이다. 전쟁과 풍년, 흉년, 결혼과 문상, 제례 등등으로 알록달록했을 것이다.

칠백 년 내지 구백 년 역사를 가졌다는 고구려의 이 두 도시가 왜 구겨져 있어야 하는가.

다음 날 아침 현우는 집안을 떠나는 버스에 몸을 실었다. 통화에서 내려 몇 시간 죽치고는 길림으로 가는 기차를 탔다. 밤새 열 시간 남짓 달려 아침이면 그곳에 닿는다. 부여의 수도라고 알려진 길림. 그 도시로도 흐르는 송화강. 설렘 속에 기차 바퀴의 덜컹거림 소리가 잠으로 이끈다.

다음 날 아침 역에 도착해 길림 박물관으로 향하는 택시의 창밖으로 강이 보였다. 저 강이 송화강인가.

송화강은 압록강이다.

남당의 〈강역고〉에 나오는 말이다.

압록에는 설(說)이 많다. 동압록과 서압록으로 나누어 압록강이 두 개라는 설. 압록의 '록'자의 한자가 서로 달라 두 개의 압록강을 하나로 착각해왔다는 설이 그중 지배적이다. 그저께 압록강을 봐서인지 착잡함이 커진다.

압록강은 요하이다.

곧이어 환청인 듯한 것이 가슴에 뿌연 먼지를 뿌린다. 압록강

역시 어느 하나로 비정되지 못하고 해석의 분열을 탄다. 우리나라 고대사의 중요 지명들이 한결같이 그런 비극에 처하니 또다시 가슴이 아프다.

송화강이든 요하든 압록강에서 서쪽으로 한참이나 떨어졌다. 그 어느 것이든 굳어버린 것의 바깥이다. 그 굳어진 것이 사실이 아니라면, 즉 상고사에서 중요한 장소 중 하나인 압록강이 지금의 압록강이 아니라면 말이다. 스스로를 금세 그렇게 설득해야만 하는 가슴에 서글픈 먹물이 든다. 좀더 달려 택시는 길림 박물관 앞에 내려주었다.

이 지역에서 일어난 중국의 역사 기록물. 주욱 훑어가다가 불현듯 눈길을 끄는 것이 있었다. 발걸음이 절로 멈춰졌다.

귀고리, 자그마한 석고상, 기와…. 아름다웠다. 유리함 아래를 보자 부여라고 적혀 있었다. 가슴이 환한 빛으로 물든다. 부여의 유물을 처음 보는 순간이었다.

부여의 수도는 통상 길림이라고 하죠. 틀렸어요. 하얼빈 서쪽에 있어요.

간섭파가 또 날아왔다. 김한경 박사가 들려준 말이었다.

눈강.

하얼빈 서북쪽으로 한참 먼 곳에 있다는 강이다. 눈강. 그 이름만으로도 현우는 가슴이 달아올랐다. 부여인들이 살던 유역.

김한경 박사는 눈강 유역을 답사하고 찍은 사진들을 스마트폰으로 보여주었다. 반대편 끝이 안 보일 정도로 강폭이 넓은 곳도 있고 물길이 지그재그로 흐르기도 했다. 늪지엔 이름 모를 새가 날고 꽃이 피었다. 대흥안령산맥과 이어지고 서북쪽으로는 치치하얼, 동쪽으로는 송화강에 닿는다고 했다.

송화강과 눈강에 걸쳐 장대한 평원이 펼쳐져 있다고 했다. 송눈 평원이라고 했다. 그곳을 누빈 부여의 수도는 길림에서도 서북쪽으로 한참 멀리 가야 있다는 것이다. 집안에서 이곳까지 무려 열 시간 정도 달려온 것을 생각하면 부여의 강역은 또 상상 초월이었다.

부여에서 탈출해 새로운 나라를 세운 주몽. 주몽이 도읍지로 삼은 졸본은 과연 어디일까? 수분하도 가서 두 발로 걸으며 직접 확인하고 싶다.

현우는 부여의 유물에서 아쉬운 눈길을 거두고 박물관을 빠져나왔다. 한참을 걸었다. 강이 보이기 시작했다. 송화강이라고 적힌 가이드북을 지나가는 사람에게 보여주니 고개를 끄덕였다.

송화강.

잔잔히 흐른다.

아무런 느낌이 들지 않는다. 그러나 좋았다. 그 무위의 맛을 보려고 달려온 것일지도 모른다.

'고구려를 박살 내고 오세요.'

페이스북에서 어느 페친이 올린 글이 스쳤다. 듣자마자 신선했다.

대부분 사람들이 고구려의 광대함을 부활시키고 싶어 하고 그 소멸을 아쉬워한다. 그러나 그는 달랐다. 고구려를 박살 내고 오세요. 그 한마디엔 엄청난 것들이 담겨 있었다. 뻔한 고구려 담론에 묶여 있는 거대 콤플렉스, 팽창주의, 제국주의와 본질적으론 다름없는 검은 욕망이 사라지는 느낌이었다.

현우는 고구려를 박살 낸 것 같았다. 고구려를 둘러싼 잡다한 담론들이 무너져 바닥에 흘러내리는 느낌이었다. 송화강이 압록강여. 남당의 말도 무너져 내린다. 요하가 압록강이다. 그 말도 무너져 내린다.

어디면 어떻고 그 어디라도 좋다. 이런 마음은 아니다. 송화강은 압록강이고 의무려산 부근이나 수분하가 졸본이다. 이렇게 정리된 마음도 아니다. 다만 어떤 대지가 드러난 기분이다. 강이 드러난 기분이다. 무수한 그럴듯한 거짓들을 발가벗길 수 있는 대지가. 강이.

광활한 우주의 한구석에 지구가 있고 그 안에 유라시아가 있고 한쪽에 한 중 일이라고 작위적으로 경계를 지은 지역이 있다. 그 안에서 경계가 여기다 저기다 목소리를 높인다. 국가라고 하는 것들이 하는 짓이 그렇다.

진실은 분명히 있을 것이다. 그러나 알긴 어렵다. 미치코 사건이 환히 밝혀져 서릉부의 벽이 무너져 그 안의 보석들이 맑은 햇살 아래 다 드러난다고 할지라도 진실의 전체 성채를 세우기엔 또 쉽지 않은 강을 건너야 한다.

현우는 송화강을 마냥 바라보았다.

남당도 이 송화강 앞에 서 있었다. 서릉부에 단신으로 뛰어들기 전에 붉은 심장을 부여잡고. 신채호가 만주 벌판을 불의 심장으로 달려나갔듯.

15

당나귀에 실린 궤짝

"졸본이 어디인가요?"

현우는 다짜고짜 물었다.

"환인이지요."

하상배 교수가 못을 박았다. 현우는 말문이 막히는 기분이었다.

"〈삼국사기〉에 의무려산 일대라고 나오는데요?"

현우는 카페의 창밖으로 허망한 시선을 보냈다가 목에 힘을 주었다.

"그래요?"

하상배 교수는 스마트폰을 꺼냈다. 뭔가를 찾아 한문 원어로

읽어내려가더니,

"있긴 있네요. 근데 삼국의 초기 내용은 믿을 수가 없어요."

부체제설에 기인한 것이었다. 제도 사학의 핵심 논리인. 현우는 새로운 것을 기대해 만난 것은 아니었다. 제도 사학의 중심에서 나오는 말을 직접 듣고 싶었다.

"〈삼국사기〉를 믿을 수 없다. 그러면 역사 연구를 어떻게 하죠?"

"중국의 25사, 〈삼국사기〉와 〈삼국유사〉, 〈일본서기〉 등 다양한 텍스트들을 검토하며 입체적으로 보죠. 유물과 견주면서."

하상배 교수는 자기를 뭐로 보고 이렇게 나이브한 질문을 하냐는 표정을 지었다.

"삼국의 초기 역사를 믿을 수 없다, 그 말은 이병도의 스승인 쓰다 소키치가 한 말과 궤가 같은데 그것을 따르는 이유가 무엇인가요? 일본 사학자의 그 말이 맞는다고 생각하시는 건가요?"

"타당합니다. 일본과 한국을 떠나 사실을 밝히는 것이 학문이지요. 〈삼국사기〉에 대한 일본의 그 해석은 반론의 여지가 없어요. 있는 그대로 보자는데 왜 그리 말이 많은지 모르겠어요. 역사학이 신비주의로 빠지질 않나, 황당무계한 민족주의나 팽창주의로 빠지질 않나. 한심한 꼴이지요"

"〈일본서기〉도 7세기 이전까지는 허구라고 하잖아요? 일본 학자들도 대개 인정하는 거구요. 일본 사학자들은 자기들 역사서의 초기가 허구라 그것을 학문적으로 잘라내야 했죠. 그런 역사방법론이 길러졌기에 우리나라의 〈삼국사기〉도 그런 습성으로 보는 건 혹시 아닌가요? 우리나라의 제도권 사학자들은 그것을 또 답습하고?"

"예끼, 이 사람아."

하상배 교수의 얼굴이 불그레해졌다. 그러나 작년 워크숍 때 정민으로부터 받은 돈이 있기에 현우를 무시할 순 없을 것이었다. 현우는 더 밀고 나갔다.

"장수왕이 천도한 평양은 지금 북한의 평양인가요? 아니면 다른 곳인가요?"

"무슨 소릴 하는 거요? 당연히 북한의 평양이죠. 아, 이런 대화를 나누려고 바쁜 사람 불러냈소? 허 참."

그는 언성을 높였지만 분기를 누르려는 것이 얼굴빛에 배어 있었다.

"김한경 박사라고 아실지 모르지만 최근에 요령성 답사를 같이 다녀왔습니다. 그분 말로는 요양이 장수왕이 천도한 평양이라고 하던데요?"

"김한경, 또라이요. 나도 만난 적 있고 만주 답사를 함께 다닌 적도 있는데 또라이예요. 무슨 말 하는지 뻔히 알아요. 개소리요.

낙랑 유물이 엄연히 있는데 무슨 소릴."

현우는 속이 답답해졌다. 평양에 있다는 낙랑 유물에 대해선 반론이 많다. 낙랑군의 유물이 아니라 낙랑국의 유물인데 낙랑군과 낙랑국을 같은 거로 오인했다는 주장이 있다. 군과 국이 엄연히 다른 것을. 북한에서 하는 주장으로 낙랑국은 한사군의 하나인 낙랑군이 아니라 호동왕자와 낙랑공주의 그 낙랑국이다. 기원후 1세기 중엽에 세워진 나라다. 더 결정적인 반론은 세키노 타다시의 일기가 발견된 것이다.

> 북경 유리창가의 골동품을 둘러보고 조선총독부 박물관을 위하여 한대(漢代)의 발굴품을 300여 엔에 구입함

1918년 3월 20일의 일기 내용이다. 일제가 조선 식민지 지배를 굳건히 하고 식민사관을 강화하는 과정에서 중국에 있는 유물들을 구입해 낙랑 유물로 둔갑시켰다는 뜻이다. 이런 주장들이 나온 게 언제인데. 그러나 확언 조로 나가는 이 사람의 말이 사실이라면 어쩔 것인가. 그렇다면 받아들이면 된다.

"한위 벽화관 있죠? 요양에 있는. 그 안의 벽화들은 어떻게 보시나요?"

"중국 거예요."

“저도 그 방면에 전문가가 아니라 잘 몰라요. 한참을 봤어요. 고구려 것 같기도 하고 중국 것 같기도 하고.”

“중국 거예요. 고문예(古文藝) 박사인 동료도 있는데 중국 것이 확실하댔어요.”

현우는 발끈해졌다. “김한경 박사는 고구려 벽화라고 하던데요? 야기 쇼자부로 같은 일본의 전문가들이 발표한 논문도 있다고.”

“그 새끼가 뭐 알아? 실력 좆도 없어요.”

현우는 벽과 마주하고 있는 기분이었다. 벽은 서릉부에만 있는 것이 아니었다. 중국 거예요. 김한경 또라이예요. 그 새끼가 뭐 알아. 실력 좆도 없어요. 그렇게 말하는 하상배 교수의 표정에서 냉기마저 느껴졌다. 뭔가 집단으로 묵인된 느낌. 거기다 하상배 교수의 거친 캐릭터까지 한몫하고 있었다. ‘알면서 왜 그래요? 그 수밖에 없으니 그렇게 결정해버린 거 아니에요? 너 진짜 몰라서 물어? 씨부랄 잡탱아? 나도 이게 싫어. 근데 이 수밖에 없어. 니가 감히 내 성과을 건드려? 역사가 뭔지나 알아? 좆같은 새끼야? 이게 역사야. 어디 알지도 못하는 무식한 새끼가 감히 내 앞에서 말도 안 되는 질문을 던져. 그건 중국 거야 인마. 중국 것으로 되어버린 것이라고?’ 이런 굳어버린 자조와 서글픔마저 배인 암울한 공허가 엿보였다.

서릉부의 벽이 그 안의 비밀이 드러날 경우의 공포와 수치로 인해 단호하게 닫혀 차디찬 절벽처럼 보였다고 한다면 하상배 교수의 벽엔 왠지 서러운 냄새가 났다. 아리랑 아리랑 아라리요 강물처럼 이어지는 가락. 그 아무 데나 도끼로 내리쳐 그 단면을 고집스럽게 보여주면서 '이게 다야. 이게 다라니까' 속으로 괴롭게 울부짖다가 울음마저 삼켜버린 냉정이 버무려 있어 보였다.

일행과 떨어져 나와 환인, 집안, 길림을 혼자 다닐 때 하상배 교수가 곁에 있었으면 했다. 원래는 둘이 동행하려 했다. 그와 단둘이 돌면서 그의 속마음을 바닥까지 긁어 그 깊은 즙을 마셔보고 싶었다. 그가 오류를 지닌 건지 아닌지, 자기기만에 빠진 건지 아닌지, 미세한 떨림을 포착해 집요하게 물고 늘어지고 싶었다. '여기 환인이 졸본이라고 진짜 생각하세요? 학계에서 하는 말 말고 진짜로요.' 그렇게 시작해서 중국의 독한 술로 둘이 만땅으로 취하고 싶었다. 그런 상태에서 '하상배 교수님. 환인이 졸본이 아닐 수도 있다는 생각이 들 때도 있긴 하죠? 〈삼국사기〉에도 졸본이 의무려산 부근으로 나오고 중국의 사서들에 나오는 졸본의 풍경이 환인하고 딱 떨어지진 않잖아요. 〈수경주〉라고 아세요? 고대의 수로와 고적, 풍물 등을 엮어 다룬 6세기 이전 중국의 종합 지리서 말예요. 그 책을 읽어봐도 지리와 유적지가 서로 들어맞는지 아닌지 알 수 있어요. 그리고 오녀산성의 추정 왕궁터. 그게 어디 왕궁터예요? 길이 13.5미터에 너비 5미터, 큰 것이라고 해봤자 길이 22미터에 너비 16미터. 신하들 몇 명이나 들어앉겠어요. 의심이 갈 때도 가끔 있지요?' 그의 가슴 바닥이 펑크 나고 뇌가 닳고 닳도록 혼미한 상태에서 끈질기게 묻고 또 묻고 싶었다.

"이병도 박사는 역사적으로 중요한 비정에 대해 뒷간에서 볼일을 보다가 영감을 받기도 했다면서요?"

현우는 목소리를 날카롭게 했다.

"무슨 말을 그렇게 해요? 연구에 몰두하다 보면 고뇌의 정점에서 어느 순간 섬광이 인도하기도 하는 거지."

"갈석산을 황해도의 수안으로 비정한 것에도 별 근거가 없다면서요?"

"허, 참."

"중대한 결정들이 어이없이 이루어졌음에도 그를 따르는 학자들에게 비판 없이 받아들여져 지금 역사학의 토대를 이루고 있구요. 이병도, 이기백, 고재돈에 이어 현재의 무수한 사학자들에 이르기까지."

'당신도 포함해서', 그 말까지 지를까 하다가 참았다. 하상배 교수의 눈에 붉은 혈기가 설핏 감돌았다.

"갈석산이니 졸본이니 하는 비정은 정확성이 관건 아닙니까?"

“그만 일어납시다.”

하상배 교수는 일어날 자세를 취했다.

“미치코 사건은 어떻게 보세요?”

“그년 미친년이야. 요새는 미친 것들이 왜 이렇게 많아. 좆같네, 진짜.”

“미치코를 누가 죽였다고 보세요?”

“미친년 하나 죽은 거 뭐가 대수요? 미치코의 말이나 그녀 자체가 무의미한데 누가 죽였든 무슨 문제요? 아무 의미 없는 해프닝 하나로 나라가 들썩이고 SNS가 지랄발광을 떠는 게 우습지.”

현우는 속이 더 갑갑해졌다. 벽의 울음소리를 들은 것 같았다.

“유동욱 교수는 어떻게 보세요?”

“그게 학자입니까? 주관적 믿음을 객관에 투사하고 믿음과 사실을 혼동하는 광신도들. 그 무리 중 한 명이죠. 새로운 발언들도 쏟아냈지만 별 의미 없어요.”

“고재돈 교수는요?”

“그분 없이 국사학이 존재할 수 있나요? 이병도 박사님, 이기백 박사님의 빛나는 학문적 성취를 계승, 발전해 국사학의 토대를 단단히 하신 분이시죠. 무수한 후배 국사학 교수들의 모범이 되시구요. 우리나라 역사학의 거울이자 보배입니다.”

"실은 선물 하나 드리려고 뵙자고 했어요."

"선물요?"

하상배 교수가 놀란 투로 말했다.

"이거. 여신상예요. 홍산 문화의. 내몽고 적봉에서 산 거예요"

그는 손바닥만 한 크기의 박스를 받으며 얼굴빛이 살짝 변색되었다가 돌아왔다.

"정민이 만나기로 했는데 같이 가실래요?"

"아, 아네요. 제가 뭐, 할 일도 있어서요."

둘은 찻집을 나와 헤어졌다. 현우는 씁쓸함이 밀려왔다. 하상배 교수는 고재돈 교수를 이은 4세대로서 대표적 위치에 있는 사람이다. 그러나 하상배 교수나 고재돈 교수, 그 위 이병도의 주장이 맞는다면 어떻게 할 것인가? 받아들이면 된다. 우리나라가 고조선 시절에 식민지였고 위만조선의 수도 왕험성이 지금 북한의 평양에 있고 한사군도 그 지역에 걸쳐 있었다고 알면 된다. 조선사 편수회에서 말하는 그대로 말이다.

그 주장이 당당하고 자신 있으면 그에 대한 반론들을 비판, 해체하기 위해 홍산 문화 출토지들까진 아니더라도 의무려산, 북진묘, 요양, 수분하에 가야 하지 않는가. 난하 하류에 있는 갈석산을 답사한 다음에 윤내현 교수를 비판하고 무체 마을의 갈석산에도 간 다음에 김한경 박사와 맞짱을 뜨면 되지 않는가. 현우는 터벅터벅 걸었다. 을지로 3가의 수제빗집 안으로 들어섰다.

"현우 형, 어서 오세요."

"잘 다녀왔냐?"

선호와 정민이 반갑게 맞아주었다. 현우는 들고 온 가방에서 수정방을 꺼내 탁자에 올려놓았다.

"같이 먹으려고 사 왔지. 정민은 아직 몸이 그러니 한 잔만 마시고."

"이지은도 만났다면서?"

"응. 우연히."

"후, 좋았겠네."

"형, 부러운데요?"

"하하. 니네 만나기 전에" 현우는 수정방 뚜껑을 따며 말했다. "하상배 교수 만났어."

"웬일로?"

"콘트라스트랄까"

"무슨 소리야?"

"이번 답사 여행 진짜 좋았어. 선호야, 고마워. 우리나라 상고사 영역들을 전문가들과 돌아다닌 거잖아. 마지막엔 혼자 쏘다녔지만. 그 광야의 냄새와 웅크리고 있는 듯한 벽. 그 둘 사이에 진실이 어디에 숨어 있는지 느껴보려고."

"헤, 자식. 말이 멋지네."

"그건 그렇고 방송에 나갔다며?"

"응. 취재가 와서. 몸 상태가 그렇다 보니 겨우 했어. 유튜브에도 올려져 있어. 여기 오는 중에 알았어."

"그래? 같이 들어보자."

선호가 스마트폰을 쥐고 뒤적거렸다.

—저의 증조부인 남당 박창화 선생은 술을 한 방울도 입에 대지 않고 과묵하셨다고 합니다. 일본에서 돌아오신 후에 저의 어머니가 모셨죠. 밥상에 반찬을 많이 해드려도 '훌륭하다' 그 한마디 외엔 없으셨대요. 성격이 워낙 까다로워 글을 쓰시는 종이를 저의 어머니가 다리미로 한 장 한 장 다려드렸다고 해요.

—어머나. 다리미로 종이를요?

—네.

"다리미 애기도 했구나. 나는 너한테 그 이야기 들을 때 너의 어머니 모습이 선했어. 자애로우신 어머니의 옛 모습이 그려졌지."

"그래. 우리 어머닌 그런 분이시지."

선호가 두 선배가 애기를 나눌 때 잠깐 중단시켜놓았던 유튜브를 다시 클릭했다.

—가족의 헌신과 고통이 크셨겠어요.

—그렇습니다. 남당 선생이 일본에 가 계신 동안 우리 집안은 사는 게 말이 아니었죠. 저의 할아버지는 4대 독자라 홀어머니와 단둘이 사셨죠. 가장이 집을 비웠으니 두 분 다 오죽하겠어요? 저의 할아버지는 신경쇠약을 앓아 학업도 중단했답니다. 한번은 일본에 갔다고 해요. 아버지를 만나러. 하룻밤만 같이 자다가 왔다고 합니다. 그 정도가 다예요. 아버지로부터 제대로 사랑을 받지 못한 삶을 사셨어요. 늘 술 냄새가 났죠. 제가 어릴 적엔 그 이유를 몰랐어요. 그래도 저를 무척 아껴주셨습니다.

—그렇군요. 미치코 사건으로 아마 가장 놀라신 분이 남당 박창화 선생의 증손자이자 장손이신 정민 씨일 텐데 감회가 어떻던가요?

—그동안 저희 가족이 겪은 고통은 이루 말할 수 없습니다. 남당 선생이 목숨을 걸고 해온 일이 위작 취급당할 때 가슴이 찢겨 나갔습니다. 저는 그분이 기억나진 않는데 제가 돌일 때 저를 안고 쓰러져 일 년 동안 누워 계시다가 돌아가셨다고 들었습니다. 제 이름을 지어준 분도 그분이에요. 그리고 그분이 남긴 책들이 저의 집에 없었어요. 제자 분이 찾아와 빌려 간 거죠. 그런데 그

제자가 죽다 보니. 그런 상황은 이미 오래전에 보도가 나가 있죠. 저의 아버지가 정말 고생 많으셨습니다. 어머니와 함께 천신만고 노력 끝에 원고를 다시 찾을 수 있었어요. 그런데 수거가 다 안 된 것 같습니다. 가령 〈고구려사초략〉을 보면 안원대제기 이후가 나오지 않아요. 양원왕부터 보장왕까지가 누락되어 있습니다. 표지에 유조군탄이라고 쓰셨습니다. 1956년이라고 합니다. 그렇게 완성된 연도를 쓰신 걸 보면 고구려의 왕조 전부가 되어 있다고 보입니다. 남당 선생이 적당히 끝낼 분이 아니거든요. 그 누락된 부분들을 누군가가 가지고 계신다면 저에게 연락을 주시면 감사하겠습니다. 남당 유고의 다른 책들도 마찬가지구요. 사례는 충분히 해드리겠습니다.

—중요한 말씀이군요. 답보된 역사학계에 획기적인 사건이 될 수도 있는 〈고구려사초략〉의 누락 부분이 아직 회수되지 않았다고 보입니다. 연개소문 등등 고구려 말기의 비밀들을 엿볼 훌륭한 창들일 텐데 안타깝습니다.

—어쩌면 그 누락 부분에 참고 서적이 있을 가능성도 있어요.

—참고 서적이라니요?

—가령 〈강역고〉엔 참고 서적들이 실려 있거든요. 그런데 〈고구려사초략〉엔 현재 없지요. 〈고구려사초략〉이 역사서로 인정받지 못하고 소설 나부랭이로 취급되며 천시되는 실정입니다. 만약

참고된 서적들이 발견된다면 상황이 달라지죠.

—아, 역사서로 정식 인정될 가능성이 있다는 뜻이겠군요.

—맞습니다.

—엄청난 일이군요.

—만약 그렇다면 그 책 역시 〈삼국사기〉나 〈고려사〉처럼 역사서로 공인될 가능성도 있다고 전문가께 들었습니다. 저의 증조부의 책이라 하는 말은 절대 아닙니다.

—아, 그렇게까지. 정말 그렇다면 놀라운 일이군요. 이 방송을 보시는 시청자 여러분, 들으셨죠? 유족이 애타게 찾고 있습니다. 사례도 약속하셨습니다. 이 일은 유족의 사적인 일을 넘어 민족적인 일이라고 생각됩니다. 그동안 우리는 남당 선생의 역사서마저도 소설로 보고 그분을 천재적 이야기꾼으로 치부해왔지요. 그 선두에 선 고재돈 교수도 최근에 깊은 침묵에 빠져 있다고 고백한 방송도 나갔었죠. 미치코 사건으로 인해 상전벽해가 된 느낌이 새삼 드는 대목인데요, 역사학자들이 이제라도 남당 선생과 그 업적에 대해 정확한 자리매김을 해야 할 것 같습니다.

—남당 선생이 위작했다 이렇게 몰아붙여온 것은 그분을 욕되게 하는 것이고 그가 만주와 일본에서 모든 것을 던지며 살아나간 공의적인 일생이 휴지로 취급되는 것입니다. 우리나라 역사학계가 한 일이 고작 그 정도입니다. 물론 제 생각입니다만 저는

그분의 후손의 입장을 떠난다 하더라도 이런 분개심이 억제되지 않습니다. 저는 남당 선생과 미치코가 근무하던 서릉부와 미치코의 고향인 요코하마를 다녀왔습니다. 이루 말할 수 없는 감정과 생각이 흘러갔습니다. 미치코 사건은 남당 박창화의 삶과 〈화랑세기〉 필사본을 비롯한 〈강역고〉 등등 수많은 저작물의 위상과 직결됩니다. 저는 미치코 사건이 일본에서나 우리나라에서 흐지부지 처리되는 느낌이 드는데 기분이 몹시 언짢습니다. 이건 진실을 향한 하나의 구멍입니다. 수십 년 동안 닫혀 있다가 이제 하나 열린 겁니다. 근데도 그것을 스스로 막아버리려 하는 것 같아 애석하기 그지없습니다. 저 구멍을 집요하게 파고들어야 한다고 봅니다.

—좋은 말씀 감사합니다. 시청자 여러분, 오늘은 특별히 일본 제국주의 시대에 서릉부에서 유일한 한국인으로서 누구도 알 수 없는 고독과 싸우며 빛나는 업적을 남기신 남당 박창화 선생의 증손자님을 초대해 말씀을 들었습니다. 박정민 님, 끝으로 하고 싶은 말씀 있으면 하시죠.

—남당 선생은 일본에 계실 때 외롭다는 말을 하곤 했다고 들었습니다. 그런 속에서도 그곳에 갈 때 가지고 간 꿈을 저버리지 않고 결과물을 만들어냈습니다. 그것들을 궤짝에 넣어 당나귀에 싣고 오셨다고 합니다. 일본이 우리나라의 찬란한 상고사 서적들

을 빼앗아 가져갈 때는 거창한 함에 담아 배에 실어 갔겠지요. 돌아온 것이 고작 당나귀에 실린 궤짝입니다. 저는 이 생각을 할 때면 울컥합니다. 단지 저의 증조부만을 말하는 것이 아닙니다. 우리나라의 현실에 대한 상징으로 보입니다. 저는 그 당나귀 궤짝의 의미를 우리나라 역사학자, 정치가, 시민들이 잊지 않기를 바랍니다. 일본이 장물로 가져간 우리의 고귀한 보물들을 황금 가마로 찾아와야 한다고 봅니다. 가치의 가마란 의미입니다. 단지 우리나라만 잘살겠다는 뜻이 아닙니다. 정치, 경제, 역사, 교육, 행정, 문화, 이 모든 분야에서 왜곡과 폭력을 없애고 모든 것이 본래의 형상으로 빛나게 하자는 것입니다. 그런 황금 가마가 나라와 나라 사이, 사회와 사회, 계층 간, 사람과 사람 사이에 아름답게 오갔으면 좋겠습니다. 감사합니다.

—유족의 말씀이라 힘이 실려 있고 가슴이 아프네요. 진실 규명은 필요하겠지요. 저도 일본과 한국의 정부와 사학계가 협력해 이 문제를 파고들어야 한다고 봅니다.

"정민 형, 가슴속의 불덩이를 잘 던진 것 같네요."

유튜브 방송이 끝나자 선호가 말했다.

"하면서도 답답하더라고. 내가 뭐 깊게 아는 게 있어야지. 다분히 감정적으로 흘러간 것 같아 좀 그래."

"가마 이야기 나오니까 형의 증조모 생각나네요."

"두 분 다 불우하지. 너의 증조부의 가슴엔 무슨 불덩이가 담겼기에 부인의 눈물을 외면하고 가마를 돌렸는지. 너의 증조모와 그 아들은 식민지인 서러운 이 땅에서 모진 고통과 설욕 속에 살았겠지. 너의 아버지와 니가 그 터전에서 정말 고생했고. 참 징한 가마일세."

"후, 그 가마가 그 가마로 연결되네. 근데 유동욱 교수님은 연락이 안 되네. 전화도 몇 번 드리고 문자도 남겼는데."

"그래? 무슨 일이 있으신가?"

"티브이에도 얼마 전부턴 안 나오셔서 저도 전화를 드렸어요. 스마트폰으로 안 받으셔서 집 전화로 했는데 사모님이 받으셨어요. 갑자기 뇌졸중이 와서 요양 중이시래요."

선호의 목소리가 침울했다.

"그래? 저런."

"이렇게 중차대한 시기에. 평생 고생만 하시고 낭중지추라고 드디어 때가 무르익었는데…."

현우의 말에 짙은 아쉬움이 배었다.

"그러게 말이다."

정민도 공감의 깊이를 더했다.

"고재돈 교수나 하상배 교수 등 그들의 카르텔에 집중포화할 절대적인 시간을 맞이했는데 그 리더 중 중요한 한 분을 잃은 격이야. 어째 이런 일이…"

현우는 가슴이 계속 무거워졌다.

셋은 한동안 말이 없다가 선호가 입을 열었다.

"그리고 하상배 교수… 예전에 취재한 적 있어요. 하 교수 말 중에 우리나라 상고사에 대단한 게 있다고 자부하는 사람들에게 장애물이 두 가지 있대요. 유물과 문자. 그 두 개의 증기로 확증되지 않으면 주장만으로는 한계가 있다고."

"나도 비슷한 말을 본 적 있어. SNS에서." 현우가 말했다. "우리나라 재야 사학자들의 약점이 거기에 있지. 제도권 사학자들에게 배울 점도 커. 철저한 고증에 입각하지. 헛된 환상을 배제하는 그런 과학적 탐구 태도는 좋은 거지. 그 면도칼이 종이를 베다가 살을 베는 게 문제지만."

"허, 날카로운 비유네."

"그러네요. 현우 형은 멍하다가도 저럴 땐 빛난단 말이야. 현우 형, 계속해봐요."

"물론 재야 사학자들이 주장하는 내용마다 근거들은 다 있어. 대체로 유물로서 확증되지 못하는 단점도 있고. 그런데 홍산문화에서 나오는 유물들만 하더라도 우리나라와 관계가 깊어. 옥저룡을 포함한 다량의 옥기들은 한반도에서도 발견돼. 곰 형상의 유물은 고조선의 곰 토템과 관계 깊지. 비파형 동검도 그렇고. 적석총과 석관묘는 고조선의 그것들과 관련되고 삼좌점 석성의 치는 고구려의 치로 이어져. 강단 사학자들은 유물, 유물 말하면서 정작 유물의 성소인 그곳엔 가지도 않아. 난 그 심리가 궁금해. 대체 그 심리의 바닥 아래 뭐가 있는지 면도칼로 좌악 긋고 싶어."

"또 면도칼. 무섭네, 후."

"그런 식으로 들이대면 강단 사학자들은 외면하거나 도피하지. 그게 학자야? 아까 하상배 교수에게 여신상 모조품을 선물했어. 홍산 문화와 관계된 건데 니네도 같이 가서 실물을 보면 진짜 좋았을 텐데. 그 선물을 받는 표정을 유심히 살펴봤지. 살짝 변하는 걸 느꼈지. 그건 어마어마한 언어야. 슬픈 악보이지."

"무슨 뜻이야?"

"껍데기를 베어버릴 수 있는 칼을 내가 선물한 거지. 그러나 그는 그 순간 외면했어. 가져는 갔지만 거들떠보지도 않을걸? 쓰레기통에 버리거나. 보면 근질거릴 테니."

"현우의 말을 들을수록 느끼는 건데 제도권 사학은 두꺼운 얼음 같아. 시대는 이미 봄을 원하는데도 꽝꽝 얼어붙은 얼음 말야."

"너테라고 하죠."

선호가 끼어들었다.

"너테?"

정민이 물었다.

"얼음이 자꾸 두꺼워져 겹을 이루는 것을 너테라고 해요. 나이테의 테일 거예요. 얼음이 겹겹이 쌓여 얼음 사이에 막이 생기며 두꺼워지는 거죠."

"좋은 말이네. 내가 남당에 대해 자서전 아닌 소설로 가야 한다고 했잖아. 그것과도 통하겠지."

"그건 또 무슨 말?"

"파괴적인 면에선 소설이 자서전과는 게임이 안 돼. 상상력이 들어가니. 두껍디두꺼운 왜곡의 역사 너테를 깨려면 상상의 해머, 상상의 톱, 상상의 면도칼, 상상의 드릴이 필요해."

"맞아."

"문자에 대해서도 할 얘기가 많아."

"어떤?"

"미트콘트리아 이브 이야기에 의하면 인류의 아프리카 기원설에 닿지. 아프리카에서 출발했다는 인류의 역사에서 한국어는 중요한 역할을 해. 세계 언어의 모어라고도 하는 산스크리트어와 한국어의 유사성이 많다는 주장도 나와. 그런 연구들이 앞으로 더욱 진전될 거야. 그럴수록 세계 속의 한국사의 성격 또한 더욱 드러나겠지."

"너무 멀리 나가는 거 아녀? 면도칼 비유까진 끝내줬는데."

"제도권 사학이 재야 사학의 단점이라고 주장하는 바가 재야 사학의 장점이 될 수도 있다는 이야기야. 물론 얼토당토않은 껍데기 재야 사학은 반성해야 하고."

"또 무슨 엉뚱한 말이야?"

"유적들도 중국이나 일본에서 은폐하는 경우가 많은데 그 자체가 살아 있는 증거일 수도 있지. 뚜껑을 열어보는 게 더욱 중요하지만 뚜껑을 안 열고 억지로 누르고 있는 것. 파괴해 증거를 없애는 것. 그런 행위는 그 이면에 정반대의 진실이 숨어 있다는 얘기잖아. 이런 것들마저 보려면 고루한 실증주의는 한계가 있는 거지. 더 집요한 탐구를 통해 극복해야 할 필요도 있고 시각을 달리 할 필요도 있어."

"시각을 달리하다니요?"

"실증주의 사학만이 다가 아니란 말이야. 제도권 사학이 바탕으로 삼는 그것은 이미 낡은 그물이야. 역사학이 얼마나 발전했는데. 해석학, 해체주의적 방법, 계보학, 포스트모더니즘적 방법 등등 철학의 발전과 맞물려서 다양해. 그런 입체적인 방법들로 상고사를 다시 봐야 해. 유물과 문자도 중요하기에 그 발굴 노력도 필요하지만 그것들의 유무나 미흡을 어떻게 봐야 하는가에 따라 사실에 대한 해석, 즉 진실은 달라져."

"내가 그런 시각이 딸려서." 정민이 말을 받았다.

"역사에도 상상력이 중요해요." 선호가 끼어들었다.

"중요한 말이야. 내가 진짜 감동받은 상상력 중의 하나가 Q 복음이야. 언젠가 말한 적 있지?"

"Q 복음. 들어도 잘 모르겠어. 다시 말해봐."

"그래요, 형."

"그러자. 건배하고."

셋은 술잔을 채워 들었다. 독하면서도 부드러운 수정방이 현우의 가슴을 알딸딸하게 훑고 지나갔다.

"어떤 신학자들은 성경을 연구하다가 이상하다는 느낌을 받았어."

"뭐가?"

"마가, 마태, 누가, 요한복음이 4대 복음서잖아."

"그렇지."

"그중에 요한복음을 제외한 세 복음서들이 유사성이 많다는 점에 생각이 도달해. 그 세 복음서들을 비교 분석한 결과 마태복음과 누가복음이 마가복음을 상당히 참조했다는 결론에 이르러."

"그래?"

"응. 복음서들의 집필 시기를 따져봐도 마가복음이 셋 중에 가장 빨라. 마가복음이 원초 자료로 활용되었음이 확인되지."

"그렇구나."

"그러다가 크리스티안 헤르만 바이세라는 신학자가 나타나. 독일의 신학자로 19세기 초반 사람이야. 그는 이것만으론 부족하다는 생각에 괴로워하며 골똘히 연구를 거듭해."

"멋진 사람이네."

"마태복음과 누가복음 사이에 또 다른 공통 자료가 있음을 발견해. 그러나 그것이 무엇인지 도저히 알 수 없었어."

"불가능한 도전이네."

"맞아. 불가능한 도전이야."

"응."

"실체를 알 길 없는 그것에 이름을 붙이기로 결심해. Q 복음. Q 복음이라는 이름이 그렇게 만들어져."

"아, Q 복음이 그거구나?"

"맞아. 실제로 없는 복음서야. 정경에도 외경에도. 가설의 복음서가 탄생되는 순간이지. 성경이라는 무시무시한 절대성에 상대성의, 상상의 구멍이 뚫린 사건이야."

"섬뜩하다. 중세라면 화형에 처해질 수도 있는 사건이네요." 선호가 말했다.

"그렇지. 그리고 세월이 흘러. 1945년 12월, 이집트 나일강 상류의 니그함마디 지역의 절벽 바위 밑에서 밀봉된 항아리가 발견돼. 그 안에 성서 고문서가 들어 있어."

"도마복음." 선호가 말했다.

"맞아. 역시 선호네. 세계적인 사건이지. 이 사건을 두고 신학계가 아수라장이 돼. 신학자들이 열광도 하고 분열도 돼."

"왜?" 정민이 물었다.

"Q 복음엔 종말론이 없어."

"특이하네."

"그런데 발견된 도마복음이 그에 정확히 부응해. 종말론 같은 건 없고 예수의 가르침으로 가득 차 있어."

"그래서?"

"상상력으로 빈틈을 만들어놓았는데 그에 딱 들어맞는 복음서가 세월의 두께를 뚫고 실제로 나타난 거야."

"신기하네."

"신학계 안에서 들고 일어설 만하지. 종말론에 바탕을 둔 체계가 뿌리부터 뒤흔들릴 위기에 처한 거야. Q 복음과 도마복음을 둘러싼 논란이 극렬하게 타올라. 그러나 도마복음이라는 실물이 실제로 나타나 성경에 관한 과학적 탐구와 합리적으로 만들어놓은 상상의 틀에 정확히 부합하기에 결과는 점점 자명해지지. 진실을 향한 눈물겨운 탐구가 이천 년의 두께를 뚫고 성좌에 오른

거야.”

“멋지다. 진짜 저런 상상력이 필요해. 탁월한 상상력이.”

“맞아. 우리나라 역사계에도 절실한 일이야. 우리나라 역사계를 생각하면 질식할 것 같아. 특히 제도권 사학. 하상배 교수만 그런 게 아냐. 그런 류가 득실득실해.”

16

향가의 여운

"해킹이라도 하고 싶어."

현우는 수정방을 두 잔이나 연거푸 들이켜곤 내뱉었다.

"해킹?"

"해커들은 뭐 하나? 서릉부를 해킹할 수 없나?"

"아, 그 얘기군요. 현우 형, 진짜 과학 시대에 이게 무슨 꼴이에요. 인공위성으로 지표면의 작은 물건도 찾고 해저도 개발되는 시대에. 케케묵은 벽 안에 장물들을 가두어놓고."

"그러게 말이다. 다 풀어놓고 최첨단 학문을 다 동원해 풀어가더라도 모자랄 판에 말야. 소립자에 암흑 에너지에 우주의 본질에 다가가고 있고 생명의 본질에 접근해가는 이 마당에."

"국가라는 게 멍에죠."

"탈역사가 나온 게 언제인데 우리나라는 역사조차 제대로 밝혀지긴 커녕 꽁꽁 묶여 있으니."

"그죠."

"아이들에게 우리 세대가 줄 게 뭔가? 정민이 니 아들을 포함해서 말이야. 미래잖아. 현재와 과거에 저당 잡히지 않는 깨끗한 미래."

"좋은 말이야."

정민이 아들 얘기 때문인지 얼굴이 조금 불그스레해졌다.

"남당과 신채호를 생각하면 이런 메타포가 떠올라요." 선호가 말했다.

"어떤?"

"시소."

"시소?"

"예. 시소는 그 양쪽이 서로 존재의 근거가 되잖아요. 한쪽만 있으면 성립 불가능하죠. 신채호는 그동안 상대성이 없이 혼자만 외롭게 서 있었지요. 제가 보기엔 남당이 시소의 한쪽이 될 수 있어요. 물론 신채호가 탁월하고 우뚝 서 있지요. 그러나 그의 책에도 빈틈이 많아요. 그런 점들은 남당에 의해 보강되는 면이 많아요."

"글쎄."

현우가 말했다. 침묵에 잠겨 있다가 입을 열었다.

"선호의 말에 일리가 있어. 가령 고구려사에 대해 말하자면 남당과 신채호는 〈삼국사기〉와는 판이한 내용을 각자 풀어놓지. 남당의 〈고구려사초략〉은 황당무계한 정도여서 사학계가 골머리를 썩일 거야. 그러나 〈삼국사기〉의 빈곤한 면, 신채호의 조악함에 넘치는 풍요로움을 제공하지. 그 셋을 어떻게 입체적으로 다루냐가 앞으로 사학자들의 과제야."

"…."

"서책의 분량을 놓고 보면 신채호가 남당을 따라가지 못해. 서릉부에 유일하게 들어가 그 안에 있는 상고사 서적들을 뒤적였으니. 신채호는 보고 싶어도 볼 책들이 부족하다고 한탄을 해. 그런 면에선 남당이 풍년을 맞은 셈이지. 그건 서지학적으로 아주 중요해. 이병도 역시 많은 책을 봤겠지만 남당이 본 것들과 성격이 달라. 따라서 해석이 달라져. 이병도와 신채호에 의해 양분되다시피 되어 있는 우리나라 사학계. 그만큼 역사 연구가 빈약하다는 증거지. 그 편협한 지형을 한층 넓히는 데도 남당의 위치가 있어."

"찡하네. 이런 내용이 방송에 나가야 했는데."

"우리가 초석이 된 것은 기쁨이라기보단 슬픔이야. 세계적으로 볼 땐 부끄러움을 드러내는 꼴이야."

"부끄러움?"

"역설이야. 전문가들이 마땅히 해야 할 일을 가족 위주로 한다는 것 자체가."

"그 슬픔이 오죽하겠나?"

"당나귀에 실려 온 궤짝의 의미가 제대로 규명되어야 해."

현우는 말하면서 술잔을 드는 정민의 손이 사뭇 떨리는 것을 보았다.

수제빗집을 나와 헤어질 때 현우는 택시를 잡아 정민을 태우고는 운전사에게 정민을 특별히 부탁했다. 선호와도 헤어져 걷는 길에 왠지 모를 공허가 밀려왔다.

하상배 교수에게 홍산 문화의 여신상을 안겨준들, 정민, 선호와 뜨거운 열정을 나눈들 달라지는 것은 아무것도 없다. 서릉부는 더 꼭꼭 숨을 뿐이고 용의자는 나타날 기미조차 보이지 않는다. 비틀거리며 걷다가 이지은의 카톡 창을 열었다.

여전히 비어 있었다.

요양에서의 마지막 밤에 전화번호 교환을 한 후 혼자 몰래 열어본 방이었다.

—향가를 왜 좋아해요?

현우는 적었다.

용기를 내어 보내고도 머쓱했다.

자꾸 손길이 간다. 읽은 표시가 없다. 괜스레 초조해진다.

걷다가 다시 꺼내 보니 읽은 표시는 나는데 답글이 없다. 가슴이 휑하니 구멍이 생긴 것 같다. 썰물 빠져나가는 밤바다처럼 정처 없다. 스마트폰을 손에 움켜쥐고 종로 3가의 횡단보도에 신호등이 바뀌길 기다리며 서 있는데 진동음이 울렸다.

—그냥요. 저도 모르게 끌렸나 봐요.

수선화 향기가 가슴에 와락 번졌다.

—저도 그랬어요. 정읍사라는 향가에 푹 빠진 적이 있어요. 달하 노피곰 도다샤 어긔야 머리곰 비취오시라. 국문과를 가고 싶었는데 사회학을 하게 되었어요.

—호호. 정읍사는 향가가 아니라 백제 가요예요.

—아. 그런가요?

대화가 이상하게 잘 풀린다.

—그렇게 여기는 사람들이 많아요. 암튼 향가를 좋아하신다니.

—미나리, 미더덕 있잖아요. 그 미가 고구려의 미에서 온 거래요. 물이 고구려 말로 '미'라고 불렸다고. 기자인 후배에게 들었어요. 걔는 그런 거 많이 알아요. 미나리, 미더덕 둘 다 물과 관계있잖아요.

—어머. 그런가요? 일본어로 물이 미즈인데.

현우는 더욱 아련해졌다. 고구려에서 일본으로의 통로가 '미' 하나로도 아스라하게 열려나갔다.

—향가 중에 뭘 좋아하세요?

—서동요요. 아, 전화가 오네요.

통화가 끊겼다. 수선화꽃 향기 번지던 가슴에 어두운 밤바다의 적막이 돌연 덮쳤다.

17

미친 표범

블라디보스톡.

여기까지 왔다.

현우는 맥주를 마시며 검푸른 바다를 바라보고 있다. 가슴도 아프고 착잡함도 커서인지 맥주가 잘 들어갔다. 벌써 네 잔째이다.

길주는 니고리사극(블라디보스톡) 땅이었다.

남당이 동북 9성의 하나인 길주라고 하는 블라디보스톡.

이성계의 출생지까지 생각하자 머리가 지끈거렸다.

남당은 〈강역고〉를 동북 9성에서 시작한다. 현우는 남당이 가장 고심했다는 〈강역고〉를 왜 그렇게 의도했는지 다시 헤아려 본다.

남당은 식민지로 기울어져가는 구한말에 태어나 식민지를 당해 나라 없는 설움, 강역 자체가 없는 허탈의 삶을 살았다. 어렸을 때부터 외로웠고 고구려를 흠모한 만큼 강역의 상실은 그를 견딜 수 없게 했을 것이다.

신채호와 정인보를 잇는다 했으니 그들의 서적을 적어도 부분적으로 읽었을 것이다. 고구려가 환기되고 광활했던 강역이 쭈그러들다가 소멸하였음이 가슴을 견딜 수 없게 아프게 했을 것이다. 그 아픔과 통한, 그렇게 끝날 수 없다는 투혼이 만주에 이어 일본의 서릉부에 단독으로 뛰어들 용기를 추동시켰을 것이다. 강역 연구는 그런 그에게 필연이었을 것이며 강역과 관련된 기존 저서들을 독파할 필요를 느꼈을 것이다.

그런데 왜 동북 9성에서 시작했을까? 조선에 대한 실망 때문이었을까? 세도 정치로 나라를 말아먹다가 일본 제국주의에 바친 그 조선의 태동에 남당은 관심이 깊었다. 남당은 정도전의 〈조선경국전〉을 바닥부터 파고들어간다. 〈조선경국전〉의 조선이 고조선이 아니라 기자조선의 조선임을 알아챘다. 그 충격이 심혼을

흔들었을지도 모른다.

그 조선의 첫 왕이 태조 이성계이다.

이성계의 출생지에 대한 설이 분분하나 영흥이라는 말도 있다. 그런데 길주는 영흥이라고 교과서에 되어 있다. 영흥이 곧 길주이기에 이성계가 블라디보스톡 출신일 수 있다는 이야기다.

고려에서 조선으로 넘어갈 때 두만강 위쪽 지역은 무주공산 상태였다. 명나라는 이곳에 철령위를 세워 자기 땅으로 삼으려 했다. 이에 고려의 우왕이 분노한다. 이성계를 출병시켰다. 그러나 이성계는 압록강의 위화도에서 회군한다. 그 유명한 위화도 회군이다. 이성계는 도리어 우왕을 폐위시킨다. 우왕과 그 아들 창왕이 같은 해에 참살당한다. 두만강 위쪽 지역에 있는 동북 9성 유역은 방치되어 고려에 귀속되지 못한다.

현우는 〈강역고〉에 나오는 그 내용을 다시 떠올렸다.

이성계는 명나라 태조의 고명 승낙을 받기 위해 북방의 일로 명나라와 다투지 않았다. 국경이 두만강 아래쪽으로 위축된 것이다.

남당은 그렇게 본다.

세종 때 〈지리지〉를 편찬할 때 고민이 따를 수밖에 없었다고도 말한다. 땅을 상실한 원인을 말할 수 없다는 것이다. 그래서 지명을 고쳐서 사람의 눈과 귀를 속인 거라고 못 박는다.

현우는 그 내용을 읽을 때의 섬뜩함이 새삼 가슴을 파고든다.

땅을 상실한 이유를 말할 수 없기에 지명을 고쳐서 사람의 눈과 귀를 속였다.

남당의 그 주장이 과연 사실인 걸까?

미치코 사건이 터지자마자 공주로 차를 몰 때도 그 기분이었다. 남당의 그 말이 진짜인지 거짓인지 알긴 어렵더라도 공주와 부여 쪽을 쏘다니면서 몸으로 느껴지는 바를 음미하고 싶었다.

이성계는 자신의 출생지를 국경 바깥에 둘 수 없었다. 정통성에 문제가 생기기에. 그래서 출생지를 국경 즉 두만강 아래로 끌어내릴 수밖에 없었다. 동북 9성도 덩달아 내려오는 것이다.

남당의 주장을 다시금 되씹으며 현우는 머리가 더 아팠다.

이 문제를 김한경 박사와 함께 있을 때 왜 따져보지 않았을까.

남당의 이 주장이 맞을까 틀릴까.

나라를 가로챈 이성계로선 다른 방법이 없었을지도 모른다. 자기 출생지를 두만강 이북이라고 사실대로 하면 신생 왕조의 첫 왕으로서 나라를 다스릴 정통성이 약해진다. 나라를 도로 빼앗길 취약성을 의미한다. 속일 수밖에 없었다. 남당은 그렇다고 통렬하게 주장한다. '조선왕조 오백 년 동안 누가 감히 그렇지 않다고 밝힐 수 있었겠는가?' 〈강역고〉에 마음을 담는다.

현우는 블라디보스톡, 어쩌면 남당의 말대로 고려의 동북 9성의 길주와 이성계의 고향에서 술을 마시고 있는 지금 순간이 눈물겨웠다.

미친 표범 남당은 왜 이런 생각을 하게 되었을까?

과연 무엇이 진실인가? 무엇이 진실이고 무엇이 거짓이란 말인가?

'남당 박창화를 포함한 당시의 사학자들은 기울어져 있어요. 이해는 가요. 나라를 빼앗긴 울분 속에 역사를 파고들다 보니 민족주의가 팽배해 역사를 확대하는 쪽으로 편향되어 있지요.'

하상배 교수의 말이 어른거린다.

그러나 〈I대 고조선 연구소〉에서 밝힌 내용이 남당의 주장과 일치한다. 〈I대 고조선 연구소〉에서 낸 책에 의하면 동북 9성은 두만강 북쪽에 있었다.

—동북 9성이 두만강 북쪽에 있었다는 게 맞나요?

현우는 한 잔을 더 마시곤 강남희 박사에게 카톡을 보냈다.

—네. 확실한 증거들이 있습니다. 맞습니다. 동북 9성은 두만강 이북에 있었어요. 〈압록과 고려의 북계〉라는 책에 자세히 고증해놨어요. 지금 함경도 운운하는 제도권 사학이 무식하고 뻔뻔한 거죠. 참 답답합니다.”

강남희 박사로부터 답글이 왔다.

18

수분하

러시아 혁명 기념상이 고적해 보였다. 비둘기 몇 마리만이 오종종거렸다. 현우는 광장에서 씁쓸하게 서성거렸다.

> 오늘은 여기까지만 밝히겠습니다. 인간의 존재를 가치 있게 하는 행위에 대해 깊게 고민했습니다. 용기라는 것은 결코 국적에 얽매이지 않습니다. 존재는 그 어떤 시스템에 의해서도 훼손되어선 안 됩니다.

> 〈화랑세기〉 필사본은 소중한 것이니 잘 간직할 것이며, 〈강역고〉는 내가 직접 작성한 것이며, 나머지는 있으나 마나 한 책.

가슴속에서 웅성거리곤 하던 문장들이 새삼 서로 충돌하고 뒤얽히고 있었다. 미치코가 명료하게 밝히다가 죽임을 당한 반면에 남당 박창화는 죽음을 앞두고 하는 유언을 왜 그렇게 흐릿하게 했을까?

남당의 〈화랑세기〉 필사본은 미치코에 의해 입증되었다. 남당의 〈강역고〉는 신채호의 〈강역고〉의 상실로 인해 결여와 왜곡, 내로남불의 아픔에 처한 우리나라 강역 연구에 대한 햇살이 될 수 있음 역시 미치코로 인해 촉발된 파장의 선물이었다. 김한경 박사, 강남희 박사의 〈1대 고조선 연구소〉 등에 의해 고독한 탐구가 되어왔음에도 외면되고 멸시되어온 것에 대한 대대적인 반성과 새로운 시작이 될 가능성 역시 열리게 되었다.

그런데 남당이 역시 투혼의 글로 남긴 〈고구려사초략〉, 부여에 관한 책들은 그 자신이 애매하게 평가를 해 혼선에 빠져 있다. 여기까지만 밝히겠다고 한 미치코의 마지막 고백과 연결될 듯 아닐 듯 가슴을 사무치게 끓게 하곤 뚜렷한 답을 계속 유보하고 있다. 남당에 대해 치밀곤 하던 부아가 다시금 치민다. 역사 전문가들조차 거들떠보지 않는 것을 가슴속의 Q 복음도 제쳐두고 비전문가로서 혼신을 다하고 있는데도 남당은 왜 당신에게 접근할 길을 스스로 막아놓았는가. 〈삼국사기〉와 〈삼국유사〉, 그 둘만 달랑 가지고 있는 빈약한 역사 자료의 우리나라에 역사 풍년을 선물하고도 왜 그따위 불분명한 말로서 그늘을 덮어놓았는가. 옛사람의 어투라서 현대에 속한 자기로선 이해가 어려운 것인가. 그런 모호한 여백과 풍류가 오히려 더욱 깊은 곳에 다다를 수 있게 하는 길인가.

현우는 여전히 후련하지 않은 딜레마의 숲속을 헤매는 느낌이었다. 편치 않은 마음으로 자리를 떠 아르바트 거리를 따라 걸었다.

남당은 조선 초부터 역사가 왜곡되었다고 보며 한백겸, 안정복, 정약용 등 강역학의 계보를 열거한다. 그것들에 오류가 있다고 본다. 박은식, 신채호, 정인보가 펼치는 다른 라인에 진실이 있다는 심증을 갖는다. 정인보에 이르러 그 계보가 끊겼음을 애통해한다. 남당 자신이 이어가고 있음을 피력하며 후학을 기다린다고 애절하게 적었다.

남당 당시에 무엇이 있었는가. 아무것도 없었다. 조선은 식민지였다. 조선의 위정자들이 잘못하는 바람에 백성들은 일본의 군화에 짓밟히고 총칼에 쓰러졌다. 생살이 포로 뜨이며 죽어간 사람들도 있고 하얼빈의 731부대에선 잔혹한 생체 실험의 희생자가 되었다. 신채호 선생이 죽은 여순 감옥에선 숱한 독립군들이 의롭고도 뼈가 삭는 한을 머금고 운명을 거두었다.

우리나라의 중요한 역사서들은 태조 이성계 이후 세조와 예종, 성종 때 수거되어버렸다. 조선조의 제한된 역사관, 중화사상, 일제에 의한 식민사관이 지배적이었다. 역사서라곤 〈삼국사기〉와 〈삼국유사〉밖에 없었다. 주권은 빼앗기고 역사에 대해선 칠흑 같은 어둠이었다.

이런 처참한 상황. 그럼에도 불구하고 남당이 역사 연구가로서 온몸을 불살라 〈남당유고〉를 빚었다면 적어도 탐구해야 하지 않는가. 조사해서 취할 것이 아무것도 없다면 죄다 버리더라도 해야 하지 않는가. 역사를 다룬다는 사람들이 말이다. 혹 알맹이가 있다면 취하고 쭉정이들을 버리면 되지 않는가. 그 기준 자체를 철학적으로 철저하게 재검토하면서 말이다.

신채호가 눈물겨운 등불을 켜고 걸어 나갔다. 남당도 어둠 속에 등불을 켜고 걸어 나갔다. 가산을 팔아치우고 부인을 버리고 외아들을 술꾼이 되도록 방치했다. 신채호는 경술국치를 예감하고 중국으로 망명한다. 가슴에 안정복의 〈동사강목〉을 껴안고서. 동지들과 토지 개간 사업, 무관학교 설립, 교관 양성 및 전문기술자 양성 등 독립운동 방책을 논의하고 자금 확보를 위해 이곳 블라디보스톡에 온다. 이곳을 거쳐 환인, 집안, 북경 등지를 떠돌 때, 남당은 미친 표범의 얼굴을 숨긴 채 제국주의의 심장으로 걸어 들어간다.

상념에 젖어 걷다 보니 국립 박물관 간판이 보인다. 현우는 박물관 안으로 들어섰다. 적요한 내부에 들어서 유물들을 감상해 나갔다.

불쑥 발길을 멈추게 하는 게 있었다. 쪼그만 인물상과 링, 소박한 장신구가 익숙하고 아늑한 정감을 품고 있었다. 유리함 아래를 보자 'Balhae(발해 문명)'이라고 적혀 있었다. 팅, 머리를 맞은 듯했다.

발해의 영역이 블라디보스톡까지 펼쳐지는지는 미처 몰랐다.

발해 공정을 포함한 동북 공정은 러시아 공정이 될 수 있다.

느닷없이 그 생각이 들었다.

우리는 그동안 동북 공정을 한중 관계로만 제한적으로 인식해온 것이 아닌가. 동북 공정은 러시아 공정도 의미할 수 있다고 확대해석해도 논리적으로 틀릴 것이 없지 않은가.

서구에서 해체 철학이 나온 것이 언제인가. 지금은 그 시대도 이미 지났다. 뉴노멀 시대 운운하지 않는가. 상대에게 있는 것을 무기로 삼아 스스로 무너지게 만드는 것이 해체이다.

블라디보스톡은 발해의 강역이었기에 발행 공정을 아우르는 동북 공정은 러시아 공정이다. 그런 논리도 가능하지 않을까? 그렇다면 중국은 어떻게 나올 것인가. 러시아도 가만히 있지 않을 수 있다. 두 마리 곰들을 싸움시켜놓고 흥정이나 보고 이익을 취하면 된다. 이런 아이디어도, 광대한 스케일도 없고 바탕도 없고 부러진 쪼가리 같은 논리로는 어림없다.

〈삼국사기〉의 고조선 부분을 곰 한 마리 호랑이 한 마리로 설명해나가던 전직 문화체육부 장관도 작년의 워크숍에 참석했다. 동북 공정의 책임자 위치에 있던 사람이다. 곰 토템 족, 호랑이 토템 족이라는 해석이 나온 것이 언젠데. 그처럼 진실에의 모색이 풍성한 시대에 꽉 막힌 논리로 고조선을 설명하는 사람이 막중한 위치를 차지하고 있었다.

강단 사학에 따르면 고조선은 신화에 대한 해석이 문자주의에 머무는 결과 기원이 흐릿해지는 데다가 기자에 의해 붕괴되어 기자조선으로 넘어간다. 기자조선은 기원전 194년에 위만에 의해 멸망되어 위만조선이 성립된다. 기원전 108년에 한무제에 의해 위만조선이 멸망하고 한사군이 설치된다. 위만조선의 수도인 왕험성이 지금 북한의 평양으로 비정되다 보니 한사군의 위치도 그 지역 일대로 비정된다. 한사군의 하나였던 현도군이나 그 전신인 창해군에 졸본이 있었기에 졸본은 한반도에서 멀지 않은 환인에 비정되었다.

답답한 마음을 품고 현우는 시베리아 횡단 열차에 몸을 실었다. 창밖에 보이는 풍경은 착잡한 상념들을 지울 정도로 아름다웠다. 자작나무 숲이 펼쳐지다가 갈대밭이 이어지는가 하면 먹구름 아래 드넓은 평원이다. 수분하. 드디어 그곳에 가는 것이다.

차창 밖을 하염없이 바라보다가 우수리스크에 도착해 버스 터미널로 향했다. 수분하 행 버스표를 겨우 끊어 버스에 올라탔다. 버스는 시원스레 달려나갔다. 나무 판잣집과 소박한 길을 빠져나가자 광야가 펼쳐진다. 갈대가 나부낀다. 몇 시간 더 달리자 멀리 국경의 느낌이 난다.

버스는 러중 국경을 통과하기 전에 한참을 멈춰 있었다. 이윽고 통과하고는 또 기다린다. 이번엔 중국으로 들어가는 입국 심사이다. 그 절차들을 넘기자 수분하가 가슴에 안겨 왔다.

현우는 호텔에 짐을 풀고 낯선 도시 속을 걸었다. 광장이 나타나고 고층 빌딩 옆길로 들어서니 허름한 건물도 있었다. 높은 곳으로 계속 걸음질 해나갔다. 강을 찾아 아래쪽을 두리번거렸다. 강은커녕 시냇물도 보이지 않았다. 이곳이 졸본이라면 엄리수에 해당하는 강이 있어야 한다. 더 올라가도 강이 보이지 않았다.

졸본은 지금 어디인가?

수분하 유역이다. 솔빈 지방이다.

솔빈은 발해의 15개 행정구역 중 하나인 솔빈부이다. 이곳 수분하가 발해에서 주요 도시로 쓰였음은 고구려 때도 주요 도시여서일 듯하다. 주몽은 진짜 이곳에 고구려를 세웠을까? 오이, 마리, 협보를 이끌고 온 곳이 이곳이었을까? 주몽이 소서노를 만난 곳도? 이 도시가 과연 졸본일까?

"저기가 졸본이에요."

의무려산을 가리키는 김한경 박사의 목소리는 격앙되어 있었다. 하얀 바위의 의무려산은 광대하고 장엄했다. 고구려의 첫 수도로 삼기에 손색이 없어 보였다. 하지만 현우는 그곳이 졸본이라고 납득되진 않았다. 개연성을 느꼈을 뿐이다. 환인에서도 오녀산성의 왕궁터를 보니 의아했다.

김한경 박사는 환인, 의무려산, 수분하 모두 다녀온 보기 드문 사람이다. 그러나 수분하가 졸본일 가능성에 대해선 생각조차 없었다.

졸본은 제도사학자들이 말하는 환인이 맞는 것일까? 사실이 그건데 재야 사학의 엉뚱한 주장에 놀아나는 것일까?

왜 이런 늪에 빠져야 하나. 어느 것도 확실한 것이 없다. 현우는 답답함이 또 몰려왔다.

남당은 신라의 수도 역시 지금의 경주가 아니라고 한다. 고려의 개성도 지금의 개성이 아니라고 한다. 삼국 시대의 수도 비정에 대해 단호한 부정을 하는 것에 그치지 않고 고려의 수도 비정 마저 부정한다.

고조선 이전, 〈환단고기〉에 나오는 환국, 배달국의 존재 여부는 너무도 먼 이야기들이기에 논외로 치자. 고조선과 부여의 수도 비정도 쉽지 않은 문제라고 치자. 그러나 고구려, 백제, 신라에 이어 고려까지 모든 수도들이 잘못되었다면 이게 대체 무슨 꼴인가. 조선의 수도 한양 말고는 그 이전의 우리나라 수도들의 비정이 과연 잘못된 거라면 우리나라는 대체 어디서부터 문제란 말이냐.

—수분하에 와 있어요. 이 부근이 공험진이 있던 곳인가요? 길주와 더불어 동북 9성의 하나인 공험진요.

현우는 강남희 박사에게 카톡을 넣었다.

—맞아요. 고려 예종 때의 동북 9성이 그 부근에 있었어요. 송나라에 서긍이라는 사람이 있어요. 그는 고려에 왔었는데 그 유명한 고려도경을 쓰죠. 그 책에 따르면 고려의 국경이 두만강 이남이 될 수 없어요.

—여기가 졸본인가요?

현우는 강남희 박사에게 보낸 카톡 메시지를 김한경 박사께 복사해 보낸 후 곧이어 적어 보냈다.

—수분하 부근에 공험진이 있는 것 맞아요. 공험진의 위치를 정확히 말하면 북으로 흐르는 대수분하와 남으로 흐르는 소수분하가 만나는 지점에 있어요. 그곳에 서면 그 너머 연해주가 환히 보여요. 군사적으로나 경계로서 아주 중요한 곳입니다. 그리고 졸본은 아니죠. 졸본은 저번에 같이 본 의무려산에 있죠.

시원하면서도 혼란스러웠다. 현우는 김한경 박사에게 보낸 카톡 메시지를 하상배 교수에게 전달했다.

—미치겠네. 정신 차리세요, 최현우 작가. 공험진이 왜 엉뚱하게 거기에 있어요? 졸본이 환인이지 어디입니까?

현우는 언덕을 내려오기 시작했다. 혼란 속에 불안마저 깊어졌다. 터덜터덜 걸어 내려가 식당에 들어섰다. 음식과 술을 시켰다. 술잔을 연거푸 비워도 답답함이 가시질 않았다.

발해의 중요 도시로선 그렇다 치자. 교과서의 동북 9성 이야기를 거짓으로 날릴 수 있는 근거로서의 도시로도 그렇다 치자.

이곳이 과연 졸본인가. 현우는 아무런 느낌이 없었다. 술잔을 또 비웠다.

로마 제국과 더불어 당대의 거대한 제국이었던 한나라. 그 한 제국도 고조선에 비하면 신생국이었다. 겨우 기원전 202년에 탄생되었으니. 고조선의 존재는 당대의 세계에선 으뜸이었다고 한다. 고조선을 빼놓고는 아시아를 말할 수 없다고 러시아의 어느 학자도 말했다.

신채호를 비롯한 분들에 따르면 고조선은 기자나 위만에 의해 송두리째 날아간 적이 없었다. 식민지가 된 적이 없었다.

그 고조선을 이어받은 부여. 부여를 이어받은 고구려. 그 첫 수도인 졸본.

그 역사적인 장소의 하나라고 추정되는 곳에 와서도 아무런 감흥이 나지 않았다. 술잔을 마저 비우고 일어섰다.

샛길로 빠져 내려가자 아까 본 광장이 나타났다. 요란한 북소리가 들려왔다. 수많은 사람이 북과 나팔 소리에 맞춰 춤을 추고 있었다. 그러나 그저 쓸쓸함으로만 번역되어 가슴에 스며들었다.

이곳은 버려져 있다. 한국인에 의해, 한국의 역사를 밝힌다는 소위 전문가들에 의해 철저히.

이곳이 졸본이 아니라도 좋다. 아니라면 왜 아닌지 밝혀야 하지 않는가. 수분하가 졸본이라는 남당과 정인보의 주장이 틀렸다면 왜 틀리는지. 철저히 버려진 수분하. 그 도시만큼이나 현우는 외로웠다.

—어디세요?

허무감 짙은 마음으로 걷는데 문자가 왔다. 이지은이었다.

—수분하예요.
—말이 이쁘네요. 수분하.
—할 이야기가 많은 곳이에요. Q 복음처럼.
—Q 복음?
—그런 게 있어요. 기회 되면 말씀드릴게요.
—아, 예.

현우는 슬픔이 조금은 녹는 기분이었다.

—실전 향가가 느껴지는 도시예요.
—수분하가요?
—네.
—궁금하네요.

—근데 서동요는 언제 지어졌나요?

—향가 중에 제일 먼저 지어진 것이 서동요예요. 선화공주가 진평왕의 셋째 딸로 되어 있어요. 서동방으로 밤마다 무엇을 가지고 찾아간다는 선화공주가요. 서동방은 후에 백제의 무왕이 되죠. 그러니 서동요는 진평왕 때 쓰여진 거죠.

—그럼 미실과 사다함이 써서 주고받은 향가가 시기적으로 빠르네요. 그 시기가 진흥왕 시절이니까요. 향가로서 인정된다면요.

—그렇게 되죠.

—미실이 쓴 향가가 서동요를 제치고 제일 먼저 지어진 작품이 되는 거네요. 미실은 우리나라 향가의 역사를 연 작가가 되는 거고.

—그 생각은 못 해봤어요. 듣고 보니 그런 결과에 이를 수도 있겠네요. 어머나, 신기해라.

—우리가 처음 만난 장소에서 실전 향가 말했잖아요. 그게 가슴을 묘하게 진동시켰어요. 곁에서 들었거든요.

—호호, 그랬군요.

—마치 그림자랄까. 그런 느낌이…. 내용이 전해지지 않는 향가. 그것들이 서동요나 처용가처럼 실제로 내용이 전해진다면 얼마나 좋을까요.

상실했다가 되찾은 복음서. 진실의 선물. 빈자리로 장구한 세월 존재하다가 실재가 나타나 그 빈 곳을 채운…. 현우는 그 말까진 입 밖에 내지 않았다.

—저도 그 생각 많이 했어요.

—사람들은 상실된 것에 마음이 많이 가나 봐요.

—그렇겠죠. 저는 삼대목이 사라진 것이 참 아쉬워요.

—향가가 수록되어 있다는 책 말이죠?

—네. 신라 진성여왕 때 지어진. 그 책이 없어지지 않았다면 향가가 25개나 27개. 아니 사다함과 미실이 쓴 것도 친다면 그 숫자보다 훨씬 많아 풍성한 세계를 이룰 텐데요. 향가는 우리의 얼이자 문화예요. 가만 들여다보면 가슴이 아련해지면서 뭐라 말하기 어려운 감정이 일어나요.

외로웠는지 카톡 대화가 길었다. 현우는 마음이 더욱 스산해지면서도 저려왔다.

파랑새야 파랑새야 저 구름 위의 파랑새야

어찌하여 나의 콩밭에 머무는가

파랑새야 파랑새야 나의 콩밭의 파랑새야

어찌하여 다시 날아들어 구름 위로 가는가

이미 왔으면 가지 말지 또 갈 것을 어찌하여 왔는가

부질없이 눈물짓게 하며 마음 아프고 여위어 죽게 하는가

나는 죽어 무슨 귀신 될까. 나는 죽어 신병 되리

(전주)에게 날아들어 보호하여 호신 되어

매일 아침 매일 저녁 전군부처 보호하여

만년 천년 오래 죽지 않게 하리

망설이다가 카톡으로 보냈다. 사다함이 미실에게 보낸 답가. 러시아로 떠날 때 왠지 카톡에 적어 보관하고 싶었다.

답글이 없었다. 현우는 수분하의 밤거리를 씁쓸하게 걸으며 카톡을 열어보고 또 열어보곤 했다.

19

아무르 강가에서

우스리스크로 되돌아가는 버스 안.

현우는 짙은 외로움과 답답함 속에 오기로라도 생각의 끈을 물고 늘어졌다.

그래, 〈삼국사기〉와 〈삼국유사〉, 신채호, 환단고기, 따로따로 노는 그것들 간에 연결 고리가 있다고 치자. 〈조대기〉와 〈삼성밀기〉 외에 또 다른 발견이 나온다 치자. 우리나라 역사가 어떻게 될 것인가.

하기 나름이다. 선입견을 버리고 열린 마음으로 다가가면 전혀 다른 역사 구성이 될 것이다. 억지로 꾸미자는 것이 아니다. 엄정한 고증과 재해석을 통해 있는 그대로의 대지를 열자는 것이다. 신채호의 저서나 〈환단고기〉는 조명을 제대로 받으면 훌륭한 재료가 될지도 모른다. 헛된 것들이라면 폐기 처분하면 된다.

수분하도 실망스럽긴 하지만 남당이 새로운 관점들을 보여준 것은 사실이다.

남당의 연구는 그의 유언처럼 강역 연구에 집중된다. 강역 연구는 수도 비정에 관한 연구와 직결될 수밖에 없다. 당연시된 수도 비정의 오류 가능성을 남당은 매섭게 되짚는다.

완벽할 수는 없을 것이다. 어찌 완벽할 수 있겠는가.

물론 실재는 완벽하다. 만약 지금 우리나라에서 고대로부터 왕을 했던 사람들이 다 모여서 기억력이 훌륭하다면 하나하나 정확히 지도 위에 표시해줄 것이다. 나라의 강역도 대강 그림을 그려줄 것이다. 그것이 우리나라의 완벽한 강역이 될 것이다.

아니, 그래도 안 될 것이다. 가령 〈환단고기〉에 나오는 환국이 실재한다고 쳐보자. 환국에서 12개국들이 퍼져나간다. 그것들이 사방팔방으로 가서 어떤 영향을 끼쳤는지는 그 지류의 담당자들만 안다.

남당은 적어도 이런 세계에 도전한 것이다.

신채호의 〈조선상고사〉마저 뒤흔들 정도의 논지를 거침없이 내세운다.

가령 신채호는 웅진과 사비를 공주와 부여로 비정한다. 장수왕이 천도한 평양도 지금 북한의 평양으로 비정한다.

남당은 전혀 다르다.

공주와 부여 문제는 괄호에 넣더라도 장수왕이 천도한 평양은 북한의 평양이 아니라 목단강 근처의 동경성이라고 한다. 지금의 평양이 아니라는 주장은 김한경 박사와 〈I대 고조선 연구소〉에 의해 근거가 제시되며 주장되고 있다. 사실 여부를 떠나 강역의 비정에 대해선 남당이 신채호보다 더 깊게 질러나갔다.

남당에게 있을 오류도 바닥까지 따져야 한다. 오류라고 입증되면 가차없이 버려야 한다. 남당의 주장 전체가 다 거짓이고 오류라면 통째로 버려야 한다.

그런데 〈삼국사기〉와 〈삼국유사〉에 오류가 없을까? 사마천의 〈사기〉에 오류가 없고 〈일본서기〉엔 없을 것인가. 신채호엔 없고 〈환단고기〉엔 없을 것인가.

수분하는 졸본이 아닐 수 있다.

수분하를 떠나던 아침에 강을 발견해 저게 엄리수인가 상상도 해보았지만 수분하가 졸본인지 알 길이 없었다.

그러나 백강은 백마강이 아닐 수 있을 것 같다. 공험진이 수분하 부근일 수도 있을 것 같다. 공험진에 대해선 〈I대 고조선 연구소〉가 증거가 있다며 확실하게 주장한다.

수도만 가지고도 우리나라 역사는 연구할 것이 넘친다. 이런 나라가 세계에 또 있을까? 늪이며 질곡이며 잔치이다. 축제이며 잠재력이다.

그에 대한 고뇌 자체가 일본, 중국을 포함해 숱한 나라에서 부럽게 보일 수도 있다. 우리나라는 정리되지 않은 보물창고라고 말하면 틀린 말일까.

중국의 동북 공정은 러시아 공정이다.

근데 그 논리가 과연 타당한가? 현우는 불쑥 회의감에 빠져든다.

러시아는 발해를 자기 역사라고 한 적이 없다. 러시아가 극동을 차지한 것은 근현대이다. 러시아는 서구에 있는 슬라브에 정체성을 둔 나라이다. 극동과는 관계가 멀었다. 그렇다면 그저께의 그 아이디어는 말도 안 된다. 쓸데없는 궤변 하나 빚었을 뿐이다.

현우는 힘이 주욱 빠졌다. 궤변이 아닐 수 있겠다는 생각이 다시 꿈틀거린 것은 버스가 한참을 달려 중러 국경을 지난 후였다.

푸틴은 야욕이 넘치는 사람이다. 차르 몽을 꾸고 있다. 차르 시대나 소비에트 연방공화국에 걸치는 동안의 최대 권력이 되고 싫어 한다. 러시아 우크라이나 전쟁의 이면엔 그런 검은 흑심도 작동할 것이다.

미국과 중국이 G2로서 세계를 삼키려 경쟁하는데 그냥 잡수시오 할 푸틴이 아니다. 중국의 동북 공정이 러시아에게 아무것도 아닐 수도 있지만 그걸 구실로 중국에 뭔가를 제안하거나 꺼리를 삼을 수 있다.

동북 공정 자체가 허구인데 그 못지않은 논리일 수 있다. 우리라고 못 할 게 뭐가 있는가. 이에는 이, 눈에는 눈. 적의 무기를 빼 적의 심장을 찌르는 것이다. 게다가 현재의 블라디보스톡은 러시아 땅임이 틀림없다. 발해 지역 즉 블라디보스톡을 포함한 중국의 동북 공정이 러시아 공정이라는 논리도 성립할 수 있다.

우리나라 정부 관료나 학자들이 그 작업을 할 수 있을까? 중국의 동북 공정 참여자들이 매일 하는 짓이 그건데.

불안하고 두려워할 것 같다. 미국의 사드로 인해 중국의 심기를 건드려 무역 보복 조치를 당하는 등 중국에 밉보인 적도 있었다. 그런 상태에서 중국을 더욱 헤집을 테니.

그러면 중국의 동북 공정을 당하고만 있을 것인가. 동북 공정에 러시아를 포함하는 일. 그것은 동북 공정에 대한 역공정일 수 있다. 공정에 대한 진실의 저항이며 이의제기이다. 질문이다. 퀘스천(Question)이다. 중국의 공정 장난에 예기치 않은 복병을 집어넣는 것이다.

러시아가 이 좋은 놀이에 뛰어들지 않을 이유가 없다. 지금은 정신없겠지만 잘못된 결정으로 인한 죄의 늪으로부터의 탈출구로서도 언젠가 가능할 수도 있다.

판을 키우는 것이다. 현우는 문득 이런 중차대한 고민을 민간인일 뿐인 자기 혼자 하고 있는 자체에 짜증이 일었다. 이런 일을 왜 혼자 하고 있는 거지. 김한경 박사를 떠올렸으나 가슴 한편으로 거부되었다.

아. Q. 그와 함께라면 이런 논의가 더 파괴적인 창의성에 다다를 수도 있을 것 같았다. 그는 나름대로 모종의 네트워크를 가동할지도 모른다. 그 자신처럼 뛰어난 창의성을 지닌 사람들과 활발한 모색을 하고 있는지도 모른다. 현우는 보이지 않는 곳에서 시원한 수레바퀴 소리가 들리는 것 같았다.

Q 복음도 가슴을 두드렸다. 자기 가슴이 징이 되어 콰앙콰앙 울리는 것 같았다.

황망하게 흐트러진 우리나라의 사료들과 견해들 너머에 Q 복음 같은 것이 나올 수도 있다. 3대 복음서에 없는 것을, 3대 복음서를 바탕으로 추려낸.

물론 성서의 Q 복음과는 다르다. Q 복음의 그림자들을 깔고 있는 3대 복음은 진실 위주들이다. 이에 반해 우리나라의 역사서들은 진실과 오류가 뒤범벅이 되었다. 복음서보다 복잡하고 분열적이다. 거짓과 술수, 왜곡, 과장, 사기, 누락, 실수, 착각으로 넘친다. 그러나 그 징그럽도록 두꺼운 밀림 속에서 진실과 오류를 면밀하게 따져가면 떠오르는 대지가 있을 것이다.

도마복음이 Q 복음에 해당되는 것이라면 우리나라의 강역에서 도마복음 같은 것이 존재한다. 당시의 땅이다. 물론 당대의 강역 개념은 아예 없었을지도 모르며, 있다 하더라도 지금과는 다르다. 고대 사회엔 지금처럼 영역에 금이 그어지거나 경계가 뚜렷한 것도 아니다. 나라 간에 중첩도 있을 것이다. 그럼에도 왕들이나 관료들의 머릿속에 그려졌든 실제의 땅이 있을 것이다. 문제는 그것을 발견하기 위한 상상력이 우리나라에 전무하다시피 하다는 것이다.

아무르강.

흑룡강으로도 불리는. 검은 용이라는 무서운 매혹이 도사린.

신채호의 〈고사상 이두문 해석법〉에 의하면 긴 것이 '아리'이다. 아무르는 그 '아리'와 관계된다. 송화강은 신채호에 의하면 아리가람이라 했다. 요하도 아리가람이었다. 한강은 아리수, 낙동강의 옛 이름도 아리가람이라고 했다.

의무려산의 한자도 옥려였으며 그것 역시 고구려의 '아리'에서 왔다. 송화강 못지않게 마음속에 그리던 아무르강. 대낮인데도 검은빛을 띠고 무섭도록 퀄퀄 흘렀다. 현우는 마냥 바라보다가 자리를 떴다.

아무르강 변과 이어진 번화가를 따라 걸었다. 고려공산당이 있었다는 건물을 찾아가는 중이다. 우리나라의 근현대사에서 빠질 수 없는 도시 중의 하나인 이곳 하바로프스크. 1918년 이 도시에서 한인 공산당이 설립된다. 1917년 러시아 혁명 이듬해이다. 중국과 일본의 공산당 설립보다 이르다. 러시아 혁명 과정에도 공산당 창당 멤버 중 한 사람인 김 알렉산드리아 같은 사람들이 깊게 관여되어 있다. 20세기의 지구촌엔 19세기의 서구에서 누적된 모순의 결과로 세계 대전이 터진다. 그 와중에 새로운 물결로서 러시아 혁명이 발발한다. 일제 식민지였던 조선에선 3·1 운동이 일어나 전 세계에 영향을 준다. 우리나라는 고대에 비한다면 강역이 형편없이 쭈그러들다가 그마저 식민지로 전락했지만 세계사적인 운동에 깊숙이 관여하는 것이다. 상고 시대의 홍익인간 개념과 3·1 독립운동 취지는 연장선에 있다. 강역과 관계없이 정신이 살아 이어진다.

사진으로 본 고려공산당이 있었던 건물이 눈에 들어왔다. 주황색 지붕은 완만한 세모꼴이었다. 우수리스크에서도 처연한 시간을 보냈다. 우수리강 강가에서 이상설의 유허비를 마냥 바라보았고 애국지사 최재형의 집을 찾았으나 찾지 못했다. '고려인 문화 센터'에선 벽면의 흑백 사진들 속에 압축된 의미를 되새겨보려 노력했다. 피눈물 흐르는 아픔이 가슴을 진득하고 스산하게 물들였다.

아픔과 감동이 파도처럼 밀려왔다. 웅장한 상고사와 뼈아픈 근현대사가 뜨겁게 만나고 있었다.

일본은 한국의 상고사에 대한 콤플렉스, 한국은 일본의 근대사에 대한 콤플렉스. 유홍준의 그 말이 설핏 스쳤다. 콤플렉스 따위를 벗어난 광활한 대지에서 서로 만나면 얼마나 좋을까. 중국의 동북 공정 이면에 스며 있을 콤플렉스도 되짚어졌다. 한일뿐 아니라 한 중 일, 더 나아가 세계가 콤플렉스 같은 우중충한 껍질을 벗어던지고 뽀얀 얼굴들로 만날 수 있다면 얼마나 좋을까.

현우는 가슴속의 불을 지그시 누르곤 고려공산당 건물에서 시선을 거두었다. 다시 번화가로 접어들었다.

걷다 보니 슬그머니 정민이 걱정되었다. 전화를 걸었다. 받지 않았다. 문자를 넣었다. 답이 없었다. 불안감이 가슴을 들쑤신다. 선호에게 전화를 걸었다.

"정민 형이 앰블런스로 병원에 실려 갔어요."

바닥 모를 불안과 적막감이 현우를 압박해 왔다.

어두워지고 있었다. 밤의 아무르강을 보며 마음을 달래고 싶었다. 아픔을 더 저리게 느끼고 싶었다. 검은 것을 더 검게 보고 싶었다. 밤의 아무르강 앞에 다시 섰다.

흙빛으로 장엄하게 흘러가고 있었다. 확실히 밤의 아무르강은 낮의 그것보다 더 무섭게 장엄했다. 밤빛과 어울려 콰르릉콰르릉 흘렀다. 가슴속의 강도 검고 묵직한 빛으로 흐른다.

조하, 난하, 시라무렌강, 대릉하, 요하, 압록강, 청천강, 대동강, 두만강, 우수리강. 송화강, 목단강, 아무르강…. 대륙과 반도의 경계가 다시금 지워졌다. 하나의 땅덩어리를 피자 자르듯 여러 가닥의 물길이 나며 강들이 흐를 뿐이었다.

러시아도 중국도, 한국도, 일본도 사라지고 없었다.

사마천의 〈사기〉, 반고의 〈한서〉, 〈삼국지 위지동이전〉, 〈구당서〉, 〈신당서〉, 〈요사〉, 〈삼국사기〉, 〈삼국유사〉, 〈환단고기〉, 〈남당유고〉, 〈일본서기〉…. 쓸데없는 쪼가리들로 보였다. 가슴속에 들끓는 분열적인 관념들을 다 찢어 칠흑 같은 아무르강에 던지고 싶었다. 콰르릉, 콰르릉 흐르는 강을 마냥 바라보았다. 무경계인 듯한 시간을 보내고 자리를 뜰 즈음 스마트폰을 꺼내 보니 이지은으로부터 문자가 와 있다.

—도저히 상상할 수 없는 일이 일어났어요. 미치코의 살인 청부자를 자처하는 사람이 나타났어요.

현우는 뜨악했다. 세상이 대체 어떻게 돌아가는지 정신을 지키기 어려웠다. 고개를 갸웃거리다가 마음을 집중해 문자에 눈길을 박았다.

—중국의 동북 공정 책임자여서 사람들이 황당해하고 있어요. 저도 이해가 안 가요. 무섭고요. 그가 죽어서 더 무서워요.

장리우라는 사람인데 다급한 일이 있었는지 프랑스로 떠나 머물렀대요. 위기감에 쌓여 유튜브 동영상을 만들어놨다는데 그것이 공중파를 타고 있어요. 평소 알고 지내던 루브르 박물관의 학예사에게 장리우가 그걸 보낸 모양입니다. 그 학예사가 고민 끝에 파리 국영방송국에 보내 전 세계로 확산이 되고 있어요.

20

비극의 망명 희망자

—제 이름은 장리우입니다. 사랑하는 조국을 피치 못할 이유로 떠나 프랑스에 머물며 망명을 생각하는 마음에 만감이 교차합니다. 저는 동북 공정에서 중책을 맡아 지금껏 해왔습니다.

현우는 유튜브를 시청하다가 현기증이 일었다. 유튜브를 끄고 잠시 쉬다가 스마트폰에 '장리우'를 쳤다.

장리우. 중국의 동북 공정 책임자

1955년생. 저장성 항주 출신

사진도 있었다.

유튜브를 다시 틀어 장리우의 얼굴이 크게 나온 곳에서 정지시켰다. 두 얼굴을 대조했다. 동일 인물이다. 돌연 더 무서워지며 가슴 깊은 속에 얼음물이 차오르는 듯했다. 무시무시한 일들이 벌어질 시작은 바로 이제부터라는 예감이 들었다. 다시 유튜브를 틀었다.

—이제야 말하지만 갈등에 사로잡힐 때가 있었습니다. 홍산문화가 드러날 땐 고민이 더 깊었습니다. 황하 문명에 근거한 기존의 틀로는 도저히 풀리지 않습니다. 그런 갈등 속에 논리를 짜야 한다는 것이 솔직한 심정을 밝히자면 궤변을 창조하는 기분이었습니다. 그럼에도 일을 진행해나갔지요. 당과 국가를 위해 관료와 학계의 전문가들을 동원해 지휘해나갔습니다. 세계 유수의 논문들을 읽다가 특이한 논리를 펴는 것이 눈에 띄었습니다. 러시아의 블라디보스톡은 한때 발해의 강역이었다. 중국이 동북공정의 일환으로 발해 공정을 한다는 것은 블라디보스톡이 중국의 영역이었다고 말하는 것과 같다. 지금 북한 땅이 고구려 땅이었기에 유사시에 중국의 땅이 될 수 있도록 짜진 것처럼 블라디보스톡 역시 유사시에 중국의 땅이 될 수 있다는 의미가 되죠.

강정규라는 재독 한국인 박사가 쓴 〈동북 공정과 부메랑 효과 분석〉이란 제목의 논문은 그보다 더 내지르고 있습니다. 중국의 발해 공정은 러시아 공정을 의미한다고 주장합니다. 논리적으로 그 점을 벗어날 수 없다는 것이지요. 저는 그 논문에서 상당히 정치적인 것을 느꼈습니다. 동북 공정에 대해 한국의 정치계, 관료, 학계에서 이렇다 할 반론이 없다고 할 수 있습니다. 저는 그 점이 참으로 의아한데 한국의 강단 사학이 그렇게 눈감아주니 감사할 따름이지요. 그런데 그 논문은 한국 사학의 그런 괴상한 상황과 연계된 중국의 역사 공정이 중국의 미래에 치명적인 부메랑이 될 것이란 판단을 하고 있습니다. 한국의 강단 사학을 비판하고 러시아를 끌어들여 중국과 싸움을 시키는 꼴입니다. 러시아를 끌어들인다고 한들 나의 대중국에 무슨 영향을 끼칠까마는 심기를 건드린 건 사실이었습니다.

영토 문제에 대해 중국은 이미 너무 많은 적을 가지고 있습니다. 서북 공정. 서남 공정…. 현재로선 힘으로 가능하지만 미래에까지 지속할지 저는 실은 불안을 지니고 있습니다. 불안의 요인은 SNS에도 있습니다. 2010년 아랍의 봄이 시작될 때 저 물결이 언젠가 중국에 닥칠 거라는 두려움이 있었죠. 지금은 통제가 되고 있지만 언제까지 가능할까요. 내 조국 중국이 두려워하는 그 일이 터진다면 걷잡을 수 없을 겁니다. 그것은 중국 내의 소수민족들에게 불을 댕기겠죠. 저는 직무상 지도를 자주 보는데 티벳, 신장 위구르 지역, 내몽고, 동북 삼성이 중국의 변방에 광대하게 위치한 채 서로 가까이에 있습니다. 길들여져 통제 가능권 안에 속하긴 하지만 독립의 불씨는 잠복되어 있다고 봐야 할 겁니다. 만약 그런 것이 가시화될 때 러시아마저 중국이 상대해야 한다면.

강정규 박사는 거기까지 내다보고 있습니다.

중국은 역사 공정을 국가 기획의 차원에서 몇십 년째 추진해왔습니다. 그동안은 힘없는 나라들 상대였기에 별문제가 없었죠. 러시아와 대립한다면 달라질지도 모릅니다. 중러 관계는 사실 별것 아닙니다. 중국은 미국과의 관계가 중요합니다. 중러 갈등이 중미 관계에 부정적으로 작용하는 게 더 큰 문제죠.

이런 상황 속에 일본의 서릉부 직원인 미치코가 양심 고백을 하고 나섰습니다. 서릉부의 존재는 저로선 당연히 알고 있습니다. 그 안에 들어 있는 한국의 상고사 서적들. 그것들이 드러나게 되면 중국이 국가적 과제로 추진해오는 역사 공정과 곧바로 충돌됩니다. 하상주 단대 공정, 탐원 공정, 동북 공정 뭐 하나 걸리지 않을 것이 없습니다. 서남 공정과 서북 공정에도 영향을 미칩니다. 몽고 문제와도 걸립니다. 그것을 해결하기 위해 우리 중국은 무리수를 더 두어야 합니다. 이런 이야기는 실은 중국 내에선 금기입니다. 역사 공정에 참여한 사람들 사이엔 특히 그렇습니다. 이 정도의 말도 제가 망명을 희망하며 지금 프랑스에 머물기에 가능합니다.

서릉부에 있는 한국의 상고사 서적들이 실제로 세상에 나온다면 역사 공정을 추진하는 우리 중국으로서는 걸림돌이 되겠죠. 물론 지금껏 해왔던 논리로 뒤집어씌워 밀고 나가면 됩니다. 국제정치는 힘으로 움직이니까요.

그러나 그것은 점점 중국의 수치를 보이는 꼴이 될 것입니다. 역사학 외에 제가 철학도 조금 했기에 말씀드릴 수 있습니다. 중국은 대국의 길은 잘 헤쳐나왔지만 역사 문화적으로는 개념 정립에 실패했다고 말할 수 있습니다. 앞으로 밀고 나갈 수도 없고 뒤로 후퇴하기엔 너무도 멀리 왔습니다.

미치코가 양심 고백을 했을 때 저를 포함한 전문적인 팀은 정보를 총동원해 그녀의 행동이 진실하다고 판단을 내렸습니다. 우리는 비밀 요원들을 통해 서릉부 안에 무엇이 들어 있나를 제법 알고 있습니다. 그러니 그녀의 말이 사실임을 알고 있는 것이지요.

더욱이 그녀가 어떠한 외부적 강요 없이 단지 양심을 따라 고백한 것이기에 그녀가 말한 내용의 확장력과 파괴력은 클 것입니다.

그녀의 제거가 일본으로서도 유리할 텐데 일본은 어쨌거나 민주주의이고 사법부와 언론이 살아 있는 편입니다. 그녀의 제거가 유리하겠지만 그 후폭풍이 두려웠을 것입니다. 만약 그녀를 제거한 주체가 일본 정부라고 밝혀진다면 미국의 대통령을 밀어낸 워터게이트 사건 정도가 아닐 겁니다. 일본열도 전체가 뒤흔들릴 것입니다.

미치코의 아들을 불행으로 빠뜨린 일본의 교과서는 한국에 대한 일본의 역사적 우위를 전제로 하고 있습니다. 미치코 사건이 커질수록 이러한 허구 자체가 폭풍을 맞게 됩니다. 일본의 교육, 정체성, 체제, 그 모든 것이 실험대에 오르는 것입니다. 일본 자체가 위선적인 역사관 위에 건립된 사기극이라는 사실을 받아들여야 할 지경까지 갈 수 있습니다. 그야말로 일본의 위기입니다.

물론 일본 역시 기존대로 힘으로 제압해나가겠지요. 그러나 미치코 사건은 뜨거운 감자입니다. 일본 정부가 그 사실을 끄려할수록 도리어 드러날 가능성이 큽니다. 미치코의 양심 고백이 있은 후 가장 두려워한 곳이 일본 정부였을 것입니다. 정보기관을 통해 증거들을 잡아냈습니다.

그래서 일본 정부는 미치코를 제거하고 싶어도 막상 실천이 두려웠을 겁니다. 딜레마죠. 미치코 사건은 동북아의 중차대한 사건입니다. 용의자가 나타나지 않는 것은 일본의 이런 딜레마와 직결됩니다. 일본 극우파들의 소행으로 일본 정부가 몰려고도 했다는 정보를 저희가 알고 있습니다. 그러나 그것은 극우파들의 반

발을 일으켜 결국 그 목을 죌 것이기에 일본 정부가 시행하려다가 참았죠. 용의자가 색출 안 되는 상황은 미치코 사건의 성격을 드러내며 지금까지의 범죄사 중 특이한 것으로 기록될 겁니다.

일본에서 미치코를 제거한다면 우리 중국으로서는 편할 텐데 일본의 정황을 볼 때 쉽지 않을 것 같았습니다. 그렇다고 시간이 해결해줄 문제가 아닙니다. 시간이 흐를수록 미치코 신드롬은 커져서 일본은 내홍을 입을 것입니다. 결국은 틀에 박혀 있는 한국의 제도권 사학을 몽매함에서 깨어나게 하고 수준 있는 재야 사학엔 날개를 달아주어 한국에서 역사에 대한 새로운 열기가 타오를 것입니다. 그것은 곧 중국에도 영향을 줍니다.

중국은 동북 공정에서 블라디보스톡으로 인해 러시아와 얽혀들지도 모릅니다. 중국으로서는 이 모든 것의 조기 진화가 현명하다는 것이 동북 공정의 책임자 위치에 있는 저의 동물적 판단이었습니다.

바로 이 부분에서 저는 인생 최대의 고뇌를 겪게 되었습니다. 미치코 양심 고백 사건의 해결을 위해선 그녀의 제거만이 길이라는 생각을 지울 수 없었습니다.

일본 정부로서는 그녀를 제거하기 힘들 것이라는 판단으로 제가 할 수밖에 없다는 판단이 섰습니다. 물론 중국에는 정보 및 특수 공작 조직이 있습니다. 그러나 미치코의 제거는 시일이 촉박한 문제이며 제가 동북 공정의 책임자인바 미치코 사건의 심각성에 가장 예민하게 눈 뜨고 있는 사람일 것입니다.

상의할 사람이 없었습니다. 그것을 누구와 상의합니까. 미치코 살해 혐의가 중국에 있었다고 세계에 보도된다면 중국은 국제적으로 치명타를 받게 됩니다.

시진핑 주석에게 상의하거나 보고를 드리려는 마음은 간절했지만 이런 이유에서 접었습니다. 그렇다고 미치코를 제거하지 않으면 그녀의 입에서 어떤 정보가 계속 나올지 그 파괴력을 가늠할 수 있는 저로선 진짜 이러기도 저러기도 어려운 절대적인 딜레마 속에 있었습니다. 두려웠습니다. 사람을 죽이는 일은 더 큰 명분을 위해 감수할 수 있는 일이지만 그녀 제거 후의 후폭풍 때문입니다.

일본에서 미치코 살해 범인을 파고들면 중일 문제로도 번질 것입니다. 그러나 우리의 판단으론 일본 정부가 그 일을 집요하게 추진하지 않을 것으로 보고 있습니다. 그것은 일본의 결점을 드러내는 것이기 때문입니다. 두려운 것은 일본의 사법부와 언론인데 결국은 그들이 일을 치고 나가게 될 것 같았습니다. 그 폭풍도 두려웠지만 현안을 정리하는 것이 낫다는 생각이 들었습니다. 제가 미치코를 제거해야겠다고 결심을 내린 이유입니다.

그런데 청부 살인을 맡은 자가 미치코 살해 전날에 배신했습니다. 실은 미치코는 살해되기 하루 전날에 죽을 운명이었던 거죠. 미치코가 실제 누구에 의해 살해되었는지 저도 궁금합니다. 배신을 알게 된 순간 하늘이 노랬습니다. 그러나 그 배신자도 살해되었습니다. 그 또한 누구에 의한 건지 모르겠습니다. 그 살해 사건은 아직 드러나지도 않았습니다. 그러니 저는 청부 살인을 기획했지만 실제로는 미치코 살해 사건과는 무관합니다.

그러한 제가 왜 양심 고백을 자발적으로 하며 망명을 원할까요?

이 점을 말씀드려야만 저의 망명 결심이 이해될 것이기에 말하고자 합니다.

제 속에 묻어둔 학자적 양심과 국가 이익에의 봉사 사이의 갈등은 사실 문명 공작을 하는 동안 거의 사라졌습니다. 제겐 일만이 중요했고 그것을 하기에도 벅찼죠. 무수한 지식인들을 한 방향으로 몰아야 했고 수많은 논문을 그 방향에 맞춰 쓰도록 고무했죠. 그 모든 일이 내 조국 중국의 미래를 위해 중요하리라 여겨 매진했죠. 시진핑 주석과도 관계가 좋았습니다. 그는 저를 아끼고 밀어주었죠.

세계는 지금 또다시 변하고 있습니다. 냉전까진 미국과 소련이 세계를 양분했죠. 중국은 그때 숨죽여 인내하며 때가 오길 기다렸습니다. 고르바초프로 인해 소련이 해체되자 미국의 일방적인 주도로 세계가 흘렀죠. 신자유주의와 양극화의 심화, 중동의 암운, 후진국들의 병폐는 그로 인한 바가 큽니다. 그런 와중에 지금은 각국의 민족주의가 다시 부활하고 있습니다. 터키, 인도, 이란, 러시아 등지에서 강력한 카리스마의 리더들을 통해 민족주의적 움직임이 꿈틀대고 있죠. 시진핑 주석이 시황제로 등극한 것도 그런 세계사적인 흐름의 하나인 동시에 선두주자가 되려는 욕망이 있습니다. 우리 중국과 미국을 엮어 G2니 뭐니 하는데 그것도 시간문제일 것입니다. 중국은 대국굴기의 최고 정상 국가로 향하고 있습니다.

이러한 거국적인 국가 설계에 핵심 요원으로 관여되고 그 일환인 역사 공정에서 중차대한 책임을 맡은 저에게 블라디보스톡 문제가 신경을 쓰게 했다고 말씀드렸습니다. 푸틴의 탐욕은 알아주지 않습니까. 푸틴은 과거 러시아의 영광의 재모색을 꿈꾸고 있지요. 더욱이 블라디보스톡은 극동의 극단에 있는 도시로서 전략적으로도 중요합니다. 내 조국 중국의 발해 공정의 의미를 확대하면 곧바로 블라스보스톡 공정이 된다는 한국 학자의 논리가 푸틴의 심기를 건드린다면 그는 그것을 구실로 무엇을 요구해 올지 아무도 모릅니다. 그것은 동북 공정에 강국이 공격해 오는 것이라고 볼 수 있습니다. 중국의 아킬레스라고 할 수 있는 소수민족들의 독립에 러시아가 은근히 힘을 실어줄 수도 있을 것입니다.

중국의 약화는 재부활의 꿈을 꾸는 푸틴에겐 희망이니까요. 그렇게 중국의 결함들이 들쑤셔지면서 시대적 흐름인 SNS까지 서서히 중국을 옥죌 것입니다. 중국의 경제 발달과 더불어 중국의 민주화도 진척될 수밖에 없으며 그것은 SNS를 수반할 수밖에 없지요. 그럴 경우에 내 조국 중국은 부메랑을 맞을 공산이 있다고 봤습니다.

거기서 끝나지 않습니다. 러시아 하나라면 G2를 넘어 세계 정상을 바라보는 우리 중국이 뭐가 겁나겠습니까.

우리 중국은 알다시피 서북 공정도 있고 서남 공정도 있습니다. 저는 그쪽 책임자들과도 잘 압니다. 그런데 제가 동북 공정을 위한 기초 연구를 하다 보니 알게 된 것이 있습니다. 서북을 다루게 되면 흉노, 돌궐, 선비, 위구르의 역사를 알지 못하면 되지 않습니다. 지금 터키나 헝가리는 그 유산에서 거리가 멀지 않습니다. 지금 중국의 서북 공정은 신장 위구르 지역에 국한되지만 그 여파는 블라디보스톡의 경우처럼 언젠가 파급효과를 띨 가능성이 없다고 볼 수도 없습니다.

게다가 대만이나 홍콩 문제는 계속 강렬해질 것으로 보입니다. 그쪽에서 중국 대륙으로의 SNS 파급효과도 장담하지 못하겠습니다. 중국의 변방뿐 아니라 중국의 중심에서도 자유화의 조짐은 얼마든 일어날 수 있습니다. 천안문 사건의 불씨는 여전히 잠복되어 있으며 우리 중국을 괴롭히는 복마입니다. 푸틴이 어느 정도의 세기로 대응을 할지 아직은 알지 못합니다. 우리 중국에 대해 힘이 열세이기에 함부로 하진 않을 것 같지만 과거의 영광스러운 러시아를 부활시키고 팽창주의적 야망이 큰 사람이기에 장담할 수 없습니다.

그런 일들이 복합적으로 일어날 경우가 문제가 됩니다.

이 정도로는 제가 조국을 버리고 망명까지 할 생각을 하지 않을 수도 있습니다. 푸틴이 블라디보스톡 이슈로 문제를 일으키더라도 우리의 국력으로 보아 협상으로 마무리할 소지들은 얼마든지 있으니까요.

문제는 바로 우리 중국이 전력을 기울이는 탐원 공정에 있습니다. 저는 거기까지 관여되었는데 홍산 문화는 중원 지방을 벗어나기에 골치가 아팠습니다. 우리는 중원을 벗어난 유목민족 지역마저 중국화 시키는 작업을 했습니다. 그리 어려운 작업은 아니지요. 논리라는 것은 양면성이 있고 그 어떤 논리든 그에 대한 반대 논리가 가능한 동시에 자체를 지탱하는 체계도 가능하기 때문입니다.

제 마음을 좀 더 솔직하게 말하자면 한국을 알면 알수록 깊어진다는 것을 처절히 느껴왔습니다. 동북 공정을 포함한 단대공정과 탐원 공정은 한국의 역사를 음각화시키는 양각화일 뿐입니다. 반대로 말해도 무방합니다. 한국사를 양각화시키는 음각화라고 말입니다.

실제로 저는 두려워 밤잠을 이루지 못할 때도 많았습니다. 역사 공정을 시작한 일이 중국의 미래에 긍정적이기는커녕 부정적이며 치명적으로 될 거라는 생각도 슬슬 들기 시작했습니다. 미치코 사건은 그런 저의 두려움과 공포를 자극했습니다. 서릉부 안의 비밀들이 드러나면 그 여파는 중국까지 번질 것이 뻔합니다. 한국에선 상고사에 대한 서책들이 사라졌다고 할지라도 서릉부와 일본 각지, 중국 안에 어디에 무엇이 있는지 어떤 방식으로 튀어나올지 모릅니다. 물론 고대로부터 그것들을 사장시키는 일들을 해왔지만 알 수 없는 것이 중국이니까요.

한국 공정은 곧 세계 공정이라는 생각이 들게까지 되었습니다. 그럼에도 동북 공정을 유지하는 것이 가능할까요? 말했다시피 아직까지는 가능할지 몰라도 중국이 두려워하는 제반 여건들이 복합적으로 터져 나오면 중국에 도리어 치명적이 될 거라는 생각이 강해졌습니다.

그런 사실에 대한 인식과 공감이 중국 내부에서는 불가능합니다. 역사 공정이 다각도로 추진되고 있고 그 책임자들이 또 있지요. 그 모두는 시진핑 주석의 영도 아래에 있습니다. 그 내부에서 제가 이견을 말한다면 저는 파면만 남아 있습니다.

그리고 중국의 공정 책임자들은 더 깊게 말하자면 상당수가 미친 듯이 취해 있습니다. 자기기만에 빠져 있기도 합니다. 그것을 느끼지 못하기도 하지요. 물론 공포도 있습니다. 심리적이든 무의식이든, 느끼든 말든, 그들은 그것들을 외면한 채 역사 공정 즉 왜곡의 일에 매진하고 있습니다. 당과 국가에 대한 헌신이 그들을 옭아매죠.

그러나 그런 것들이 직무 외엔 아무것도 아니며 결국은 중국에 악영향을 끼칠 것이 제겐 자명하게 보입니다.

이대로 가다간 중국이 자기 발목에 걸려 넘어지고 자기가 던진 부메랑에 맞아 휘청거릴 수도 있는데 시진핑 이하 중국은 그리로 매두몰신하고 있습니다. 그 책임자로서 저의 고뇌가 얼마나 크겠습니까.

의혹이 없을 땐 불도저처럼 밀어붙였지만 그것이 생긴 후로는 고통이 커져갔습니다. 그러나 티를 낼 수도 없고 일을 추진하지 않을 수도 없었습니다. 논문들을 계속 내도록 지식인들을 뒤흔들고 이끌어가야 했습니다. 시진핑 주석에게도 끊임없는 희망을 주어야 했습니다. 그러면서 내부적으로 갈등의 상처는 곪아갔습니다.

아내에게도 말할 수 없었습니다. 췌장암으로 고통을 받고 있기에 저의 무거운 짐을 나누기 싫었습니다. 아내마저 몇 개월 전에 세상을 떠났습니다. 저는 점점 우울해졌습니다.

집에 들어가기가 싫었습니다. 정치에도 염증이 나기 시작했습니다. 그럼에도 역사 공작이라는 수레는 계속 돌려야 했습니다. 그 일이 중국의 미래에 좋지 않을 것 같은 회의감은 커져갔습니다. 미치코 살인 청부 계획은 필연적인 선택이었다고 봅니다. 비록 실패했지만 청부 살인을 기획한 것이 저라는 사실을 시진핑 주석이 아는지 모르는지 확인할 길도 없습니다.

시진핑 주석이 알게 될 경우 저는 희생양이 될 것 같았습니다. 시 주석이 제가 감행한 일을 국가를 위한 애국 행위로 인정한다고 하더라도 그는 공개적으로 저의 편을 들어줄 수 없을 것입니다. 중국의 대국굴기를 위해 내실을 기할 때라 시 주석은 저를 처벌할 수밖에 없을 것입니다.

그것만이라면 받아들이면 됩니다. 그러나 말해왔듯 저는 중국이 대국을 향한 노정에서 역사에 대한 개념 정립에 차질을 빚어 결국은 후회스러운 시간을 맞으리라고 생각하는 사람입니다. 중국의 역사를 보더라도 자명한 이치입니다. 중국은 분열과 통일을 반복해왔습니다. 대통일 후엔 분열이 필수였습니다. 시진핑 주석이 시황제로 등극하는 것을 저는 내심으론 그 전조로 읽고 있습니다.

망명이라는 행위를 저의 인생에서 생각한 적도 없었습니다. 저는 마오쩌둥과 덩샤오핑, 그 뒤를 이은 정치계에서 중국 공산당의 지침을 철석같이 믿고 따랐습니다. 시 주석이 내리는 처벌에 따를 생각도 했습니다만 중국이 지금의 방향으로 내달리면 중국으로선 독약이라는 생각을 지우기 어려웠습니다. 청부 살인의 배신자를 감쪽같이 누가 죽였는지에 생각이 미치면 뼛속까지 공포가 엄습합니다. 미치코는 과연 누가 살해했는가? 망명해서라도 제 생각에 맞는 행동을 하는 것이 절체절명의 위기에 빠진 제가 이제부터라도 해야 할 역할이 될 것 같았습니다.

망명지로서는 북한과 남한을 생각하고 있습니다. 지금은 임시로 프랑스에 거주하지만 적당한 때가 되면 둘 중의 한 곳에 가서 활동하고 싶습니다.

두 나라 모두 저를 부담스러워할 것으로 보입니다. 남북한 모두에 망명이 된다면 북한보다는 남한에 더욱 마음이 끌립니다.

공산주의는 이미 체험해봤기에 편하고 북한도 수시로 가봐서 익숙하지만 저의 갈등과 새로운 모색에 대해 충분한 공론장이 되기가 어려울 것입니다. 남한은 그 안에 제가 투입된다고 하면 경각심이든 부담이든 느껴 공론장이 될 것이라고 보입니다.

사실 그동안 무지하고 자폐적인 한국의 제도권 사학이 일조해주었습니다. 감사의 말씀을 드려야 할지 우물 안 개구리라고 말하기도 아깝습니다. 동북 공정을 지휘해온 저나 제 휘하의 수많은 사람은 그들을 중요하게 취급하지도 않았습니다. 감히 말하자면 한국의 강단 사학자들은 중국의 밥이었습니다. 미치코의 양심 고백 사건이 터져 중국과 일본이 드러낼 수 없는 홍역을 앓고 있을 때도 그들은 멍청한 것인지 느낌조차 없는 건지 무사안일에 빠져 있었습니다. 역사를 연구하는 건지 뭘 하고자 하는 것인지 국외자의 눈으로 보아도 한심스럽기 짝이 없습니다. 물론 그들 중에 가끔 입바른 소리에 근접하는 사람들도 나타나곤 했습니다. 그럴 땐 주의를 했지만 그들도 한계에서 벗어나지 못하고 다시 뻔한 원점으로 돌아가곤 했지요.

제게 남한의 망명이 허락된다면 남은 생애를 중국과 동아시아를 포함한 세계를 위해 보람된 역할을 하고 싶습니다.

그러나 분명히 말씀드리는데 저는 중국을 사랑하는 중국인입니다. 역사학자이며 정치가입니다. 제가 남한으로 망명을 하려는 이유는 동북 공정에 대해 남한에 유리하여지도록 하는 것이 아닙니다. 저는 동북 공정의 중국 책임자이기에 그 내부의 항목들을 깊숙이 압니다. 그것들이 도움이 되긴 하겠지요.

다시 말하지만 저는 한국을 위해 가는 것이 아닙니다. 저는 중국 사람이고 중국을 위해 가는 것입니다. 남한의 정치에 저의 존재가 불편하겠지만 망명을 허락해주시면 감사하겠습니다. 이상으로 망명에 대한 입장을 모두 밝혔습니다.

21

Q

—장리우. 이건 또 어떤 또라이지?

—말도 안 돼. 장난하냐? 중국이 어떤 나라인데.

—시진핑 치하에서 저런 일이 잘도 일어나겠다. 놀고 있네.

—현실이 만화인지. 만화가 현실인지…

—미치코의 살인 청부 계획이 중국 권력의 핵심에서.

—살인 사건 속에 숨은 살인 사건.

—장리우 역시 죽음으로. 그는 대체 누가 죽인 것일까? 시진핑일까?

—미치코의 죽음에 이어 장리우도 죽음의 세계로. 사건들이 의외적이고 감당할 수 없도록 당혹스럽습니다.

—두 번 죽은 거나 마찬가지인 미치코. 미치코는 과연 누가 죽인 거야?

—배신자는 또 누가?

—루브르 박물관 학예사의 용기로 문제 많은 중국의 동북 공정이 전 세계의 관심사로 확산 중

—동북아 유례없는 카오스에 돌입하다.

—미치코 살인 사건은 더 깊은 미궁 속으로. 용의자는 끝내 나타나지 않는가.

—장리우의 살인 사건은 또 어떻게 펼쳐지려나? 이 난데없는 고백들과 죽음들은 무엇을 의미하는가?

폭포수처럼 쏟아지고 있었다.

미치코의 양심 고백이 일본 내부의 고백이라면 장리우의 양심 고백은 중국 내부의 고백이다. 내부의 고백은 그 시스템에 문제가 누적되어 더 이상 견딜 수 없을 때 터져 나오는 특징이 있다. 동북 공정을 포함한 중국의 역사 왜곡이 결국은 부메랑이 될 것 같더니 그 시작으로 여겨졌다. 일본에 이어 터졌으니 탁구공처럼 오가며 그 판도와 강도가 상상 초월일 것이다.

한 중 일에서 남은 나라는 이제 대한민국뿐이다. 우리나라에서 이런 사태들에 가장 두려워할 곳이 어디겠는가. 가장 환호할 곳은 또 어디겠는가. 현우는 그 양쪽이 다 가늠되면서 가슴이 아려왔다. 이런 외부 변수들이 터지도록 우리나라 역사학계는 대체 무엇을 한 것인가. 주체적으로 선도할 수는 없었을까. 이런 중차대한 사건들이 터진 후에도 지금까지 해왔던 것처럼 풀숲에 얼굴을 처박고 있는 꿩의 꼴 아닐까? 분노가 새삼 치밀었다.

자신의 아이디어가 도둑질당했다는 쓰라림이 일었다. 그러나 그 정도는 생각을 조금만 깊게 한다면 누구나 할 수 있을 것이다. 중국의 동북 공정 책임자의 마음을 흔들었다니 그걸로도 충분했다. 강정규 박사가 Q는 아닐까 설핏 스쳤다.

—청와대 게시판에도 들어가보세요. 〈화랑세기〉 필사본에 나오는 사다함과 미실이 주고받은 향가 두 수 있죠. 그것들을 탐구하는데 훼방꾼이 많아서 제가 속한 향가 협회에서 그곳에 청원했었거든요. 그래서 유심히 보고 있는데요. 그곳도 뜨겁게 달궈지고 있네요.

—어지럽네요.

현우는 지은에게 문자를 띄우고는 스마트폰을 눌러 청와대 게시판으로 들어갔다.

—일본에 이어 중국에서도 터졌는데 청와대에선 뭐 하는 겁니까? 강단사학뿐 아니라 정치계에서도 우리나라 역사에 관해 제대로 된 인지가 없는데 미치코 사건 이후로도 달라진 게 없잖소? 장리우 사건이 우연인 줄 아시오? 동북아의 밑바닥에서 엄청난 변화의 수맥이 꿈틀거리는 거 아닙니까? 청와대가 눈을 뜨고 있어야지요.

—중국이 어떤 나라인데 내부에서 양심 고백을 해? 더군다나

동북 공정 책임자가. 이게 말이 된다고 생각들 하시오? 다 가짜 뉴스요.

—신문이나 제대로 보고 말하세요. 사진으로도 확인되고 중국 정부에서도 지금 난리 아네요? 장리우가 동북 공정 책임자였고 양심 고백을 한 것을 중국 정부가 나서서 입증하고 있지 않소. 고백하자마자 죽임당한 것 봐도 이해가 안 되우?

—현실이 너무 기괴하게 돌아가서 하는 말 아니요?

—그렇긴 하지요. 근데 베를린 장벽 붕괴 사건은 미리 이야기되고 터졌습니까? 어느 순간 느닷없이 일어난 거지요. 그 사건으로 인해 냉전이 깨지고 세계 질서가 뒤바뀌게 되지요

—맞습니다. 이것은 동북아의 베를린 장벽 붕괴 사건입니다.

—강단사학과 정치계의 무능에 화가 나서 견딜 수가 없습니다. 역사를 잃은 민족은 뿌리가 없기에 열매를 기대하는 것 자체가 난센스 아닌가요? 강단 사학에 역사를 맡긴다는 것은 도둑고양이를 밥상에 올려놓는 것과 똑같은 일입니다. 그런 부조리가

해방 후로부터만 치더라도 칠십 년도 넘었는데 그런 쓰레기 집단이 여전히 장악하도록 정치계는 도대체 무엇을 하는 겁니까? 여야 모두 해당됩니다. 정체성도 없는 가짜 무리들!

—미치코 사건이 해결의 실마리도 보이지 않는데 장리우는 또 뭐요? 해골 복잡해서 살기가 싫소.

—광화문 광장으로 모입시다.

—차분해야 합니다. 썩은 정치권력은 도려내면 되지만 학문적 권력은 단순하지 않습니다. 교활한 지식으로 무장되어 있고 이미 단단한 카르텔이 형성되어 있습니다. 학문이라는 이름으로 나름의 논리 구조를 이루고 있으니 그 공과적 양면성이 있고 선악 판단이 어렵습니다.

—학문에 공과를 따져야 하나요? 그 자체의 논리 체계를 인정하고 그동안 노력 속에 축적해온 성취에 박수를 보낼 생각은 못하고 답답합니다. 강단 사학자라고 이름 붙여 몰아붙이는 자체가 마녀사냥입니다. 우린 언제까지 이 저급하고 폭력적인 놀이를 일삼아야 합니까.

—선생님의 말씀에 일리도 있습니다. 학문은 그 방향성에도 불구하고 인정이 되어야지요. 그런데 문제가 단순하지 않습니다. 강단 사학자들은 그들이 취하는 방향 외의 다른 방향의 연구에 대해선 학문 취급도 하지 않고 학위 수여도 하지 않습니다. 교수직 채용은 아예 꿈꿀 수도 없구요. 이런 배타성, 자기들만의 울타리, 자기식의 놀이 외엔 무시하는 행태가 문제입니다. 학문의 열린 태도를 철저히 금하며 자기들만의 옹성을 쌓아 그 안에 군림하지요. 그렇게 해서 그들이 주장하는 논리가 타당하다면 문제가 되지 않을 수도 있지요. 시대가 바뀌고 그들의 논리를 깨뜨릴 선진 연구들이 나와도 그들은 배타적으로 무시하며 자기들의 철옹성 보호에만 온 힘을 기울입니다. 이건 학문도 아니고 학자도 아닙니다.

—강역은 나라의 기본적인 틀이다. 정치, 경제, 행정, 살림 그 모든 것들이 돌아가게 하는 바탕이다. 바탕이 제대로 되어야 그 위에 문화의 꽃이 핀다. 사람 사는 맛이 나고 삶의 윤기가 흐른다. 과거의 왜곡은 현재의 왜곡을 낳고 미래를 왜곡시킨다. 미래를 윤택하게 하고 현재를 매끄럽게 하기 위해선 왜곡된 과거를 반듯이 펴야 한다.

현우는 자기 생각과 비슷하게 흐르는 글이 있어 더 유심히 들여다보았다.

—그럴 기회들을 우리는 죄다 놓쳤다. 반민특위가 폐지된 것도 그중의 하나이다. 층층이 누적된 왜곡의 두께는 파괴되지 않고 그 삐딱한 터전 위에 현재의 대부분이 세워져 있다. 우리가 사는 현실이다. 우리는 그 슬픈 공기를 슬픔인지도 모른 채 마신다. 어마어마한 잠재력을 지니고 있음에도 냄비로 들끓다가 이따금 위기 시에 감동적인 시민운동으로 불거져 나올 뿐이다. 그것들을 총체적으로 바라봐야 하는 자리가 역사학의 자리이다. 그런데도 역사학 특히 제도권 사학 자체가 왜곡의 산실이며 왜곡된 담론들의 생산 공장이라면 어떻게 할 것인가?

—제도라는 것은 본질적으론 좋은 것이죠. 국민은 바람직한 제도에 의해 체제가 잘 돌아가기를 원하죠. 제도의 운영자들은 관료든 정치가든 국회의원이든 언론인이든 학자든 제도에 적어도 누를 끼쳐선 안 되지요. 그런데 왜 제도권에 속한 사람들은 대개 그러지 못하고 사학자들도 마찬가지인가요? 왜 제도에 손상을 입히며 그 자리에 머물지요? 제도권 사학자라는 말 자체가 이상하지 않은가요?

—좋은 글입니다.

—그들에게 남은 길은 그 훌륭한 공간을 이제라도 텅 비게 하는 일이다. 떠나는 일이다. 그 자리에 훌륭한 사학자들이 들어가 자리를 빛낼 수 있도록 말이다. 물론 그들에게도 좋은 면이 많고 배울 바도 있다. 합리성이 있고 치열한 논증 구조가 있다. 소위 준역사학자들의 오류들을 탁탁 짚어내기도 한다. 텍스트의 심화 분석이나 상호 텍스트성으로 인한 학문적 내공을 전해주기도 한다. 제도권 사학이 무너지지 않는 이유는 그걸 깨뜨릴 수준의 논리가 재야에서 많이 나오진 않는다는 점에도 있다. 물론 나오더라도 제도권 사학이 막아버린다. 교활한 방식으로 자기들의 그릇된 논리만 강화한다. 잘못을 넘어 죄악이다.

—저는 재야 사학자입니다. 저명한 제도권 사학자 중에 친분이 있는 학자가 있어요. 얘기를 나누던 중에 그가 제도권 사학을 비판하는 거예요. 환인이 졸본이 아닐 수도 있다는 거예요. 이병도의 비정에 합리성이 결여되어 있다고 하면서요. 그 말을 제 신문 기고문에 인용해도 되냐고 물었더니 펄쩍 뛰지 뭡니까. 공적으론 절대 남기지 말고 개인적으로만 알고 있으라고.

—비겁한 새끼들. 이중인격자들. 그런 자들이 역사학자인가. 그렇게 불릴 자격이 있는가. 창피하지 않은가. 역사가 어찌 개인들의 밥벌이 수단으로 전락한단 말인가. 한두 명도 아니고 대학마다. 다른 학문도 아니고 엄연히 역사학이. 이에 대한 반성조차 없는 채 자기 자신을 속이며 서로 짜고 치고 웃으며 서로를 속이는 집단 정신병자 같다.

—집단적 정신병은 정신병이라고 느껴지지 않는 특성이 있지요. 그러기는커녕 정상이며 상식이라고 여겨지지요. 가치의 전복이 이루어지는 거지요. 그런 자기기만 속에 학자라 하는 사람들이 평생을 살아가죠. 권력이 되고 폭력이 됩니다. 학술 논문은 써야 하기에 포장인지 진실인지 밑바닥에서의 고민 없이 전문적으로 보일 만한 구석을 파헤치며 미시적 놀이를 일삼죠.

—추방되어야 할 존재들이 버티고 있는 자리에선 악취가 날 뿐더러 역사의 시계를 거꾸로 돌릴 뿐이다.

—국립중앙박물관을 생각하면 열불이 납니다. 고조선실에 들어가보세요. 처음부터 잘못됐어요. 고조선이 기자, 위만으로 도배되다시피 되어 있어요. 우리나라의 얼굴이라고 할 수 있는

국립중앙박물관이 이렇다는 게 말이 됩니까?

현우는 요양 박물관이 스쳤다. 그곳에서도 고구려의 영토는 실제와 달리 쭈그러져 있었다. 김한경 박사의 연구에 따른 그 판단이 맞는 거라면 대한민국의 국립중앙박물관은 중국의 요양 박물관을 내용상으로 본뜬 셈이다.

—혁명은 죽지 않았다. 진실인 척 위장하고 있는 그 파렴치한 집단을 해체하는 것이 이 시대의 혁명이다. 우리의 사랑스러운 젊은 세대들을 저 더러운 올가미에서 벗겨주어야 한다. 꿈과 희망, 놀이, 사람다움의 삶을 살고 향기의 미래를 자유롭게 펼쳐갈 수 있도록 해야 한다. 그들이라고 자기 둘만의 영화 관람을 위해 표를 네 개 끊은 후 관람 얼마 전에 두 개를 취소하고 싶었겠는가. 그런 악마의 씨앗을 북돋운 게 누구인가. 우리 사회, 문명의 어느 사악한 그림자가 푸른빛의 그들을 그렇게 만들었는가. 존재에겐 존재의 향기가 어우러져야 한다. 국적 불문하고 인류 역사와 현 세계의 보편율이다. 숱한 혁명들이 실패했다고 해서 혁명이 끝난 것이 아니다. 끝나서도 안 된다. 보편성을 향한 혁명은 그 언제라도 있어야 하고 지금도 절실하다.

—서양 중세의 종교가 떠오르네요. 썩어 빠졌음에도 권력과 결탁하여 장구한 세월 동안 국민의 피를 빨아먹고 살았지 않습니까? 루터라는 용기 있는 내부 비판가이자 행동가가 나와서야 해체와 반성이 촉구되지 않았습니까? 우리나라 강단 사학은 그런 루터 같은 존재가 단 한 명도 없단 말입니까? 이게 대체 뭐요? 역사와 국민의 길을 가로막고 있으면서도 당연한 듯 버티고 있는 꼴이.

—그렇습니다. 부끄러운 현실이지요. 저 위에 강단 사학자의 이중성을 꼬집은 글이 있네요. 강단 사학자였다가 강단 사학의 고루함에 질려서 재야 사학자로 변신한 학자를 저도 한 명 압니다. 그의 말에 강단 사학자들은 반론도 펼 수 없고 전전긍긍하고 있답니다. 물론 대부분이 변절했다고 몰아붙이지만요. 이런 미세한 균열들이 생겨나고 있음에도 덮어버리는 데 급급한 것이 강단 사학입니다. 물론 강단 사학이라고 싸잡아 비판하긴 뭐한 면도 있지요. 그 안엔 무수한 사학자들이 존재하고 나름대로 제각기 가치를 지니고는 있지요. 문제는 그들 전체를 에두르고 있는 막입니다. 벽이라고 할 수도 있겠죠. 바깥의 목소리, 바깥의 진실 가능성, 이런 것들을 외면하면 결국은 자기 함정을 파는 거지요.

—그 시기가 임박했다고 보입니다. 미치코 사건에 이어 장리우 사건은 그 신호탄입니다.

—미치코 사건과 장리우 사건을 아울러 미장 사건이라고 부르고 싶네요. 외부에서의 이런 쓰나미에도 불구하고 우물 안 개구리인 강단 사학이 스스로 반성적 해체의 길로 가지 않는다면 우리나라 누적된 모순의 역사와 사회에 대한 죄에서 벗어날 길이 없지요.

—미장 사건. 재밌는 말이네요.

—강단 사학 카르텔은 꿈적도 안 할 것입니다. 오히려 그들끼리 더욱 똘똘 뭉치지요.

—미세한 균열은 정치권 내부에도 있긴 하지요. 몇 년 전에 전직 문화체육관광부 장관이 국회의원 시절에 역사 적폐 청산을 주장했다가 꼬리를 내린 적 있지요. 그만큼 역사 적폐 청산을 원하면서도 그 대상인 강단 사학의 카르텔이 만만치 않다는 증거입니다. 이덕일의 말로는 그 카르텔이 삼백 년, 남당 박창화 선생의 말로는 조선 초부터입니다. 이 두꺼운 카르텔을 붕괴시키기가 그

리 쉽겠습니까. 문재인 정권 때도 엄두도 못 냈지요. 바로 그렇기에 우리 국민이 눈을 떠 일어나서 뭉쳐야 합니다.

—저는 산을 좋아합니다. 등산을 무수히 했어도 등반객 중에 개마고원을 입에 올리는 사람 한 명도 못 봤습니다. 분단만 되지 않았더라도 개마고원은 지리산이나 설악산, 남산처럼 우리들의 입에 오르락거렸겠지요. 분단국가라고 해서 못 할 게 뭡니까? 우리의 의식 구조가 분단화된 거 아네요? 역사학만 제대로 되어도 그 말이 자연스럽게 나올 거 아네요? 그로 인한 상상력 하나가 얼마나 큽니까.

—멋진 말입니다.

—3·1 운동 100주년도 지났습니다. 3·1 운동은 식민지의 어둠 속에서 타올라 전 세계에 의미심장한 빛을 던진 선진적이며 뿌리 깊은 운동이었습니다. 백여 년이 흘렀음에도 우리의 발목을 잡은 것이 내부에 있었군요. 비분강개가 느껴집니다. 자결이라도 하고 싶습니다. 그런데 자결이라면 역사를 가로막고 후퇴시킨 강단 사학이 해야 하는 것 아닙니까? 저는 미치코 살인 사건 이전엔 일본의 역사 왜곡 문제에 깊진 못했습니다. 그 사건 이후 파고들기 시

작했죠. 장리우의 말은 좀 더 두고 봐야겠지만 중국 또한 일본처럼 역사 왜곡 문제에서 심각하다고 느꼈습니다. 우리나라를 겹겹이 짓누르고 있는 역사 왜곡 문제에 중국과 일본이 큰 몫을 하고 있다고 하지요. 중화사관, 식민사관 해서요. 미국에 의한 왜곡도 있고 우리나라 내부에서도 있는 거죠. 역사를 탐구한다는 강단 사학에서 그것을 풀기는커녕 더 누르고 있다는 것은 어불성설이기에 치욕스러워 견딜 수가 없습니다.

—그렇습니다. 썩은 정치를 우리가 단죄해서 무대에서 끌어내렸듯 역사 무리 카르텔을 우리가 끌어내립시다.

—홍위병이 생각납니다. 자초지종을 면밀히 따지고 장리우의 발언도 신중히 분석해 행동합시다.

—거대한 사기극의 감독. 강단 사학 카르텔!

—검찰 개혁을 이룬 다음엔 사법 개혁, 그다음엔 언론 개혁과 재벌 개혁으로 나가야 합니다. 우리나라의 하부구조를 이루는 더러운 카르텔이죠. 지금 우리나라에 일어나는 현실을 보세요. 일본에 대한 굴종 외교, 외교 참사, 정치 실종, 경제난, 양극화 심화,

문화의 천박화 가속…. 더러운 카르텔이 말아먹은 게 한둘입니까? 국격이 실추하고 나라 전체가 휘청거리고 있습니다. 역사 왜곡은 그 카르텔에게는 당연하죠. 역사를 왜곡하는 주범인 제도권 사학자들과 따지고 보면 한통속이지요. 그 총체적 카르텔을 부숴야만 합니다. 우리나라의 잠재력과 희망을 막고 있는 그 질긴 장애물들을 거둬내야 진정한 새 길이 열립니다. 명백한 시대정신입니다.

—미치코 살해자는 대체 누구란 말입니까? 중국의 동북 공정 책임자가 청부 살인을 시도했다가 실패했다고 했잖습니까? 누가 과연 미치코를 죽였을까요? 장리우는 또 누가?

—장리우의 경우는 좀 단순한 반면 미치코의 경우는 여전히 안개 속입니다. 미치코의 경우 쇼크사일 확률은 희박하고 자살했다는 증거도 나오지 않았다지요. 타살 가능성이 큰데 정말 미치코를 누가 죽였을까요? 이 간단한 질문에도 답은커녕 음산한 안개만 무성한 것이 우리가 사는 세상입니다. 21세기 현대 사회요. 미치코는 누가 죽였나요?

—그렇죠. 미치코는 누가 죽였을까요? 그 질문은 단순하면서

도 급소를 찌르고 있습니다. 역사학을 포함한 제반 인문사회학의 분야들, 언론과 법, 정치가 밝아지면 언젠가 미치코가 죽은 이유와 경위가 밝혀지겠지요.

투명성은 역사의 흐름입니다. 미치코 사건이나 장리우 사건은 우연으로 보이지만 역사의 큰 맥락인 투명성의 관점에서 보면 필연의 형태를 띤 걸로 보일 수도 있습니다. 그리고 그것들이 이제야 나타났다는 것은 역사의 왜곡이 그만큼 두터우며 그 억압에서 더는 견딜 수 없는 임계점에 달했다는 뜻이기도 합니다. 내적인 신음이 깊어질 대로 깊어진 거죠. 이런 것을 외면하며 묵살하는 사학자들이 학자인 척하며 뭉개는 한 투명성과는 거리가 멉니다. 투명성은 진실과 통하며 새로운 차원의 역사와도 긴밀합니다. 역사는 바탕에 대한 인식이 열려 있어야 합니다. 미치코 사건과 장리우 사건. 둘 모두 양심 고백 사건이자 양심이 저격당한 사건이네요. 동북아의 한 중 일 중 중일에서 양심이 일어나 저격당하는데 우리나라에선 비양심이 떵떵거리고 있습니다.

현우는 이 사람도 Q인 듯했다. 질문이 없는 사회. 질문할 줄 모르는 사회…. 문제를 해결해야 할 자리에서 질문을 뭉개버리고, 그것이 뭉개질 때 나오는 지우개 가루에 숨막혀 하는 사회. 그런 사회에 Question 즉 질문을 던지며 진정한 사유의 날개를 펼치는 사람이 아주 사라지진 않은 것 같다. 여기저기 푸르게 살아 있다. 사회의 그릇된 구조와 가로막는 벽들로 인해 그 빛이 터지지 않고 있을 뿐이다. 그런 빛들이 스스로 출구를 열며 확산될 듯 보였다. 우리 사회의 저변에 강력하고 중대한 변혁이 올 거라는 예감이 더욱 강하게 들었다.

무수한 Q들이 들끓을 것이다. Q들 속의 Q들이 무궁한 잠재력에 불을 붙이며 타오를 것이다. 단단한 벽에 구멍을 뚫을 상상의 드릴들이 무섭게 움직일 것이다. 어느 시인의 말처럼 '개시'를 뜻하는 큐(Cue)와도 연관될 것이다. 서로 메아리가 되어 공명하며 거울로 서로를 비춰줄 것이다. 벽들을 무너뜨리며 무한한 햇살과 향기, 사랑의 동심원으로 번져나갈 것이다. 가속의 탄력이 붙을 것이다. Q의 형상처럼 안에서 바깥으로 뚫고 나가는 탈출의 촉매가 될 것이다. 본 적 없는 거대한 자장을 이루어나갈 것이다. 마침내 Q가 드러날 것이다.

현우는 아무르강을 바라보았다. 검정빛의 강물이 장엄하게 빛났다. 저 강물은 송화강과 이어지고 그 너머로는 송눈평원이 펼쳐질 것이었다. 그 광활한 평원 너머의 눈강이 바로 앞에 있는 듯했다. 아무르강의 검은빛과 어우러지면서 흰 눈이 내리고 쌓일 강. 봄이 되면 부여인들의 목을 적시고 그들이 키우는 말과 염소와 당나귀를 살찌울 강. 새들이 날고 꽃들이 흐드러질 강. 푸르른 춤을 추며 장쾌히 바다로 빠져나갈 그 강. 눈강이 눈먼 아름다움으로 가슴을 아리게 했다.

겨울이 오면 눈강도 얼어붙어 너테를 이룰 것이다. 봄이 되면 부드러운 봄바람과 함께 너테가 윤슬로 빛날 것이다. 동북아의 역사도 왜곡의 두께가 풀리고 녹아 새로운 빛이 비롯될 지점으로 보였다. 그래야만 할 시대적 사명이 사람들 속의 Q를 자극하며 Q의 대지를 열어나가리라.

우하량 박물관에서 본 여신상이 고색의 물결로 반짝이는 것 같았다. 아들에 대한 모성애는 미치코로 하여금 죽음을 마다하지 않는 용기를 내게 했다. 강은 여성이며 어머니이기도 하다. 역사에서 간과되어온 그 장구하고 미려한 시간 역시 너테를 풀고 윤슬로 타오를 것이다.

—사라진 책들이 모색의 길을 열어줄 겁니다. 바탕이 건강해야 그 위에 아름다운 문화가 꽃피지요. 강역과 향가는 그처럼 어우러지는군요.

현우는 자기 마음만큼이나 검은빛으로 흐르는 아무르강을 응시하다가 지은에게 문자를 띄웠다. 지은을 만나게 되면 향가에 대해, 문화에 대해, 삶의 결에 대해, 우리가 만들어나가야 할 길에 대해 질문을 하고 싶다. 건강한 바탕을 이루기 위한 조건들에 대해 질문을 던져온 것처럼.